胡晓明 著

不寐

胡晓明文集

国家图书馆出版社

图书在版编目（CIP）数据

不寐 : 胡晓明文集 / 胡晓明著 . — 北京 : 国家图书馆出版社 , 2019.12
 ISBN 978-7-5013-6816-7

Ⅰ . ①不… Ⅱ . ①胡… Ⅲ . ①散文集－中国－当代 Ⅳ . ① I267

中国版本图书馆 CIP 数据核字（2019）第 163922 号

书　　名　不寐——胡晓明文集
著　　者　胡晓明 著
责任编辑　王亚宏
封面设计　翁涌工作室

出版发行　国家图书馆出版社（北京市西城区文津街 7 号　　100034）
　　　　　（原书目文献出版社　北京图书馆出版社）
　　　　　010-66114536　63802249　nlcpress@nlc.cn（邮购）
网　　址　http : //www.nlcpress.com
排　　版　九章文化
印　　装　河北三河弘翰印务有限公司
版次印次　2019 年 12 月第 1 版　2019 年 12 月第 1 次印刷

开　　本　710×1000（毫米）　1/16
印　　张　22
字　　数　233 千字

书　　号　ISBN 978-7-5013-6816-7
定　　价　68.00 元

作者在学术会议上

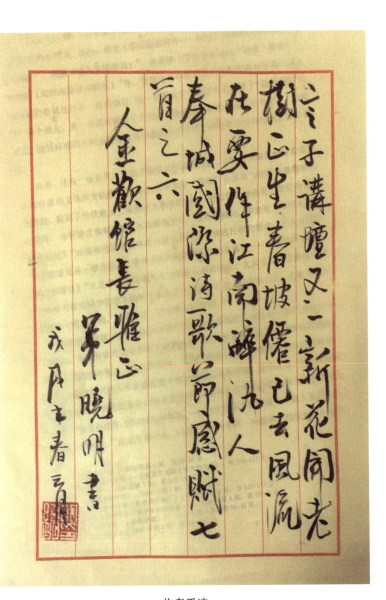

之子讲坛又一新花闻老

树正生春坡僊已去风流

在雯作江南辨沈人

奉城闽际诗歌节感赋七

百之六

金欢馆长雅正

罗晓明书

戊戌之春三月

作者手迹

不寐 （代序）

一

非常熟悉的电影镜头出现在眼前了：一长串天花板的灯光或明或暗地交替掠过，穿过长长的走廊进入手术室，恍然置身于许多电影结局里那些抢救英雄或濒死证人的场景。我躺在手术床上，旁边个头一般高的两三护士正在准备手术器具；我说你们这里真是神仙的地方，四季恒温、没有一点细菌，完全不知外面的世界很灰很霾。她们说，全年二十二度，我们是温室里的花朵，经不起风雨的。麻醉师帮我插管，发现我体态僵硬。嗨，到我们这里来没有不紧张的（记得签字时麻醉师强调过有多种可能死在手术台上：大出血、窒息、突然休克等）。你一点不像六十岁的人呀，在做什么事？教书的，教中文。那么有没有什么新书推荐给我们看呵。呵，新书？我不大看新书，看旧书。可是我还是努力在大脑里搜索着推荐什么书给她们，大脑里快速进行书与人、书与书之间的匹配对应选择，但不久我就什么都不知道了。

五个小时的全身麻醉手术结束后，回到病房，我居然还在想，应该推荐什么书却没有来得及推荐。尤其想起作为教中文的老师，是否与医生未能及时抢救病人一样失职。这表明我的大脑经过这么一关机一开机，并没有坏掉。同时也想起那个手术室里的情景：据说，所有的手术中，颈部的手术是场面最惊心动魄的。试设身处地想一想吧：半夜三更的，那些温室里的花朵，面对着一个又一个颈部狰狞的情景，居然不会恶梦连连？再想想，如果她们不说话，只是默默工作，那多么恐怖？

所以，手术室里的对话，多么重要。安慰了病人，也消除了陌生；减压了工作，也舒缓了人生。语言的功能，不仅是实用，也不仅是敬拜，更是人与人之间的沟通交流，将一个死寂、残酷的空间，化而为温暖、有情意的空间。等闲引颈成一快，方知花容不失色。我突然因医生而理解了中文，或者因中文而更理解了医生。

我更因此而想到了诗经里的"兴"。"兴"是引子、是召唤、是叫魂。为什么总是要拿一些不相干的花花草草，来引起下文？原来那些不相干的辞语，都是有魔力的符咒，召唤着一个有生命的、可以感通、理解与把握的外部世界。

二

术后通夜不寐。想起住院前的一天，十岁的儿子豆豆老是缠着要来"三国杀"。他好像有什么预兆似的，嘴里嘟囔着："最后一次三国杀了！最后一次斗地主了！"听起来让人头皮发麻。妈妈说"掌嘴！"他还狡辩：我说的是爸爸住院之前的最后一次呀。

睡不着的时候，就会想，生病、住院，其实是上帝或上帝假借死神的影子，提醒每一个人，以一种"最后一次"临睨人生的方式，来反省自己的生活，是不是虚浮，是不是真实。如果常常这样反省，就会活得实在。因而，咒语也是祝语与箴言。

因而豆豆是真话党。期末考试，作文题是："最感动我的一句话"，提示是："或许这是一次真心诚意的提醒，或许这是一个激你前进的鼓励，或许这是一个懂得生活意义的真理……"但是这些他都没有感觉，居然写每天晚上妈妈都要唠叨甚至生气的一句话："快点刷牙洗脸上床，别再混了！"一点文艺范儿都没有。

也许他是这样理解"感动"的：非虚构、落根在实在的生活中，成为真正的受用。"妈妈这句话让我很感动。对我之后的生活造成了很大影响，以后做事情效率高多了！"

先哲老子有一句话，说的是豆豆这样的孩子："骨弱筋柔而握固。"意思是：那些看起来外表柔弱的小孩子，小手攥得紧得很。

豆豆的文学观是老子式的。专一守正、元气内敛，直接、简单、本真。但是全部都是这样的人生，也太直接，太简单。中国的文，还是要弯曲出去才好。借用禅宗的"看山"论，豆豆是第一义。生命不仅是实用、光秃秃的、直接扑在利害上。但是过于文艺、过于抒情、过于虚文的生命，也少一口人生的真气。如果他能经过"看山不是山"的弯弯曲曲、云里雾里，再回到"看山还是山"的修行果位，或许更能懂得古典中国的文学大义。

三

住院前反复叮嘱儿子，有人打电话来，就说我出差外地了。节前都忙，居沪不易；谨守古训："不宜干人"。然而图书馆与中文系的同事听到消息，还是来看我了。呵呵，寂寞病榻一握手，使我衣衾三春暖。

原想借此机会享受休养，带来一大堆想看的书。然而病房却不是一个清净的空间。隔壁病友，刚动完手术，川流不息的探望、堆满了房间与阳台的鲜花与果品；聊天、问候、电话……。原来，他是一家商住楼宇管理公司的项目经理，三十三岁，他的团队，小伙伴们，几乎全都来看他了。没有来的，也不停地打电话来慰问了。我十分理解，他非常需要这些，因为他这么年轻，刚结婚两年，诊断的结果是癌。

生病之前，他非常忙。常常早上在上海开完会，下午就到了苏州、杭州，晚上又回到上海加班。唉！这些年，国内经济成长快，商业建筑发展好，而且一窝蜂，大家都来做房地产。所以竞争激烈，节奏松不下来，再加上为老外打工，老板只知道给钱你就得做事。到了病房里，才算是真正过上了从来没有的有规律的生活。

活着是病态，病了才是生活，这是什么样的人生逻辑。

放弃了健康，透支了身体，抵押了未来，这又是什么样的发展。

　　他的妻子，北人而南相，有南方女子的美丽聪慧，又有北方女人的体贴能干，为他守夜、捶背、洗擦、喂侍，细心而耐心。他们结婚才两年。

　　当然，甲状腺癌是最轻的癌，他手术非常成功，他是安全的。然而，他完全因此而应该反省一下生活方式。慢些走，停一停！

　　我不能不留一句大白话给他：留得青山在，不怕没有柴烧。要青山，不要金山；要青山，不要青睐。

　　然而我们常常对文字、对书本上的语言，读得似懂非懂。一般人不知道，"身体"其实也是一大语言；一般人更不知道，"身体"的语言，其实不仅是个体的身体，背后隐藏着社会的"身体"。如果能将"身体"作为语言、作为文本来读，读出那些病灶、指标背后的真义，我们才读懂了自己的同时，也读懂了世界。

四

　　回想此番，直到被推到电梯口，仍有机会翻身下床，逃离手术。只因为女儿说起，某名校老教授，一生开了十几刀，至今九十多岁，身强体健。一有病灶，就开掉它，将疾病消灭于未然状态。于是心一横，动了！

　　然而再一想，人生几十年，难道就这奔头：一刀刀将坏掉的、无用的切去，慢慢走向切无可切、弃无可弃的命运？如果人生结局如此，这一步步走去，又有何意义？

　　呵呵，想这么多呢！要感恩医生与护士，这样好的技术；感恩亲人与同事，这么多的照料与牵挂。两天后回家，开开心心过年，亭前弱柳待春风，元气恢复，迎新春、吃年夜饭、看春晚、给老父母拜年、携儿子放鞭炮……何等幸事。

因而，一个被注定、无理、无解的结局，原来是内在了无数的美好时刻，加载了许多的深心妙想，像一辆一路走走停停，注定要看许多风景的城市观光车，虽然最终要回到原点。

从手术恢复室被推回病房，我其实是被太太的喜悦的呼声唤醒。随后就是异常清醒，思如泉涌。电视里、收音机里、微信里，都在传递过年的消息，年味渐浓。尽管，还是从窗外看见满天的霾，还是从二十四小时新闻的电视里，听到各种揪心的消息，听到日本右翼政客的疯狂言论……可是这个世界有亲人、有朋友，以及一大有情生命的命命相连的感通。这就够了。忽然想起，要寄给一位友人的春联，还没有寄出去，写的是：岁忽忽其将暮兮，芳菲菲其袭予。

2014 年 1 月 25 日

C O N T E N T S

目录

不寐 （代序）..001

辑一

与友人谈陈寅恪先生..003

陈寅恪"守老僧之旧义"诗文释证..018

寸稊寒柳待春分..034

千年文学守灵人..041

夏瞿禅与义理学..046

淘沙宽堰，守先待后..049

为思想而生的人..055

问道于百年学术..061

执大象，天下往..065

风雪夜行人..072

王气既苏..078

饶宗颐教授的新经学构想..083

辑二

释"践身心之则" 089

君子成人之美 097

人文三义 105

文学的撤退 110

文字与声音之魅 113

中国文论如何有益于现代人的心智？ 119

略说中国文化诗学 125

以古典中国向现代中国提问 127

重建被五四误解的文学传统 137

天下关怀，道义担当 144

生气凛然的儒家 148

强化中国文论的阐释力 153

做一个刚健深厚、温馨灵秀的人 160

梦中的橄榄树 164

文化是一个大生命 168

辑三

读《文心雕龙·序志》 175

我读《春江花月夜》 179

陶渊明为何不能做一个"龙舟舵手"？ 183

我所思兮在何所？ 189

新诗心与新信仰 196

《富春山居图》的前史与今生 199

徐珂的痛呻放言 205

清初、江南与家族文学 208

江南景观的政治文化意义 215

流动的江南 218

中国美学中的身体 224

诗学答问录 228

考据的诗学如何可能？ 233

"江山太无才思"及其他 240

略说春联的文化大义 246

一种馨逸美好的心灵如何可能？ 249

让古诗张开歌声的风帆 252

"葵园"与士的美术 257

听齐邦媛、林文月谈家族史 266

"我深爱的沼泽地啊" 271

诗如盘，酒如丸 277

水云、飞鸟与南朝的鞋子 281

辑四

我的汉学缘 289

我的图书馆飘流小史 292

我的电子书阅读小史 303

一部西方经典的奇幻漂流与回家之路 310

白色的雪轻柔翩舞 316

从花果飘零到灵根自植：今天我们如何读中国书？ 319

辑五

钱仲联先生九秩晋五寿序 325

龚定庵自写诗卷跋 327

清园语要墨迹叙 328

跋单君画竹 330

丽娃文库序 332

后记 335

辑
一

与友人谈陈寅恪先生

一

来函言及近年有多篇文章论及陈寅恪先生的生平志业与思想学术，一时颇成风气，青年学子遂以不知陈寅恪为耻。这当中涵有复杂的时代思想发展线索，后来治思想史的人，不可不细加梳理。我以为此一现象的背后，可以反映出当代中国学术界、思想界，甚而中国知识人走向成熟的某种征兆。或是学统的索求与重理，或是价值的细审与重估，或是人格的提澌与感召，凡此种种，与前期相较，自有其意义。有人认为谈陈氏，只有讲其学术，才算是真知解，我以为不然。陈先生的学术文章，或有时而可商（前面有的且不论，近著如田余庆《东晋门阀制度》，就有批评陈先生论曹、马之争的观点"牵强"与"不尽符合历史事实"；如周勋初《当代学术思辨》亦记有当代学者对陈氏学术的批评，可参），然陈先生之精神世界，则旷世罕有其俦。我以为陈氏门墙广大，

陈寅恪先生像

意涵极丰，只言其学术，或只言其思想，皆仅得其一端而已。

《陈寅恪传》已经出版，作者搜访材料，用力颇勤，但读后感觉甚平浅，未能表出此老人格生命的复杂深邃与学术文章之精深广大。陈氏为中国近现代学术史上极富传奇色彩的学人，他的人格因素，竟是由一系列悖论构成，仅此而言，亦大有深意。请列举如下数端：

——陈氏三十岁后即被海内外公认为中国最博学的人，却完全没有俗世的声名，不像梁、胡、冯等成为几乎家喻户晓的人物。

——"十三经"大半能背诵，且每字必求正解，却不作经学与三代两汉之学问。

——"少喜临川新法之新，老同涑水迂叟之迂"（《读吴其昌撰梁启超传书后》）。他的家世是晚清变法思潮中的中坚人物（他的学生中竟有人说他是所谓"晚清封疆大吏等高官家庭的子弟"，这是很可怪的），他本人却被胡适称为"遗少"。在时代思想中他是一个"落伍者"，用他的话来说，越来越成为一个"寂寞销魂人"。

——西学学历极深，学养极厚，却极热爱中国文化，坚持中国文化本位论。

蒋天舒教授《陈寅恪先生编年事辑》第83页引寅恪语云：

间接传播文化，有利亦有害：利者，如植物移植，因易环境之故，转可发挥其特性而为本土所不能者，如基督教移植欧洲，与希腊哲学接触，而成欧洲中世纪之神学、哲学及文艺是也。其害，则展转间接，致失原来精意，如吾国自日本、美国贩运文化中之不良部分，皆其近例。然其所以致此不良之果者，皆在不能直接研究其文化本原。

寅老敢说"文化本原"，极自信。"贩卖"云云，似指胡适之等留学学人。

——王国维与陈端生，一为殉中国文化"三纲六纪"背后最高之理境而死；一为欲摧破近代中国奉为金科玉律之君父夫三纲，然在陈先生看来，同为表现自由及自尊即独立之思想与人格。此中深微处，惜乎汪《传》未能窥其蕴奥。

——既不跨海入台，亦不过岭南一步。

"党家专政二十年，大厦一旦梁栋摧，乱源早多主因一，民怨所致非兵灾"，寅恪对蒋家王朝已经完全看透，完全失望。然在五十年代、六十年代，他即感觉到空气十分的压抑与不自由。昔年跋春在翁有感诗云："处身于不夷不惠之间。"诗中常常流露出此种真实心情，如："留命任教加白眼"；"剩有文章供笑骂"；"闭户高眠辞贺客，任他嗤笑任他嗔"；以及"领略新凉惊骨透，流传故事总销魂"，等等。他的诗，是一部现代知识人的可信可传的"心史"。

——失明、膑足之际,仍能坚苦卓绝,锲而不舍,穷十年岁月,写出《论再生缘》《柳如是别传》如此巨著。其毅力与精神,极富传奇色彩。助手黄萱曾感慨:"寅师坚毅之精神,真有惊天地泣鬼神的气慨。"而《别传》的写作缘起,又起因于抗战时在昆明得常熟白茆钱宅红豆一粒,晚年重萌相思,既"珍重君家兰桂室","裁红晕碧泪漫漫"(柳如是诗句),且讳深心苦,诚韩退之所谓"刳肝以为纸,沥血以书词"者也。

——其历史观既注重经济动机,又注重精神动源。

《唐代政治史述论稿》论唐代之衰亡,归结到唐末东南诸道财富之区的破坏与汴路运输之中断。其结论云:"藉东南经济力量及科举文化以维持之李唐皇室,遂不得不倾覆矣。"

《朱延丰〈突厥通考〉序》:"考自古世局之转移,往往起于前人一时学术趋向之细微。迨至后来,遂若惊雷破柱,怒涛震海之不可御遏。"

后者不易学,唯其如此,陈先生由学者进而哲人的境界。

——其藏书有四次劫运:清华园的窃贼;抗战的流离颠沛途中;内战时卖书以购煤取暖;"文革"时的红卫兵抄家。陈先生的书劫,即陈先生的痛史。

陈先生真可谓"无之而不奇,斯无之而不奇也"。先生如入《儒林传》,古今大儒失色;先生如入《文苑传》,天下文人黯然;先生如入《道学传》,大师让出一头;先生如入《隐逸传》,隐者奔走骇汗。先生究竟应归入哪一类人物,且置不论。以上种种,又当以"少喜临川"而"老同迁叟"、少游欧美而老著痛史、学贯中外而属命河汾（参拙文《寒柳诗之境界》），为此老一生大事因缘，方可得其荦荦大端。陈先生《王观堂先生挽词序》说："凡一种文化值衰落之时，为此文化所化之人，必感苦痛，其表现此文化之程量愈宏，则其所受之苦痛亦愈甚。"这是了解陈氏内心世界的关键性的话。我辈阅人多矣。古今学人，牢骚、偃蹇、困苦、数奇，似未有如先生者。因而，作此传记之人，应依寅老《柳如是别传》文体，作知识人痛史写，不然，徒有其资料之排比，行状之考证，著述之提要，而精神与精神不能相贯通，意念与意念不能相融洽，复何言哉？复何言哉？汪《传》似不如蒋天枢《编年事略》，此意当细参。

二

来函论及寅老兼史家与诗人于一身。此正是他不可及处。希腊哲人亚里士多德曾谓，史"叙述已然之事"，诗"则叙述或然之事"；"诗言普遍而历史则记特殊"。我国史学精神，则直追"天人之际"，力通"古今之变"，已由"特殊"而进于"普遍"。史亦可言"或然之事"，其大义即涵具于太史公所谓"述往事、思来者"六字之中。钱锺书先生讲"史蕴诗心"，畅论史家可以"悬拟设想"、可以"想当然耳"，使后人如闻其声、如得其情，生动细贴，"堪入小说、院本"（《谈艺录》第 364 页），诚哉斯言，然惜乎钱氏只从文学之想象与虚构着眼，所见者小，似与太史公

之"思来者"中所含蕴的"诗心",尚隔一间。陈氏之史学,则于此大有会心与妙解。试举《柳如是别传》文例三证:

> 明南都倾覆,延平一系能继续朱氏之残余,几达四十年之久,绝非偶然。自飞黄大木父子之后,闽海东南之地,至今三百余年,虽累经人事之迁易,然实以一隅系全国之轻重。治史之君子,溯源追始,究世变之所由,不可不于此点注意及之也。

案:明言"至今",即"述往思来"义。余英时说"由于这一隅之地已成为国际经济系统中的一环",故不可谓不系"全国之轻重"于一隅。陈先生写出来的只有十之二三,余下的须我们细加省思。这里且以当今文化经济战略格局更广而论之,正如法国著名汉学家、远东研究院院长汪德迈先生(Léon Vandermeersch)新著《新汉文化圈》所指出:"同香港、澳门、台湾等地同胞结合起来,海外华人就组成为一个5000万

柳如是别传(上海古籍出版社 1980 年版)

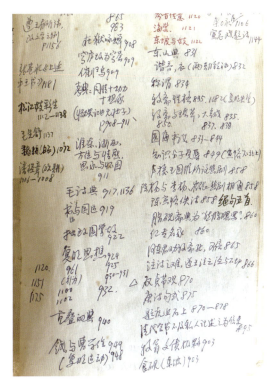

作者读《柳传》批注（一）

高质量的人类群体。这一群体不仅是连接中国社会主义与资本主义世界市场的纽带，而且是恢复汉文化圈凝聚力的中介。他们属于这一文化圈，并将影响本区域的现代化进程。"此番话正可作一注脚，由此我们不得不叹服寅老神会智度之妙。

《别传》又云：

噫！三百五十年间，明清国祚俱斩，辽海之事变愈奇，长安之棋局未终，樵者之斧柯早烂矣。

作者读《柳传》批注（二）

案："辽海"云云指韩战后的新局面。长安之棋未终，大有深意存焉。1945 年诗云："花门久已留胡马"，"收枰一着奈君何"；1948 年诗云："消得收枰败局棋"，寄寓有关苏俄觊觎东北的隐忧。但是，自韩战后，冷战局面终于形成（韩战的背景是美苏争夺亚洲霸权；朝鲜半岛的政治分裂局面是汉文化圈整体最严重的创伤），中国之命运，与世界之局势相缩合（即寅老之著名文化史观点"外族盛衰连环"说），成为一"未终"之棋局。"烂柯"即表明世事变化极大极快。此四句话，正是诗心史笔浑然一体。

寅老的感慨极深，他对于中国未来的关切心事与卓越见识，真是并世无二。

《别传》又云：

披寻钱柳之篇什于残阙毁禁之余，往往窥见其孤怀遗恨，有可以令人感泣不能自已者焉。夫三户亡秦之志，九章哀郢之辞，即发自当日之士大夫，犹应珍惜引申，以表彰我民族独立之精神，自由之思想。何况出于婉娈倚门之少女，绸缪鼓瑟之小妇，而又为当时迂腐者所深诋，后世轻薄者所厚诬之人哉！

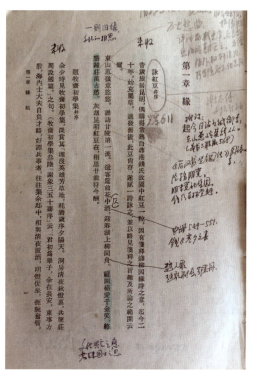

作者读《柳传》批注（三）

此一段文字，极具唱叹生情之妙，亦为研究陈先生的学者们常常引用，以说明《别传》的宗旨所在，但大都语焉未详，或不得要领。《别传》宗旨，可分说可合说。合说即陈先生"明清痛史新兼旧"一句便了。分说即"史"与"诗"两个层面。"史"的兴趣即寅恪一贯的知识兴趣，即求真，即为柳如是洗冤。作者往往在《传》中解决一段悬案，洗出一段清白之后，每每流露出莫大愉快："数百年之后，大九州之间，真能通解其旨意者，更复几人哉？更复几人哉？""……真理实事，终不能靡灭，岂不幸哉？"等等。进而言之，陈先生下如许大功夫于辩诬、求真、洗冤，其深层心理，殊可深玩。倘若我们把陈先生心目中"阿云格调更无俦"的河东君视作中国文化命运的象征，倘若我们联想到古代文化、古典文学在当代中国遭"深诋"、受"厚诬"的命运，则我们亦可问道："大九州之间"，真能通解陈先生的"绝世孤衷"者，更复有几人哉？自"诗"的层面说，即于求真，更进而求善求美。因而陈先生此段中"引申"一词，大可深扣。其实，在现实生活中"改男造女态全新""欲改衰翁成姹女"的时代，陈先生偏偏在他的文化世界中"著书唯剩颂红妆"。其述往思来的苦心即贬斥势利、尊崇气节。明清易代之际有一种流行的说法："二十万人皆解甲，更无一个是男儿"（花蕊夫人）；"座中若个是男儿""今日衣冠愧女儿"。在中国文化的语义系统中，"女儿"之贞节乃士人之气节之一种象征，因而此气节问题正是中国传统知识分子的安身立命的支柱，一旦抽掉此一支柱，士将不士。在1950年刊行，1955、1959年修订重印的《元白诗笺证稿》

中，陈先生说，道德标准社会风习纷乱变易之时，士大夫阶层之人，有贤不肖巧拙之分，其贤者拙者，常感痛苦，因其不善适应标准与习俗之变易之故也。这正是他一贯的思想。陈先生易此稿初名《钱柳因缘诗释证》为《柳如是别传》，又在第一章《缘起》中说"今撰此书，专考河东君之本末，而取牧斋事迹之有关者附之，以免喧宾夺主之嫌"，正是著书大义。而陈先生的预感不能不说是深刻的。后来"文革"中知识分子的某些表现，正是知识人被摘除了灵魂之后的恶果。

陈寅恪天性涵具诗人气质。有两条材料，可以说明。一是汪《传》引李璜语："其对国家民族爱护之深与其本于理性，而明辨是非善恶之切，酒酣耳热，顿露激昂。我亲见之，不似象牙塔中人。"（第33页）二是钱穆《师友杂忆》记，钱氏于云南宜良北山岩泉下寺幽居作《国史大纲》时，一日寅恪偕锡予（汤用彤）来此地一宿，曾在寺院中石桥上临池而坐，寅恪对钱穆言："如此寂静之境，诚所难遇，兄在此写作真是大佳事，然使我一人住此，非得神经病不可。"这条材料极可宝贵。陈先生的气质，由此可以想象。他常云，"读史旧知今日事"，"世变早知原尔尔"。仔细想来他不仅天性涵具诗人的一份敏感，而且此一份敏感似超乎常人。譬如说他在童年时即预感到清廷的覆灭与天下的大乱。"清光绪之季年，寅恪家居白下，一日偶检架上旧书，……当读是集也，朝野尚称苟安，寅恪独怀辛有索靖之忧，果未及十稔，神州沸腾，环宇纷扰。"（《赠蒋秉南序》）查《编年事辑》：1901年陈家定居南京，1902年寅恪即赴日留学，他有此一预感时，年仅十一二岁。如此颖悟善感，不可不谓出于天性。因有此一种天性，陈先生认为人事可以"前知"。三十年代初，俞曲园先生《病中呓语》颇传于世。因呓语与当时世局若为符契，世人颇惊以为奇。陈先生不以为奇，撰《俞曲园先生〈病中呓语〉跋》一文，借摩尼教之语，说人事有初中后三际，其演嬗先后之间，即不为确定之因果，亦必生相互之关系，故天下人事之变，遂无一不为当然而非偶然；而曲园先生"为一代儒林宗硕，湛思而通识之人，值其气机触会，探演微隐以示来者，宜所言多中，复何奇之有焉！"。陈先生亦属"湛思而通识之人"，故能说出己身之所遭遇，"在此诗（《呓语》）第二第六首之间"，至于第七首，则"但知来日尚有此一境"，此亦可视为陈先生的一大预言（参看钱仲联《清诗纪事》第十五册道光朝俞曲园诗有关注释）。又，1966 年《丙午元旦作》有句云："一自黄州争说鬼，更宜赤县遍崇神"，五个月之后，预言竟成现实！再往前讲，《赠蒋秉南序》作于"文革"前夕的 1965 年，今日回思其"气机触会"之际，此文句句可堪深玩。

三

近参加编选《中国文化百家文萃》，选近现代论文，一家一篇；于陈寅恪文，选其《论韩愈》。兹简述其理由如下：

1. 文化史眼光

《论韩愈》云：

今所欲论者，即唐代古文运动一事，实由安史之乱及藩镇割据之局所引起。（明案：这是大判断，下得深切、准确。）安史为西胡杂种，藩镇又是胡族或胡化之汉人，故当时特出之文士自觉或不自觉，其意识中无不具有远则周之四夷交侵，近则晋之五胡乱华之印象，"尊王攘夷"所以为古文运动中心之思想也。

案：一般论者只能着眼于以古文反对骈文的文体之争，仅仅着眼于文学史、批评史上的范围来讲古文运动的发生，更可笑者以骈文代表大地主阶级利益，而以古文代表新兴中小地主阶级利益，非常别扭做作。

一般论者只从非常有限的意义上去肯定"文以载道"说，只有寅老才看出了古文运动的中心思想，即所载之"道"，乃是政治上的"尊王攘夷"，以及文化上的"尊儒排佛"。政治与文化之所以有现实的关联，是因为自安史乱后，唐代之藩镇多胡族或胡化之汉人。这样，"文以载道"之作为古文运动的中心思想，其文化大义遂得以真实呈露。

我读了《论韩愈》之后，有一种想法，搞批评史、文学史的人，眼光不能太短浅了。

此文的文化史眼光又体现在作者将韩愈在中国文化史上准确定位，即中国文化前后两期转旧为新的关捩点之人物：前期结束南北朝相承之旧局面，后期开启赵宋以降之新局面。此一论断，下得大气磅礴。

2.辩证思想

我曾经见过不少选本，都选了韩愈的代表作《原道》。新选家们似乎都是一个老师教出来的。一方面肯定其"排佛"的积极意义，另一方面则无一例外地指责韩愈宣扬"唯心"，宣扬封建统治者正统的伦理思想，强调君主对人民统治的合理性。我们见惯了这种政治分析，就更觉得陈先生的史识的深刻。更糟糕的是，这种政治分析法还往往冠以"辩证"思维的名称。多少年来，人们一直在自诩、传授这种虚假的"辩证法"而不觉其非。而《论韩愈》则让我们见识了什么才算是真正的辩证思维。陈先生在此文中显示的一种辩证思维的精义，即看透事物之间"相反而适相成"的关系的一种智慧。

汪荣祖说："从来儒者以韩愈排佛而钻研佛理，或讥之，或讳之，俱未悉伐异必须细究敌说之理。韩愈实以敌说为己用，以助阐道统，何妨其仍以儒学归心立命。"（汪《传》第176页）此说语焉不详。实际上，在陈先生看来，不仅助阐道统，而且奖掖后学、匡救政俗、宣传学说、改进文体，皆与佛学有关，皆"以敌说助成己说"。这篇论文以韩愈排佛立论，彰显文化大义，然又以韩愈思想从佛学转出，发千年未发之覆。其妙处正在于相反相成，以圆而神之枢，运转、吐纳方以智之义，极富于真正的辩证思维意味。有此一法，学问全般皆活。这不是斤斤于材料之排比、真伪之考订的学者所能措意的。

3.现实关切与终极关怀

案：彼说可以助成己用，寅老自有其深切的现实关切存焉。

参见同年（1951）写作诗句："同酌曹溪我独羞，江东旧义雪盈头。"坚持"江东旧义"即"不负如来西来义"，即坚持中国文化本位。"桃观已非前度树，薰街翻是最高楼。名园北监空多士，老父东城剩独忧。"即表明对于异质文化主宰中国思想界的深忧。"八股文章试帖诗，宗朱颂圣有成规。白头宫女哈哈笑，眉样如今又入时"以及"刀风解体旧参禅，一榻昏昏任化迁。病起更惊春意尽，缘阴成幕听鸣蝉"，"蝉鸣"即极单调的声音，即对于学术文化定于一尊的讥刺。可见他的关心，乃是文化精神的方向。这不仅是写作《论韩愈》一文的心境，而且是陈先生一贯的文化观，即"一方面吸收输入外来之学说，一方面不忘本来民族之地位。此二种相反而适相成之态度，乃道教之真精神，新儒家之旧途径，而二千年吾民族与他民族思想接触史之所昭示者也"（《冯友兰〈中国哲学史〉审查报告》）。陈先生的终极关怀与他的现实关切，始终是不可分割的。

原载《文艺理论研究》1995 年第 1 期

陈寅恪"守老僧之旧义"诗文释证

—— 一个富涵思想意义的学术史典掌

　　这篇文章的缘起可以追至八十年代末。记得在那时的某杂志编辑部的一次座谈会上，我曾提到过陈寅恪先生不仅是一位学问家，而且是一位思想家。当时确实没有人能了解这句话的意思。后来，即 1994 年在香港的一次国际学术讨论会期间，与一位我素来敬重的美学家聊天，又重新谈起这个话题。据那位美学家的说法，知识人不过有两个系统：一个是学问家的系统，一个是思想家的系统。并且明确将陈寅恪划入"学问家的系统"。这个划分不是没有道理。但是，我当时的感觉是他对于陈寅恪的了解十分有限，而且我相信他的这个看法代表相当多的人的看法。这令人惊讶地表明了当时的学术知识界对于陈寅恪其人其书有着深度的隔漠。然而有幸的是，随着最近有关陈寅恪的传记的两本新书出版，应该说这样的隔漠已经正在成为过去。尽管，我们可以说陆键东的《陈寅恪的最后二十年》用力虽勤而演绎稍多，吴定宇的《学人魂》又质实有余而略显平庸，但是他们所展示的第一手的材料，已足以向世人证明了谁是现代中国学坛最有思想的学人。我向来疑心那些只会在别人做好的"游戏规则"里玩弄光景的蛋头学者，究竟具有几分真正的思想者的品质。我向来相信中国思想的表达方式有两种，一种是讲思想义理，一种是讲历史文化，后者即孔子所谓"载之行事之深切著明者"。同时也十分固执地相信思想家应该具有一种天民先觉的天赋才能，亦即熊十力先生所推崇"现量"而非"比量"，岂是后天的职业惯性所能独霸的专利？现在已经证明中国学术思想史没有陈寅恪就至少不能写好，仍需进一步证明的是写陈寅恪缺少了思想这一块也是不完整的。因为他正是我们寻唤已久的"具有学术的思想与富于思想的学术"的理想学人，这才是气象万千的二十世纪思想最后熔铸的所谓"学人魂"的真实底蕴。至于本文，只是试图介绍一个并不十分为人知悉的近现代中国学术史著名典掌——而这一典掌又本应是作为陈寅恪先生学术的一个原点——并以陈氏思想略加释证。陆、吴二著只字不提此一名典的重大遗憾，亦或可略加弥补矣。

一、江东旧义雪盈头

本世纪二十年代末，陈寅恪结束了陈三立老人所期望的"后生根器养蛰伏"的海外游学生涯，受聘于清华国学研究院任导师。本来，于时代、于他深厚积蓄的西学素养，这正是一个辉煌闪爆

的时际。然而在他开设的《佛经翻译文学》上,他却提到了《世说新语》中一个有名的典故:

> 愍度(支愍度)道人始欲过江,与一伧道人为侣,谋曰:"用旧义往江东,恐不办得食。"便共立心无义。既而此道人不成渡。愍度果讲义积年。后有伧人来,先道人寄语云:"为我致意愍度:无义那可立? 治此计,权救饥尔,无为遂负如来也。"(《世说新语·假谲篇》)

这样一个充满乱世沧桑之感的故事,确实很能投合陈寅恪的性情。我们可以肯定陈寅恪并不是偶然为上课而引用这个典故。因为后来在他的诗文中又一再提到这个典故,来抒发一份"知我者谓我心忧,不知我者谓我何求"的寂寞销魂意绪,以及"论学论治,迥异时流,而迫于事势,噤不得发"(《读吴其昌〈梁启超传〉书后》)的郁结,同时也正是表明他对于这个典故背后所蕴含的深义有独到真切的感应。1940 年《陈垣明季滇黔佛教考序》中,又重新引述了这个故事,然后说:

> 先生讲学著书于东北风尘之际,寅恪入城乞食于西南天地之间,南北相望,幸俱未树新义,以负如来。(《金明馆丛稿二编》)

又据《陈寅恪诗集》:

渡江惢度饥难救（《残春》1938）

江东旧义饥难救（《由香港抵桂林》1942）

江东旧义雪盈头（《送朱少滨教授退休卜居杭州》1951）

尤其值得重视的是，1965年《先君致邓子竹丈手札二通书后》
云：

> 呜呼！八十年间，天下之变多矣。元礼文举之通家，随
> 五铢白水之旧朝，同其蜕革，又奚足异哉！又奚足道哉！寅
> 恪过岭倏逾十稔，乞仙令之残砂，守伧僧之旧义，颓龄废疾，
> 将何所成！……益不胜死生今昔之感已。

"乞仙令之残砂"典出《晋书·葛洪传》，意为效葛洪避地而
南迁。从二十年代之讲学清华，到六十年代之栖身岭表，我们不
能不惊诧于他长达数十年的"守伧僧之旧义"的心念。细加分析，
此一心念之中又含有从学术方法、学术目的，到学术人格以及文
化理想等一系列相关的内容，辞情而旨深，语简而义圆，这是中
国思想的一种独特表达方式。——犹如一方宝灯，擎来便满室灯
灯交辉。

二、正始遗音真绝响

"伧道人"的"伧"字，原是六朝时南方人对于北方人的一

种蔑称，意为"粗陋"。陈寅恪引申为不灵活、不通世故之义。时值西学巨潮挟其各种主义、各种观念、各种"新义"大量进入中国的二三十年代，陈寅恪用这种身份来指那些缺乏适应新潮流能力的人。显然，陈寅恪认同老僧，微讽愍度，不主张对于传统文化任意"树新义"，这里很容易造成误会，以为陈寅恪一如汉唐的经师、清代的经师那样迂滞陈腐。尤其是他曾批评过后来极有创发力的熊十力哲学。据《吴宓日记》，1937 年 6 月，一次与吴宓在清华园散步，陈寅恪说：

　　熊十力之新唯识派，乃以 Bergson 之创化论解佛学。欧阳竟无先生之唯识学，则以印度之烦琐哲学解佛学，如欧洲中世耶教之有 Scholasticism，似觉劳而少功，然比之熊君所说尤为正途确解。

似乎陈寅恪不仅迂滞，而且傲慢，对于从事义理哲学工作的人，率意针砭，缺乏尊重。但是在公开发表的《论许地山先生宗教史之学》一文里，他又说：

　　寅恪昔年略治佛道二家之学，然于道教仅取以供史事之补证，于佛教亦止比较原文与诸译本字句之异同，至其微言大义之所在，则未能言之也。后读许地山先生所著佛道二教史论文，关于教义本体俱有精深之评述，心服之余，弥用自愧，遂捐弃故技，不敢复谈此事矣。

可见其虚怀若谷如此。那么，他是否对于思想解释性质的工作，尤其是富于创造性的思想解释，持不屑的态度呢？他曾经批评旧派文化史研究只知道抄书，"只有死材料而没有解释"（见卞慧新录陈寅恪授课笔记）。陈寅恪是十分看重解释意义的。他曾经将解释古代文献的工作，喻为艺术家才具有的神游冥想。在《大乘义章书后》一文中，他又说："尝谓世间往往有一类学说，以历史语言学论，固为谬妄，而以哲学思想论，未始非进步者。如《易》本卜筮象数之书，王辅嗣、程伊川之《注》《传》，虽与《易》之本义不符，然为一种哲学思想之书，或竟胜于正确之训诂。"可见陈寅恪相当尊重微言大义之学，并尊重有想像力、有创发力的解释工作。汉学与宋学、史学与哲学之间的门户深壑，在他那里是不存在的。用门户成见来说"老僧之旧义"这个典故，可能并不合适。

上文说他以老僧来比况那种缺乏适应新潮流能力的人。他心目中的"新潮流"，可能更具体有所指，一是由今文经学到疑古思潮的近现代浪漫主义文化思潮。1927年《寄傅斯年》诗云：

正始遗音真绝响，元和新脚未成军。

他把王国维的"释古"学术称为"正始遗音"，这自然是一个很高的赞誉，其对立面"元和新脚"，用刘禹锡"柳家新样元和脚"诗意（指元和间流行柳公权的书法），来指王国维死后更为流行的疑古时尚，诗意甚为显豁。

另一证据是《朱延丰〈突厥通考〉序》：

> 后来今文公羊之学，递演为改制疑古，流风所披，与近四十年间变幻之政治，浪漫之文学，殊有连系。

在他看来，晚清至五四的中国文化思想，乃是一幅一脉相承的精神谱系，其源头即颇具"浪漫化"倾向的今文经学。而王国维是古文学派，用典故中涵义来说，正是坚持所谓"江东旧义"者。又关于"今文公羊之学"，《读吴其昌撰〈梁启超传〉书后》云：

> 至南海康先生治今文公羊之学，附会孔子改制以言变法，其与历验世务欲借镜西国以变神州旧法者，本自不同。故先祖先君见义乌朱鼎甫先生一新《无邪堂答问》驳斥南海公羊春秋之说，深以为然。

他之所以反对浪漫化思潮，又与家学渊源有关。"江东旧义"在这里置根于国身通一的家世信仰。在《寒柳堂记梦稿》中，他将前辈学人与当代学人加以联系比较，认为共同存在"谨愿之人"与"夸诞之人"两种类型。认为两种人都与他的先祖先君家风截然不同。他之所以表明自己的学问旨趣乃在于"不古不今之学"，明确说出自己"论学论治，迥异时流"，也应与此有关。

所谓"新义"（新潮流）的另一个具体所指，无疑是指以胡适为典型的"强中学以就西学"时尚。关于可不可以"借西学以治中学",陈寅恪的态度是明白赞成的。《王静安先生遗书序》高度评价王国维"取外来之观念,与固有之材料互相参证","足以转移一时之风气,而示来者以轨则";《冯友兰〈中国哲学史〉审查报告》提倡尽量"吸收输入外来之学说",皆可证陈不是抱残守阙的国粹主义。"江东旧义"所蕴含的思想是《审查报告》中所谓"不忘本来民族之地位","即融成一家之说以后,则坚持夷夏之论",即严守中国本土学术立场。陈寅恪称为"虽似相反而实足相成"的态度。《审查报告》中虽未直接提到胡适的名字,然谓"其言论愈有条理统系,则去古人学说之真相愈远","此近日中国号称整理国故之普通状况,诚可为长叹息者也","号称整理国故"云云,则舍胡适外更无他人。据前引卞慧新课堂笔记,陈寅恪在课堂上对于胡适也有温和的批评:

> 新派失之诬。新派是留学生,所谓"以科学方法整理国故"者。新派书有解释,看上去似很有条理,然甚危险。他们以外国的社会科学理论解释中国的材料。此种理论,不过是假设的理论。

又《审查报告》中微讽以西学说中学者,"几若善博者呼卢成卢,喝雉成雉"。1932年清华国学研究院招生命题,以"孙行者"之长于幻变,对"胡适之"之擅胜"呼""喝",应有相互关联之意。汪荣祖《陈寅恪评传》认为陈寅恪以"语无伦次中学西学",表面嘲讽以西语语法笼范中国语言的《马氏文通》,实则批评胡适受《马氏文通》影响写成的得意之作《尔汝篇》《吾我篇》，这是有道理的。

须同时指出的是，陈寅恪虽对于胡适学术有批评，但对他的人品评价甚好。1940年，中研院选蔡元培以后的新院长，据傅斯年，"寅恪矢言重庆之行，只为投你（胡适）一票"，即是明证。

总之，"江东旧义"典包含近现代学术方法剧烈变革过程中许多问题，如汉学与宋学、义理与训诂、中学与西学、科学与人文等，值得重视。但是，应该说，仅从学术方法的层面，仍不足以说明"江东旧义"典对于陈寅恪的意义。我们仍须进一步开掘其中的蕴涵。

三、不采苹花即自由

支愍度对伧道人说：用旧义往江东，恐不办得食。这意味着：学问是吃饭的工具；当学问"不办得食"的时候，即学与食不可得兼之时，只有牺牲舍弃学问。换言之，学问是手段，还是目的？便成为这个典故所蕴含的又一思想意义。

陈寅恪明确说，学问不是吃饭的工具，学问就是生命本身。一九六四年《赠蒋秉南序》，可以看作是他对于学生最后的学术遗言：

　　……凡历数十年，遭逢世界大战者二，内战更不胜计。其后失明膑足，栖身岭表，已奄奄垂死，将就木矣。默念平生，固未尝侮食自矜、曲学阿世，似可告慰友朋。……

在这篇文章里，陈寅恪并没有对于他的学术方法、学术成就，作出一个字的总结，他交给后人的，是一份人格遗产。早在1929 年《清华大学王观堂先生纪念碑铭》写道：

　　士之读书治学，盖将以脱心志于俗谛之桎梏。

这是关于学术目的的言简义深的表述。学问终归是属于生命本身的事情。这里没有东方与西方之分，没有传统与现代之别，乃是中西方古今第一流学人共同肯认的为学宗旨。请以爱因斯坦《探索的动机》一文为例：

　　首先我同意叔本华所说的，把人们引向艺术和科学的最强烈的动机之一，是要逃避日常生活中令人厌恶的粗俗和使人绝望的沉闷，是要摆脱人们自己反复无常的欲望的桎梏。一个修养有素的人总是渴望逃避个人生活而进入客观知觉和思维的世界；这种愿望好比城市里的人渴望逃避喧嚣拥挤的环境，而到高山上去享受幽静的生活，在那里，透过清寂而纯洁的空气，可以自由地眺望，陶醉于那似乎是为永恒而设计的宁静景色。

陈寅恪的学问观，可与爱因斯坦文字对读。他真正懂得中国古代传统中的"立言不朽",也真正懂得西方近现代知识传统中的学术自立观。在写于1942年的《积微居小学金石论丛续稿序》一文中,一改不轻易许人的为文惯例,高度赞美杨树达的训诂学成就,许为"神州文化"第一人,然后发抒大段议论:

> 百年以来,洞庭衡岳之区,其才智之士多以功名著闻于世。先生少日即已肄业于时务学堂,后复游学外国,其同时辈流,颇有遭际世变,以功名显者,独先生讲授于南北诸学校,寂寞勤苦,逾三十年,不少间辍。持短笔,照孤灯,先生著书高数尺,传诵于海内外学术之林,始终未尝一藉时会毫末之助,自致于立言不朽之域。与彼假手功名,因得表见者,肥瘠荣悴,固不相同,而孰难孰易,孰得孰失,天下后世当有能辨之者。

这一议论,又与王国维"生一政治家,不如生一文学家"的议论相同。这或许正是他们"明昌夜话"的内容之一。陈寅恪之于杨遇夫,也类似于他之于王国维,正所谓"月中霜里""青女素娥","惺惺的自古惜惺惺",是珍视文化,珍视学问,亦是自珍、自爱、自重。

高度的自珍自爱人格,其表现之于世事,正是特立独行的风骨。我不知道,用"风骨"、用"特立独行"这样的标尺来评价人物,会不会失之太苛?因为我明白能及格的人的确是不多的。《元白诗笺证稿》有一段议论:

纵览史乘，凡士大夫阶级之转移升降，往往与道德标准及社会风习之变迁有关。当其新旧蜕嬗之间际，常呈一纷纭综错之情态，即新道德标准与旧道德标准，新社会风习与旧社会风习并存杂用，各是其所是，而互非其非也。斯诚亦事实之无可如何者。虽然，值此道德标准社会风习纷乱变易之时，此转移升降之士大夫阶级之人，有贤不肖拙巧之分别，而其贤者拙者，常感受苦痛，终于消灭而后已。其不肖者巧者，则多享受欢乐，往往富贵荣显，身泰名遂。其故何也？由于善利用或不善利用此两种以上不同之标准及习俗以应付此环境而已。

这是一段有关知识人在社会转型时期的警言，至今尤富现实意义。《对科学院的答复》，已为世人悉知。1954 年致杨遇夫的书信中，有《答北客》诗，现在看来，"北客"似指汪篯。诗云：

> 多谢相知筑菟裘，可怜无蟹有监州。
> 柳家既负元和脚，不采苹花即自由。

我在《寒柳诗的境界》(《学术月刊》1995 年第 7 期）一文里，已分析过"不采苹花即自由"典语出处。现在要补充分析第二句的出典。苏轼诗云："但忧无蟹有监州"；欧阳修《归田录》卷二："……每云：'我是监郡，朝廷使我监汝。'举动为其所制。……往时有钱昆少卿者，家世余杭人也。杭人嗜蟹，昆尝求补外郡，人问其所欲何州，昆曰：'但得有螃蟹无通判处则可矣。'"寅恪回答汪篯：那个中国科学院历史二所的所长，并不是一个自由的所在。诗意甚明，依然是"守老僧之旧义"。

陈寅恪认为韩愈是当时"特出之文士"，"特具承先启后作一大运动领袖之气魄与人格，为其他文士所不及"（《论韩愈》）。韩愈《伯夷颂》云：

> 士之特立独行，适于义而已。不顾人之是非，皆豪杰之士，信道笃而自知明者也。一家非之，力行而不惑者，寡矣。至于一国一州非之，力行而不惑者，盖天下一人而已矣。若至于举世非之，力行而不惑者，则千百年乃一人而已耳。

由韩愈文读陈寅恪，或许，我们可以领略"江东旧义雪盈头"诗意之美。这自然是诗的伯夷、美的精神的伯夷，而不是政治的伯夷。"思想而不自由，毋宁死耳。斯古今仁圣所同殉之精义，……非所议论于一人之恩怨、一姓之兴亡。"由此，我们可以进而发掘"江东旧义"典故作为文化理想的一层蕴奥。

四、吾侪所学关天意

"江东旧义"典故中"如来"一辞，我们可以理解为陈寅恪心目中的中国文化。由此可以认定，陈寅恪的学问世界背后，有很大的自我期许，有很大的抱负。《挽王静安先生》诗有云：

　　敢将私谊哭斯人，文化神州丧一身。

　　吾侪所学关天意，并世相知妒道真。

　　这里的"天意"究竟指什么，我们下面再讲。先来解释一下"妒道真"的出典。这个典故见于《汉书·楚元王传》。在刘歆的时代，当时把持学坛权力的五经博士，皆是今文家。他们见闻浅陋，以孔子为素王，造作种种不经之谈，深恐为古文家所绌，因而拒绝刘歆提出的《左传》是否可立博士的讨论。这时，刘歆写了一篇极有名的《移让太常博士书》，文中痛责他们挟一己之私见，舍弃学问的大公。他说：文武之道未坠于地，在人。贤者志其大者，不贤者志其小者。若必党同门、妒道真，甚为二三君子所不取也。在清代学者看来，刘歆臣事王莽，有亏臣节。其实，这是将学术与政治混同起来。因为王莽与刘歆用心不同。王莽以周公辅成王自居，图其阴谋合法化；而刘歆完全是为传古文真相，经学真源。在陈寅恪看来，王国维也同刘歆一样，易遭时人与后人误解，但学术毕竟是学术，自有其庄严伟大的使命，而政治仅仅是政治，只有一时一地之恩怨。至于这首诗的后面以屈子比喻王国维，也并不是着眼于"忠臣"的政治意义，而是着眼于与神州文化"共命而同尽"的更为深远意义。

　　由此可见，学统毕竟区别于政统。这首诗的"天意"，即学问独立负有使命。从陈寅恪留给后世的全部诗文中，我们细心寻绎，发现"天意"涵有两层意蕴。一是托命河汾的文化意识，我在《寒柳诗的境界》一文里已提出分析，这里从略。另一是贞下起元的文化理想。《俞曲园先生〈病中呓语〉跋》云：

> 盖今日神州之世局，三十年前已成定而不可移易。……
> 吾徒今日处身于不夷不惠之间，托命于非驴非马之国，其所
> 遭遇，在此诗第二第六首之间，至第七首所言，则邈不可期，
> 未能留命以相待，亦姑诵之玩之，譬诸遥望海上神山，虽不
> 可即，但知来日尚有此一境者，未始不可以少纾忧生之念。

俞曲园《病中呓语》第二首云："三纲五常收拾起，大家齐
做自由人。"第六首云："几家玉帛几家戎，又是春秋战国风。"
第七首云："触斗相争年复年，天心仁爱亦垂怜。"陈寅恪的心念，
乃是对于天心仁爱、天下有道的文化理想的坚信。所谓"东皇若
教柔枝起，老大犹能秉烛游"。而"天心仁爱"的文化理想，尤寓
于"精神之学问（谓形而上学）"——陈寅恪早年留学时对吴宓说：

> 今人误谓中国过重虚理，专谋以功利机械之事输入，而
> 不图精神之救药，势必至人欲横流，道义沦丧。即求输诚爱国，
> 且不能得。（《吴宓与陈寅恪》）

所以，他高度评价宋学，谓"宋、元之学问文艺均大盛，而以
朱子集其大成。朱子之在中国，犹西洋中世之 Thomas Aquinas（托
马斯·阿奎那），其功至不可没"（同上）。1965 年对蒋天枢说：

> 欧阳永叔少学韩昌黎之文，晚撰五代史记，作义儿冯道诸传，贬斥势利，尊崇气节，遂一匡五代之浇漓，返之淳正。故天水一朝之文化，竟为我民族遗留之瑰宝。孰谓空文于治道学术无裨益耶？（《赠蒋秉南序》）

所以，他提出"建立新宋学"的著名学术文化预言：

> 华夏民族之文化，历数千载之演进，造极于赵宋之世。后渐衰微，终必复振。譬诸冬季之树木，虽已凋落，而本根未死，阳春气暖，萌芽日长，及至盛夏，枝叶扶疏，亭亭如车盖，又可庇荫百十人矣。（《邓广铭宋史职官志考证序》）

这就是他心中的文化理想。关于这一文化意识、文化理想，在他的治学中是如何体现的，我将另外撰文评述。至此，我们对于"江东旧义"这一著名学术经典的题中应有之义，已大致释证如上。这是一份内涵丰厚、立意深远的学术思想遗产。相信可以补足陆键东、吴定宇二本新书，在透过疏解文献去洞察传主心态方面存在的重要遗漏。

1996 年 10 月 27 日

原载《学术集林》第 10 卷

寸稊寒柳待春分

一

度过了这个特别漫长的冬天，春天变得犹疑，暖了又寒，似乎来了又离开。我开始想念南国的红豆了。打开抽屉，翻出去年年底中山大学寄来的中华诗教会议邀请信，打点行装，飞往广州。

白云机场往市区的路上，交通堵塞，人潮如流。在脏乱与广告充斥的街道背景中，木棉花孤独、高贵而挺拔，像沙漠中的行吟诗人与独自面壁的修行者。南国春早，杜鹃花竟已经萎败了，然而校园里绿草如茵，棕榈、葵树、榕树的树叶大幅大幅舒展着，空气中满满、无处不在的，都是混合着米兰、樟树和桂花的馥郁香气。到了岭南才意识到，原来南国的春天是男性的，大声的，沛然莫之能御的，而江南的春意一如江南的女子那样含蓄而阴柔，像西湖边的柳浪闻莺，那莺语商量，全都是江南的丝竹、昆曲与水乡里穿蓝印花布女子的身影。

康乐园一片乱红菱败的杜鹃花旁边，我找到了陈寅恪的故居。我没有想到它的周围如此开敞、大气，座落于如此碧绿的大片草坪之中。当时恰有一抹夕晖，像舞台的灯光一样打在楼身，使之隐约具一种尊严与神性。然而当我站在了楼上的窗前，在先生讲课的宽大阳台上呼吸着春天的空气，这座常在梦中的小楼又亲切得一如我回到了自己家里。就是在这里，诞生了我常常研读、每年都要讲授的《柳如是别传》，一本与江南诗性与血性相关的巨著。在江南与岭南之间，是那最伟大的世纪诗人。有多少次，在常熟的拂水山庄与尚湖，在杭州的西溪与西湖六桥的桃花树下，在姑苏的天平山与金陵的古渡，在上海寒冷的长冬，在台风来临的日子，我都静下来，聆听过陈寅恪从这里发出的声音。多少年来，我一直静下来读解他那时的书，透过陈寅恪他们这一辈人所昭示的文字，艰难寻找着其间消失中断的气脉，接通传统渊深丰满、无穷生机的生命深处，倾听士与文化中国的秘传信息。

人生中确实有些事情真的说不清楚。豆豆两岁的那一年，我写过一篇考证陈三立陈寅恪海棠诗的文章，有一天我写累了，靠在沙发上休息。豆豆在沙发上玩，忽然扔给我一本书。我的客厅兼书房，沙发的背后就一排顶着天花板的书架。豆豆抽了一本书，劈头扔到我的怀里。这本书是季羡林散文自选集，打开来的这一页，我一看就怔住了：正好是《西府海棠》！而我正好写到了陈寅恪通过海棠之咏来传递他们一家三代的中国近代历史思想奥秘。而季羡林先生梦中的这株清华园的海棠，也恰恰正是陈寅恪四十年代在成都、五十年代在岭南梦中反复出现的那株海棠。更奇的是，季羡林先生这篇文章的最后落款，竟是"写于华东师大专家楼"，而我那时的家，正住在专家楼不到一百米的旁边。

陈寅恪故居的四周都是通透开敞，没有依傍，犹如他一生最坚持的独立之人格。他紧紧抿着嘴拄着手杖照的那张照片，背景里的那棵大榕树，正在我的眼前发散着春天的气息。这棵大树也使我想起他关于文化中国的著名意象：譬如经冬之大树，本根未凋，又可荫庇数十百人。然而当今的中国高校，行政主导、教授打工、学生不学，各种形式主义与锦标主义盛行，学问的尊严流失，大学的精神窒息，大学生对于大学精神生活的庄严与美已经久久隔阂，陈寅恪的意义一如一座深深掩埋于狂沙荒野里的古塔，塔尖埋得那么深，沙漠上寻找甘泉的人都快要看不到路标了。

中山大学中文系的师生们办了一个粤雅诗社，发行了四期《粤雅》，坚持竖排、繁体，专刊载旧诗词与古文骈文——一如陈寅恪对于他的著作出版的要求——是我所见到的最好的当代古典中文写作。其中有好几首就是写陈寅恪故居的。陈寅恪喜欢的两句诗：绝艳似怜前度意，繁枝留待后来人。仿佛就是一个神奇的诗谶。粤雅诗社，仿佛正是这样的后来人。这次广州新会之行，他们想联合两岸三地甚至东亚中华文化圈的汉诗教学力量，为了中华文明的绝艳繁枝，商议成立中华诗教学会。

二

但是"诗教"却是一个会引起争议的词。或者说，这是二十世纪中国诸多被污名化的古典名辞之一。这是现代人不读古书，易被洗脑之过也。我们要追到原典。何谓"诗教"？《诗大序》说："风，风也，教也。风以动之，教以化之。"孔颖达疏："上风是《国风》，即《诗》之六义也。下风即是风伯鼓动之风。君子风教，能鼓动万物，如风之偃草也。"诗教就是人文风教，就是凭借着文学的感染力，张扬文明价值，维系世道人心。诗教的一个重要对象，是统治者。孔颖达说："人君诚能用诗人之美道，听嘉乐之正音，使赏善伐恶之道举无不当，则可使天地效灵，鬼神降福也。"所以诗教首先是针对社会上层尤其是统治集团，甚至是直接指向"人君"；其次是指向社会上层的精英即读书人。我在十多年前的一篇文章中说，《诗大序》的著名命题"发乎情止乎礼义"，并不是针对一般的老百姓，而是针对统治阶级，针对权势者，孔颖达已经说得很明白了："吟咏己之情性，以风刺其上"；"或陈古政治，或指世淫荒，虽复属意不同，俱怀匡救之意"。这里哪里有用统治阶级的伦理来规范约束老百姓的意思？

让人哭笑不得的是，我今年春天在某校作了关于《诗大序》的这个讲座，推崇美刺精神，表彰风教传统，主张重建中国文学的抗议传统，重认中国文学的政治话语权，力矫目前批评史对于《诗大序》的主流看法。可是，这个讲座的报道在某校中文网上刊载时，却奇怪地变成了我批评美刺比兴多半附会，批评《诗大序》的伦理文学观，完全与我讲的相反，成为时下主流的教科书上的说法，我怀疑写报道的人根本就没有听我的讲座，或者没有听完，只写他考研究生时的备考手册上干巴巴的条条？或者，更糟糕的是，他害怕或过度敏感我这里说的"政治批评"四字？这就太让人失望了，不仅有损于堂堂名校的水准，而且可见文化专制把人变得如此软骨症了。我赶快请学生帮我找人通知该校彻底删去这条报道。

在广东新会开理事筹备会时，关于"中华诗教"这个名称是不是合适，也引发了一点分歧。有人认为主张以诗歌来教化，会给人冬烘的感觉。有人认为诗歌教育本身就引人向善向美，有教化的功能。有人虽然认为诗教好，但是觉得不如诗歌教育言明意赅，无需解释。就在大家都几乎放弃了中华诗教的名称，似乎改名为诗歌教学学会已成定局之际，我表示不同意见，坚持原来"中华诗教"的名字。理由是：1. 政治并不是一个不好的名辞。要看到诗所含有正大庄严的使命，不能以二十世纪对中国文化的误读来污名化诗教。2. 当代政治、道德与文化的基础有重大危机，诗恰恰可以发挥重要的作用。3. 诗不仅是诗本身，而且是士的文学。士的重建是文明要义，兹事体大，应从学生抓起，中国将来的干部队伍、公务员水准、社会风气、世道人心，才会有点希望。因而，"诗教"，退可守，进可攻，何乐而不为？我们为什么要作茧自缚？在黄坤尧教授的赞同下，大家后来还是采用了中华诗教的原名称。这也是中国文化诗教没有死的一个象征性的胜利。

三

其实，岭南自有其诗教的传统，近的可以追到黄晦闻（节），远的可以追到陈白沙（献章）。我们开会的这座圭峰山下，正是明代大儒陈白沙的故乡。白沙先生合诗、书、理、礼、教于一炉，几乎终身未做官，以其二千多首诗和理学心得，创江门学派，成岭南一人。其道德风范与人格魅力，深切影响了后来的岭南社会与历史，成为南方的圣人，近代精神的重要源泉，传统知识社会的中流砥柱。如果我们今天倡导诗教而遗失白沙先生这一大人君子的诗学传统，则似未能取法乎上。黄晦闻先生是广东顺德人，辛亥革命的元老，但是革命后看到政治太坏，道德崩溃，人心迷失，新国家的基础不稳，遂退而执教于北京大学，教授诗学。他明确提出诗教：

> 世变既亟，人心益坏，道德礼法，尽为奸人所假窃，黠者乃藉辞图毁灭之。惟诗之为教，最入人深。独于此时，学者求诗则若饥渴。余职在说诗，欲使学者由诗以明志，而理其性情，于人之为人，庶有裨也。……国积人而成者，人之所以为人之道既废，国焉得而不绝？非今之世耶。……余亦尝以辨别种族，发扬民义，垂三十年。其于创建今国，岂曰无与？然坐视畴辈及后起者藉手为国，乃使道德礼法坏乱务尽，天若命余重振救之，舍明诗莫繇。（《阮步兵咏怀诗注·自叙》）

"惟诗之为教，最入人深"，说出了诗歌即宗教而非宗教的特点。我们意识到今天的现实是：中国是一个没有宗教的国家，没有宗教，就没有敬畏。"绝对的权力导致绝对的腐败"，这句话也可以移过来解释人性：绝对的人性自由，也是无恶不作的。因为上面再也没有约束了。在这样一个没有宗教传统，而又加速进入大转型时代的国度，制度与法治，当然是根本的，但又是不够，诗教是不是可以在世道人心方面，发挥一点点作用？其次，黄晦闻先生看到了政治与道德的基础太坏，重建这个基础的重要性与紧迫性，我们今天同样也面临着这样的重要时刻，知识人、士阶层，应该做文化与文明的主持人，文化是一种建构，今天的青年人也是"求诗若饥渴"，你不给他诗书礼乐，他就怪力乱神。诗教在今天的意义，依然不失其庄严正大的内涵与生命本然的需求。

一百年前，黄晦闻先生在那样一个危机时刻，对于中国文化的死而复苏，充满美好的期待，他有两句诗，深情高韵，传诵一时：

束草低根留性在，寸荑寒柳待春分。

今天的圭峰山脚，群峰如抱，谷有林泉。窗外是大幅的草木蓊郁，和煦的春风吹拂。忽然想到，陈寅恪先生的书斋，为什么叫"寒柳堂"？不也正是这两句诗所蕴含的高远意境么？

2010 年 4 月 1 日

原载《文汇报》2010 年 4 月 28 日

千年文学守灵人

十多年前，我读徐复观《中国文学论集》《中国文学论集续编》，撰写书评《思想史家的文学研究》（《贵州社会科学》1987年第5期），我心中的问题意识，是学术界对中国文学思想的主流评价，究竟是否陷于意识形态的窠臼而不自觉。那时大陆学界对于中国传统文学思想，几乎是一边倒的批判态度；尤其是对儒家思想在中国文学史上的影响，除了老生常谈而又意识形态化的"爱国""人民性"大话之外，几乎无一正面评价。我们知道二十世纪八十年代的意识形态几为反传统思潮所笼罩，所以一损俱损，是听不到为中国文学说公道话的声音的。而徐氏的这两本中国文学论著，则不仅完全没有"以鲁莽愚昧的态度，去对待自己的文化"，而且理直气壮、文风老健，对

徐复观先生

我来说，犹如聆入海潮音，新鲜而气息浑厚沉雄。所以我在写这两本书的书评时，就着意挖掘了徐复观对于中国文学思想中儒家传统的正面积极意义，特为加以表彰，以提示学界理解中国传统文学思想之时，另一种可能的阐释向度。而自九十年代以来，如所周知，学术界的风气已经有了很大的变化。其中有两个值得一说的趋向，一是由空泛、抽象的议论，变而为具体地讨论问题，多用事实、材料说话，重新回归了实事求是的学风。另一是本土意识的觉醒，即由原先较多依附于外来的理论和思想，变而为更加重视中国传统内在的声音。简言之，这两种趋向使我们少了意识形态的框框，也更看清了中国本来文学的真相。譬如，对于儒家文学思想、人文传统在中国历代文学中的正面影响，渐由主观武断实用主义的批判导向，转而为渐渐注重客观冷静的研究眼光。因此，我十多年前那篇书评（虽然似乎仍是目前大陆仅有的书评），至今读来，已尽其能事，或只略存八十年代学术思想史上的文献价值而已。

一部真正的经典作品，其价值意义，乃是光景常新，而绝不只领风骚于一时。虽然，比较起徐复观的其他方面著作，这两部文学论集几乎可以用《文心雕龙·知音》中"酱瓿之议，岂多叹哉"一语来加以形容。且不说大陆，就台湾而言，尚有几家大学中文系有识者将二书列入某某课程的必读书目——除此之外，几乎不见有专门的书评回应①。然而，这部书所凝聚的作者的人格、

①　笔者所见，惟张少康、汪春泓等著《文心雕龙研究史》的《五六十年代台湾的〈文心雕龙〉研究》一目中，用差不多11页的篇幅，介绍徐复观的《文心雕龙》研究成果。（《文心雕龙研究史》，北京大学出版社，2001年）

精力，所照见的中国文学世界之大处、深处，以及思想家、史家看文学时，所特具的一份新鲜动人的力量，与徐氏的其他著作比起来，都是不遑多让的。

我们且说徐复观的文学观。一部好的文学论文集，犹如一支好的球队、一篇好的文章。球队要有思想有灵魂，而且要有自己的创意，不能全是人家的办法和搬来的半生不熟的风格；而文章要有立意有主脑，有真实的存在感受，而不能只是优孟衣冠或鹦鹉学舌——应该承认，二十世纪由于西方文学观的巨大冲击，真正具有丰厚的本土资源、又兼思想家与文学家于一身的成功人物，是不多见的。徐复观正是这样的人物之一。因而他的中国文学观，与他的中国文化观不可分开。

徐复观对中国文化的根本观点是：一、中国文化认为人生价值的根源，即在人的自己的心。二、这个思想是别的民族没有的，所以，中国文化最基本的特性，即"心的文化"。三、心的最根本的特点，不是"三界唯心"，不是唯心论的心，也不是西方心理学和意识哲学的心，而是道德自觉（儒家）和虚静明觉（道家）。四、心通过工夫呈现，由此可以建立人生价值的根源之地。五、中国文化的心，其实践表现，即每一时代的道德人心、历史人文、艺术宗教。所以了解中国文化的心的本来面目，既可以通过每个人内在的实践工夫，也可以通过历史人文下手。

由此可见，徐复观的中国文学观与中国文化观一样，都有一个关键词，即"心的文化"，因此可称之为"心的文学"。学理上的特点，即顺着中国思想原有的传统脉络来讲，是根植于儒（尤其是阳明学）、道（主要是庄子学）、释（禅宗）的精神来讲的，同时，又吸收了西方人文主义理性哲学、辩证法的一些思想要素，是直贯横通地讲的。他既深受时代厚赐，又确能超越时代。我们已经看到，只有在那个时代新旧交合之处，才能产生那样的思想人物。

就文学观来讨论，徐复观有没有特点？我认为是有的。概括起来说，一是性情的纯正，二是伟大的品质，三是工夫的文学。对这三点的坚守，在他看来，即是对千年积累而成的中国文学传统精神价值的坚守。"所谓得性情之正，即是没有让自己的私欲熏黑了自己的心，因而保持住性情的正常状态。"所谓伟大的文学，正是如杜甫诗歌那样，"要承担，却又无法承担，这便形成杜甫一生的'苦难精神'，及由此苦难精神所观照的苦难世界。……因为他是'忧端齐终南'的悲怀，所以看到的便是'乾坤含疮痍'的世界"。所谓工夫的文学，正是"以儒家思想，作平日的人格修养，……必然而自然地觉得对人生、社会、政治有无限的悲心，有无限的责任"。由此可见，徐复观的文学观，类似于卡莱尔式的"文人英雄"："文人英雄将被发现履行着一种对我们来说是永远光荣、永远崇高的职能。……这就是过去历代人们认为先知、教士、神灵所履行的那种职能，……他能为自己辨别出并向我们表达出这种神圣的观念。"

五四以来的文学思想，比较着重突破传统。有茅盾、鲁迅的"为人生而艺术"的文学观，有周作人的"人的文学"，有梁实秋的"人性的文学"，这些似乎都与徐复观所谓"心的文学"声气相通，都深受五四思想高扬人性、人生、人道的旗帜的鼓动，而凸显大写的文学的意义。但是，依我个人之见，上列种种，皆有佳胜，又各有缺点。如专就批评的角度来说，譬如"为人生而艺术"，虽然强调要照明人生，摧破黑暗，却并不真的解决了光源问题；而且讲到最后，是为思想而文学，为好社会而文学，而且在具体的落实中，黑暗往往比光源更为优势。"人的文学"，宣称"人不是世间所谓'天地之性最贵'的人"，而是"由动物进化而来的人"（周作人语），因而所主张的"灵肉一致的生活"，实际上是顺着整个现代世界世俗化的趋向，强调了人的自然生活一面，不仅回避了人生的真实复杂面相，而且也依然缺乏人性的光源，缺乏人生价值根源的建立。而梁实秋的"人性的文学"，则是反对浪漫主义的放纵感情，主张理性制裁，以理制欲；而他的理性，只是古典理性、秩序理性、伦理理性，或者，只是常识理性而已（中国文化的常识理性很重要，这是另外一个问题）。而且，他将情感排斥，于文学的流动处、精彩处，已相去愈远了。因此，我这里先笼统作一比较：同样是以人性为本心的文学思想，徐复观比茅盾、鲁迅，更有中国本源，更有价值贞定，更明朗乐观；比起周作人，更能真的正视人生，也较有道德理想，也较厚重、伟大；比起梁实秋，更深刻、严肃、宽阔、纯正。确是二十世纪中国既植根传统，又自成格局的现代文论一家言。

（《中国文学论集》《中国文学论集续编》，台湾学生书局 1981 年版，大陆版易名为《中国文学精神》，上海书店出版社 2004 年出版）

夏瞿禅与义理学

这个题目有点难免令人感到奇怪：一代词宗夏承焘（瞿禅）先生，与孔孟程朱陆王一系义理之学，有何干系？近来偶阅《天风阁学词日记》，发现瞿禅先生之于义理之学，下过一番严肃的

夏瞿禅先生

天风阁学词日记（浙江古籍出版社 1984 年版）

心力；义理之学之于词林宗师，有过一份真切的感召。此一现象，值得治词学史，以及治现代中国学术思想史的同道，细参其文化意涵。以下，摘录若干重要日记如次：

1939 年 11 月 17 日日记，回忆 1922 年"在陕三年，读理学书，最检点身心，读书亦最勤苦，册中多自励语，今日阅之，犹起感奋"。在这篇日记中，他还回顾自己的勤苦著书经历，缺点在于"为人者多，自为者少"，这句话中的"自为者"，从上下文看，正是宋儒所谓"身心性命之学"。

1938 年 4 月 20 日记："思仿朱子年谱体为阳明年谱会笺。年来治词过于琐细，思务为阔大之业。"过两天之后，又记："阳明各文皆有年代，按年札其论学思想，当不甚难。惟若放大范围，并下及后代王学影响，则殊费事。然非此亦太平易，当勉为之。年来蔽于词学考据，琐琐枝叶，颇思搁置，以从事身心性命之学。阅王集数页，便觉心气畅适，与家人晤谈倍有味。"过四天之后，又记："日来念念在阳明之学。"过三天之后，又记："阅朱子晚年定论毕。朱子自悔从前琐碎，入晚乃向里把持，此种心理，人人如此。"这几段文字中，"向里把持"与"心气畅适"二语，是直凑单微的语辞，表明了瞿禅先生对于义理之学之精义，有一份真实的感应。

1939 年，瞿禅先生对于义理学，兴趣不衰。三月六日，与友人"同过无锡国学专修学校听唐蔚芝先生讲论语，……五时归，辄觉即事多欣。久不闻义理之言，沉涵于琐碎考证中。得此激醒，无殊天国乐土也"。"即事多欣"四字，讲得真好。

1940 年，他更下一番工夫。但不是"为人之学"，而是"为己之学"。换句话说，他学义理，是在自家身上作工夫。譬如，2月 16 日记："夕阅理学宗传，思每日楷写宋儒行事一则，积多，依《世说新语》分类，以自警策。……若札其行事可师法者，则宋学精神出，亦阳明所谓人须在事上磨，始立得住。"

尤可注意的，正是在这一年，他读马一浮先生的文字，大受震动。2月 23 日记："于太炎文学院见马一浮先生复性书院宣言，淑世鸣凤，为之神往。宋儒义理之学，今日视为迂腐，得翁振起，一反浇漓，庶几五季之后，而有端淳之化。其诚来学规程，一曰不求仕宦，二曰不务财货，三曰不斗净，诚对症刀圭。……又曰，君子之学本以求己，不期化人而人自化。其效虽缓，而未有不及人者，此言亦至有味。自顾眇然，觍颜为师，安得担簦相从，为门下一扫除哉。"次日，又与友人"谈马一浮翁广大精微，诚大儒哉"。歆敬之情，跃然纸上。

其他日记，或记述有关修己及人之演讲，或札记日常义理学的读书心得，或与友人谈朱子阳明等，尚有许多。皆足以表明瞿翁与义理学之关系甚深。秦子卿《淮海楼笔记》述"瞿翁笃于友情"事；王季思《三年风雨对床眠》文记瞿禅"性格内向""名心淡泊""有定见""温厚宽容"等，都是对他义理之学受用身心的很好证明。现代读书人最大的毛病，正是失去了义理之学这一血脉。所以《天风阁学词日记》中学术思想蕴涵，颇耐人寻味。

原载《社会科学报》1995 年 10 月 12 日

淘沙宽堰，守先待后

——读王元化《思辨短简》散记

我向来喜读中国古代的笔记体文章。古人所谓"烧丹抱朴，尽化九转灵砂"；"弱水三千，惟取一瓢小饮"，大千世界，历史人生，可以在一觞一品之间，悠然领略。因而，读笔记文颇有一份身心俱乐的放松感，如在家与人晤谈；不必像读西人哲学大著那般正襟危坐，抽紧筋骨，如入官门衙府办事。朋友有攻西哲史者，尝云康德书中子句、从句之多，每读一句，十指并用，仍嫌不够。苦哉！

元化先生这本小书，正是以传统笔记体裁，或阐述某一观点，或记述某一学案，或抉发一段史实，或考订一段文献。作者清澈的理性、精湛的学力、执着的信念，以及那一幅对祖国命运深切关注之情，芊芊蔚蔚，发于笔墨之间。可以沉潜含玩，可以从容卧读，可以清晨啜茗而读。

元化先生颇喜"沉潜往复，从容含玩"八个字，以为是一个读书人最起码的心境，也是一个写书人最可贵的心境。我以为《短简》相当突出的一个特点，正由此八字道出。作者在书中无论讲史、析文、说理、谈艺、训诂、考证，无不以一种从容不迫的态度，细细咀嚼，娓娓道来。在隽永的文字底下，实融凝着往复回还的学术锤炼之力。我个人读书（尤其读文史类书），历来有一种特殊的"品尝法"。即先看作者的文字是"干燥"一路呢，抑或属"滋润"一路。倘若是前一路，我总固执地以为，作者对其研究对象，似未尝下过一番"沉潜"之功；倘若是后一路，则作者对其研究对象，实具一份"含玩"之乐。品书如品酒，精酿深藏之酒，总是味厚而长。

譬如，作者由司马迁《李斯列传》中"申、韩之术"一语，细加抉发，渐渐疏理出学术源流，渐渐彰显出"极端诡密"的韩学底蕴；作者由龚自珍与各阶层人士的往来交际中，多面描绘其超越时俗的人格，并由此洞见其"海天寥阔立多时"之一种寂寞心态。又譬如，《文心雕龙·神思》篇中的"物"字，究竟作"外境"义，抑或作"事理"义？关系甚大。作者从《范注》追到《段注说文》，追到王国维《释物篇》，追到许氏《说文》以及《周礼》《仪礼》《释名》等古籍中"物"字之初始义，又由此初始义疏理出"物"字误训之所以然。义据搜寻之勤劬，裁断之精审，讲析之明畅，尤可见出沉潜含玩之功力。此种学术心境，与近几年学界，尤其是青年学子的浮躁心态，俨然形成鲜明的对照。仅就我耳闻目睹之风气而言，青年学子沾沾于一二本书的出版，汲汲于所谓"构架"、所谓"时效"者，近几年颇不少。然读其大著，只见其人匆促跟跄的身影，捉襟见肘的窘态，惟独不见一份从容把玩之心境。不禁想起一位有识之士并非危言耸听的断语："论文成堆的黄土高原上，真正的学术金矿已经掩埋。"

作者一生低首中国传统文化的殿军——乾嘉学人，多次郑重推赏博大渊深的清华四导师。或许，这与他少年就读于清华成志小学不无关系？王（国维）、梁（启超）、陈（寅恪）、赵（元任）俱往矣，愿中国未来的学坛，再多一些"清华懿弟子"。

古今无数有思想的学人，实有一共通的特点：踏踏实实地将学术功力转化为文化生命，用学问智慧的点滴去浇灌民族理性的生长。即便是乾嘉学人又何尝不是如此。本书作者的学术生命历程，正依循此一种学人的通性；本书中对"知性"认识方法的清理与批判，正可见出此种通性之一斑。

知性，既是人的认识方式中不可缺少的"助手"，同时又是将人的认识置于僵死境地的"凶手"。试以红绿灯为喻而论：红黄绿三色，乃是人对光色的区分与辨析。若无此一种区辨，则无法使流转无定的光谱得以确定。但是，倘若因此而以为"红就是红"，"绿就是绿"，"黄就是黄"，则人的认识就无法抵达客观事物的内在实质。色谱的真实，乃由紫、蓝、绿、黄到红的一种连续统一体。实际上惟有一幅由光线的明暗与波度的长短而组成的流动。知性方法，正是将此一统一体连续体切分开来，固定下来，成了片断与抽象。理性之所以优于知性，正在于理性通过把握事物自身的内在联系，又回到了事物的连续体。这就是本书中反复强调的由抽象上升到具体，由一般回归到特殊、个别。

作者是同时人中拒斥知性最有力者之一。作者及同时人对知性的细致深入批判，有一个深层的思想文化背景，即"左"的教条主义思想的盛行，以及在"文革"十年中的泛滥。今天看来，作者对教条主义认识论根源的挖掘与批判，依然是出于相当严肃、求真的学术态度，绝不同于"追问为何吃大米而不吃面包"式的非学术心态。然依我个人之体会，今天读此类文字，更须深原作者及其同时代人的处境与用心，方能真正理解此一学案的诠释学底蕴，方能真切听到作者及其同时代人的内心深处，分明有一种对真正的理性精神的殷殷呼唤。

作者在书中臧否古今人物，实具自己的一种眼光。尤其对龚自珍、对五四人物，有一种很深的了解与同情。

早在十年"文革"万马齐喑的时代，作者即潜心研读龚氏诗文。1976 年撰成的《龚自珍思想笔谈》一文，我以为迄今为止依然是作者最精采的文章之一。其中有一种"幽光狂慧"的感人力量。此文很快被日本汉学家冈村繁先生收入《中国诗人论》一大巨册（王文是唯一出自大陆学者之手的一篇论文）。《思辨短简》中所录几则，即出自《笔谈》。我们从这片断的文字里，依然可以感受到某种抉入历史生命深处的穿透力。这令我想起梁启超"初读定庵文集，若受电焉"一句话。写龚学史之后来人，一定不可忽略近百年来知识分子心态中，那样一种绳绳相续的救亡图强意识。

五四人物的反封建精神，作为中国知识分子的一种新新不已的精神资源，已盖棺定论。本书作者所赏爱、所强调的一点，我以为十分重要：即五四人物对思想与知识所抱有的一种开放心态。依我个人之见，这正是五四人物出自传统，而又超越传统的一种文化心态。中国儒家所谓"道并行而不相悖""天下一致而百虑，殊途而同归"，正是一种开放心态。马可・波罗曾惊叹中国社会儒、道、释诸家融融相处的现象，即史实之昭著者。西方基督教最具一种排拒异端的狭隘心态。西方历史上宗教战争连绵不断，无不与此有关。我至今不能忘记，若干年前看过的一幅油画：一位美丽纯洁的少女，由于希腊神话及罗马皇帝迫害教徒的惨酷风俗，如何辗转挣扎呻吟而死于牝牛角之下……

本书中有若干札记是关于文艺批评的，读来益人神智。作为一名有影响的批评家，除了一系列独到理论建树而外，作者有两个原则，一直把得很牢：一是真实原则，一是人格力量原则。在作者的批评观中，两个原则相互融摄：写真实的勇气来自人格的昂然挺立，而人格力量的显现，落实于直面真实，迎向苦难的抗争精神。作者在本书中所表彰的西方文艺家一大传统：如巴尔扎克之坚韧，果戈理的良心，车尔尼雪夫斯基的执着，以及罗曼・罗兰之心的光明，等等，我以为，今天仍然是当代文学艺术家值得珍爱的精神资源。

掩卷之际，忽然想到一件事：当代有一位哲人，某年某日，曾独自久久漫步于四川成都青城山脚泯江之畔的都江堰，最后写下一句话，便飘然远逝。这句话是：

深淘沙，宽作堰。淘其沙而致深阔，宽其堰以纳众流。

此《思辨短简》所开示的学术心境、思想旨趣、文化心态，岂不是可以由此概括？于是随手写下了这个题目。

原载《读书》1990 年第 10 期，总第 139 期

为思想而生的人

——王元化学馆重新开馆侧记

今年 5 月 7 日，王元化先生逝世十周年之际，位于华东师范大学中北校区图书馆的王元化学馆重新开馆了。同时为了纪念他，华东师范大学中文系、思想所、中国古代文学理论学会及校出版社共同主办了一个以"后五四时代与中国思想学术"为主题的学术研讨会，来自上海及外地的学者三十余人热切发言，算是以学术与思想的方式，纪念一个严正的思想者。

元化先生生前十分喜爱这段话："沉思的心灵生活其实才是他们最为珍视的，时时会从喧嚣纷扰的世俗中回返思想宁静的家园，他们是那种为思想而生的人，而不是以思想与观念为职业的人。"他缠绵病榻之时，曾认真思考过建立学馆的事情。留下了两项遗愿：一是学馆的建立，不以纪念人物为目的，而以探讨他未完成的思想课题为宗旨；二是写上这段话。记得他在辞世前一周，卧床低语，亲口交待，要将这段话写在学馆的门口。然而诸事多磨，先生遗愿，今方达成。

一进学馆大门，在一个典雅的屏风上，以竖行楷书映入眼帘的正是这句话。我那天介绍这一段先生临终遗愿，忽游心幽冥，似与先师心意相往还。揣摩遥想当日先生心情：回首平生，"在荆棘丛生的理论之路上艰难前行"（先生语），坎坷多事，出师未捷，遗恨满胸，唯可称为乐事、宽以相慰的，即是"以思想为生，而不以思想为职业"。试想西方人临终前，床前常有牧师一番祷告，靠上帝的恩惠与力道，以消除恐惧，平静迎接死神的到来。人临终前的心理，如何免除一种无边黑暗与惧怖不安，是一大问题。中国明代的理学家罗汝芳曾讲一件事：某大人生平无不如意，然临终前不免数叹气。罗立志此生要寻一件不叹气的事情做，于是成为一名儒者。先师少为基督徒，中岁蹉跎，然而终于以书卷、学问与思想安顿生命，平静辞世。噫！先生终成儒者也。

上午八时三十分，王元化学馆重新开馆及铜像揭幕仪式正式开始。关于这个铜像，还应该再多说几句。铜像的作者是著名女雕塑家李秀勤教授，任教于中国美术学院。原来，先生生前十分喜爱杭州西湖湖光山色，多次前往位于西子湖畔的中国美院讲学，在那里结识了一帮敬爱先生的友人。我记得先生的八十大寿，就是在杭州西湖断桥边风景如画的湖畔居上过的。那天美院的舒传曦教授很有创意，用八十个不同的大红剪纸寿字，给参加的人每人一个，张之于壁，为先生寿。后来，这些美院的老师，自发捐资，要为先生塑一铜像。任务落在李秀勤教授身上。李老师是国际知

名的雕塑家，然而百忙之中，放
弃了许多其他重要的邀约，一心
专力为之。她往返沪杭两地，不
辞劳苦，多次访谈，为充分了解
先生思想，做了数十盘录音录
像，反复构思，揣摩体会，神与
之游。雕像完成之后，终于赢得
了先生的称许。今天我们看这座
雕像，与一般纪念性的人物头像
完全不同，不是高昂放眼，而是

王元化先生铜像

低眉默想，然而先生面部最具特征的额头与眼睛，完全表现出来
了！额头突出而饱满，笃实而有力，令人感受到充沛的思想在其
中蕴蓄。眼镜框下的眼睛，有一股不易察觉的锐利与激情。俯首
沉思，而又辐射着生命的气场，这奇妙的张力，正是"为思想而
生"——这个切近了王元化先生的心，也使这一塑像真正成为有
思想的艺术。在那天的揭幕仪式上，我公布了捐资者的名字，他
们是中国美术学院的舒传曦教授、许江教授、刘正教授和王赞教
授，并致深深感谢。

此次重开的王元化学馆位于华东师范大学中北校区图书馆二
楼，除了永久展出先生生前的手稿、信件、日记、笔记等珍贵资
料外，特意将王元化先生晚年思索探寻、未及解答的 19 个问题，
以"王元化之问"整墙列出，同样以此方式列出的还有"王元化
精神生命年表（1978—2008）"。1979 年是先生的代表作《文心

雕龙创作论》发表并引起社会反响的年头，自此至先生逝世，关于先生的学术思想引发的各种回响，据不完全统计，有148篇（不含单纯回忆与纪念文）。或商讨问题，或发挥大义，或补订史实。"王元化"一名，实为一个符号、一根杠杆，表达当代人文思想之某种重要征兆。因而，王元化精神生命史，亦成为当代中国人文精神史之一脉，至今仍未止息。学馆将文章目录张于整幅大壁，以往复讨论的作品，展示学术生命的生生不息。此外，学馆内还将有关先生的生平资料，以视频的方式滚动播出，同时开辟了研讨区和讲演小会场，可供读书组、小型研讨会、讲演与定期研习，以期能够达成先生将学馆建立成一个持续用力、久久为功的公共人文研究机构的心愿。然而由于空间与收藏条件所限，未能将先生的书法作品展出，是最大的遗憾。先生晚年书法，为学人书法极具张力的典型，曾在上海美术馆、中国美术学院展出，引起很好的社会反响。

会上，学馆向大家赠送了刚刚送来的新书——《后五四时代中国思想学术之路：王元化教授逝世十周年纪念文集》两大册。王先生有一系列关于五四的反思为学界瞩目。其中一个很重要的思路即以西方为参照，而不是以西学为标准。这是新时代中国文化自觉的重要标志。我特地推荐了这部纪念文集中贾晋华教授一篇长文——《感物溯源：中国古代关联思维的形成和衍化》，文章写得汪洋恣意，能放能收，是我心目中相当有分量的古典中国论述。她通篇讲了一个中国文化的关键字："感"。正如钱穆先生曾经说过："'感应'二字，实可谓会通两千年来文化之精义而包括无遗。"作为重要的参照，文章充分引证了西方很多的汉学家——列维·斯特劳斯、葛兰言、卫德明和李约瑟、史华慈、司马富、郝大维、安乐哲等等，他们的论著都讨论过的，把"感"称之为"协调思维"（Coordinative thinking）或者"关联思维"（Correlative thinking），他们都认为这个思维是中国文化非常核心的东西。在宋代，张载把这个观念概括为"感之道"，隐含了一种"政治心理学"，相信通过心灵、情感、意志、人性的相互心理感通，统治者和被统治者可以维持和谐的关系，民众可以自愿愉快地接受统治管理，参与社会秩序的建设和运行，而不是依赖于强迫性的法律和惩罚。儒学的感之道强调最大限度地以心理的、情感的力量作为人类生活和社会秩序的主要激发和驱动力。更重要的是，"感"是一种东方式的情本体，天地万物同源共生，相互感通，相互依存，相互关联，相互协调，这就是所谓的"天地万物之情"，即包括人在内的万物在宇宙中生生不息的有机过程和共存共荣的情状。这样一种关联模式，涉及宇宙自然、社会政治伦理、道德医学、心理、美学等众多的领域。……总之，后五四关于中国文化的自觉，有很多重要的事情可以做，我欣喜地看到，先生生前未及完成的课题，已经有更多更好的学术研讨正在继续。

午餐后，诸位教授自愿前往青浦为元化先生扫墓，跪拜、鞠躬，献上新书与鲜花，众人驻足良久。随后随车返回，整场纪念会顺利结束。归途中，我写《暮春先师墓前感赋》，以纪行：

一

城外陵园雨外天，

春风无力起啼鹃。

何人知道清园叟，

遍觅松边更竹边。

（注：久觅先生墓而不得）

二

气节文章自有天，

魂归楚地一啼鹃。

先生仙去犹兀傲，

碑面不朝大道边。

三

残花飞向晚春天，

啼血诗心托杜鹃。

莫道哲人空有问，

新书敬奉墓阶边。

2018 年 5 月 24 日

问道于百年学术

自晚清以来，百年中国学术其实已经历了几重危机：首先是民主、自由、平等、人道等现代价值，对于传统中国的重估，一切千年旧物，都需经此而尘埃落定。接下来大的危机是科学的洗礼。一切真正的知识都只能是科学知识，摆不到事实的桌面上的言说都将失去"学术"的资格；价值与事实相分，于是中国学术中的"精气神"，转而为"文史哲"。再其次是历史主义和多元价值的冲击：没有什么东西是绝对的，一成不变的，即没有什么东西是普遍有效的，包括知性范畴、客观事实以及历史原则本身。于是"文史哲"再转而为知性的游戏、符号的展演。——这一点以及下一点，都可能是已经或正在遭遇的人文危机。第四，技术主义、功利主义、消费主义浪潮，以及诸如尼采式的超善恶的个体人生观。于是，游戏、符号再变而为体制的建构，变而为大众的狂欢，以及消费文化的价码标签和时尚花样，或变而为自恋式的个体乌托邦。如果说百年学术之于科学洗礼，已是"两岸猿声啼不住，轻舟已过万重山"，那么，对于其他几种危机，却也仍是"楼船夜雪瓜州渡，铁马秋风大散关"。——前现代的艰难转型、批判反省，现代性的危机自救、自我正当化，以及后现代的颠倒淘气，凡此种种，中国学术虽历劫常新，当我们打开《百年学案》这样的书时，眼前也尽是他一付霜鬓满脸、艰难遍尝的面影，一路读来，心中也不免盘盘问问。

《百年学案》①八十三万字，选孟森、陈垣等十三位学人，以个案研究方式，呈示百年学术史一幅缩影。表面上看来，入选学案的学人可谓挂一漏百，似不足以表现二十世纪中国学术的气象万千，然而倘若以我上述"回应危机"的框架视之，亦自成一种典型。因为，尽管所有的学人都由"科学洗礼"而重获学术的现代身份，但又毕竟有别，各人对于时代问题也有不同的应对。大致而论，如鲁迅、郭沫若、胡适、陈寅恪等，着重在于代表着民主自由的现代价值对于传统的批判反省或发扬淬厉。胡适、傅斯年、顾颉刚，则充分体现了科学主义对于"国故"的合理化正当化进程，以及其中的种种紧张与困惑。孟森、陈垣、钱穆、蒙文通，则是国学传统自身开出的活力与新机，即所谓土法而成正果。熊十力、冯友兰、陈寅恪、钱穆，则不仅以现代价值从传统内部开出民族精神，更回应了科学主义、功利主义、历史主义，以及超善恶的个体人生观和非道德的社会合理观。孟子说：观水有术，必观其澜。百年学术的波浪起伏，精彩处正是各路学问英雄，各

① 《百年学案》(上下册)，杨向奎等著，辽宁人民出版社 2003 年出版。

以其独特的魅力，如何回应危机，重建道德与精神的基础，开启人文新途。

这当中最突出的一个代表是陈寅恪。越来越多的人看出，陈寅恪说王国维，其所承受的文化程量越重，越感痛苦，其实何尝不是说他自己。他说梁启超，具备了中国传统知识人的两个品质，一是国身通一，一是天民先觉，又何尝不是说他自己。百年学术所遭遇的危机，他都痛痒相关、一一领受了。陈寅恪的祖父陈宝箴，死于戊戌新政之败（被慈禧派人取喉骨而死）；他的父亲陈三立，在"九一八"的前夕绝食而死；寅恪自己惨死于"文革"之中。没有谁比他们一家更与中国文化命脉相连了。说义宁陈氏之学，也是一部中国学术史缩影，也未尝不可。

《学案》中论陈寅恪一章，要言不繁，讨论陈的学术要义，都能深入肯綮。我认为如果再能涉及陈寅恪学术如何很好回应了百年中国学术的诸多危机，而成为一种典范，那就更好了。我在前面谈罗志田的那本书时，谈到晚清国学由国粹而国故，节节下降，最后以史学正身，国字淡出，实则表明国学的无用，这是否即为常道，我仍表示怀疑。陈寅恪即化解此一危机的高人。譬如，如何既能学习西方现代价值的长处，来救中国之缺失，又不失去中国之为中国，这是百年学术的一大焦点问题。陈寅恪认为，宋儒的方法，以佛理之精粹，重新发明中国古学，是一种避名居实、取珠还椟的两全之法。今天，仍不失为结合西方现代价值与中国传统精神的文化自新之途。又譬如，一方面，正如晚清不少人已经认识到的，如果没有科学的支持，国学就上不了台面；另一方面，国学与科学结合，即不断去魅解咒，更自我边缘化的过程，成为一种为学术而学术的现代知识生产的过程，那么，又如何通经致用、爱国济民，如何养出精神之救药？陈寅恪一方面做出了二十世纪炉火纯青的史学典范，一方面又以这样的史学工作，在维护独立之精神与自由之思想这样的人类基本价值。这结实地表明，中国学术既能够求真求实，成为第一流的科学，又同时可以维护人类基本价值，不失其求善求美，成为民族文化精神与人类文明之光的重要资源。陈寅恪挽王国维的诗：吾侪所学关天意。圣籍神皋寄所思。此种意境，晚清人又何从梦见？

原载《文汇读书周报》2003 年 6 月 6 日

执大象，天下往

——《选堂序跋集》书后

去年十二月十四日至十五日两天，在香港，由九间大学共同举办，有一个盛况空前的学术会议，即"饶宗颐教授九十华诞国际学术研讨会"。共二百多位来自海内外的专家学者参加了会议。前后期间，又有赠书仪式、选堂书画展、"饶宗颐与香港大学"、饶公学术新馆开幕等一系列活动。张灯结彩，喜乐富丽，大有一番过节之感，不仅托寿公之福，而且托中国文化金刚不坏之身之福。开幕的那天，在香港回归实况转播的香港会议中心宴请来宾，金风拂座，和气浮觞，笑容可掬的选堂老人，面对许嘉璐、郑欣淼、汪德迈等三十几桌海内外胜友高朋，面对窗外维多利亚港湾繁星似锦美丽夜色，他气度雍容，一如大海不波，天地恒春。大屏幕上打出的是"仁者寿、智者健"，而我想到的是更为有深意的一句古话，即老子的"执大象、天下往"。

什么是"大象"？第一是无偏无党。我们看二十世纪百年中

选堂序跋集（中华书局 2006 年版）

国的文化学术研究，不能不提到的一个特点，即是太多的时间与精力，用在各种意识形态的斗争与工具上了，不是东风压倒西风，就是西风压倒东风。学术人物承受着太多的时代政治文化压力。学术甚而往往成了时代思潮的跑马地与党派风向的墙头草，时间一过，往往如在瓷砖上写字，下雨一洗，字全没了。这就是学术不能独立不倚。而饶宗颐的学问世界，二十世纪的前半段，也许是他身处边缘；后半段，又能跳出舞台；更因其生命内在的一种"大象"，特为强大充沛，几乎完全不受时代风潮的左右，故成就其久与大。选堂的"大象"从何而来，这仍是有待于认真探索的一个重要问题。

第二是无用，不施于运用。在开幕第一天的主题演讲中，我一边听许嘉璐教授由饶公学问说到中国文化的复兴之道，听柳存仁教授表彰选堂真正做到了苏东坡评韩愈"匹夫而为百世师，一言而为天下法"，一边产生一种又切近又迂远的想法：大概也正是因为选堂的无施于运用，反而成全其今日文化中国之大用。遥想1898 年多事之秋，张之洞发表著名的《劝学篇》，主张讲中学要有用，言之惶惶然："今日四部之书，汗牛充栋，老死不能遍观而尽识，……沧海横流，外侮洊至，不讲新学则势不行，兼讲旧学则力不给。……今欲存中学，必自守约始，……损之又损，义主救世，以致用当务为贵，不以骞见洽闻为贤。"（《守约内篇第八》）一百多年过去了，选堂之学术道路与学问性格，恰与张之洞之"以致用当务为贵，不以骞见洽闻为贤"，背道而驰。他的学问性格，不仅没有意识形态取向，而且没有致用、功利的取向，纯然以一天真而任性的学术顽童，化学为艺，化用为乐，游戏其间，反而成其大体大用。个中的学术史文化史消息，说句实话，我至今也不能得其确解。巧的是，张氏也引用了老氏的"损之又损"，然而，谁更得了老氏之真义？再想想今天之所谓学术研究，又有几人能得无用而大用的真精神？如果抽掉了做课题与评职称这两根支柱，也不知道今天巍峨壮丽的论文专著大厦，会不会在一夜之间坍塌殆尽？

第三是无形。无形就是不具有某种特定的形状，不现成化为某类事物，而葆有不断出新的动力。读眼前这本《选堂序跋集》，如入迷宫，如观庐山，横看侧看，而不知远近高低。不仅不能以某一学科名，而且不能以某一文体名。我想，这大概也是中华书局前所未有的一本书吧？设想书店的经理们左右为难：内容非文艺，亦非学术；文体非书目题跋，亦非学术论文。我手头正好有中华、上古的书目，比之现代，或《1911—1984 影印善本书序跋集录》（1995）、《学林春秋：著名学者自序集》（1998）差可仿佛，然而这两种毕竟是文出众手，而选堂是以一家敌一代、敌一国；方之传统，《铁琴铜剑楼藏书题跋集录》（2005）、《绛云楼题跋》（2005）或属同类，可是这两种毕竟又是文史之学或藏书专家之学，非选堂无法归类的汉学家兼艺术家之作。

再联想到香港那两天的学术讨论，会议分成九大会场：甲骨学/古文字学、简帛/上古文献、考古学与上古史、敦煌学、历史学/潮学、宗教、艺术、古典文学、文化交流史等。每一会场有四至十组学术讨论，盛况空前，也打破了学术会议的一个记录。有的学者如游鱼入海，可以兼得专业交叉游走之乐。试问，如果是按照目前由上而下的学术分工、学科建设，期以工程、课以评估的小巧格局，如何会出饶宗颐这样的人物？我想起十二年前（1994），我在香港中文大学文化研究所的咖啡室里，望着窗外常青的山光树色，饶公对我说："香港是一个破了model（模子）的世界，你还没有活动就给你限定了，这种model，作为管理是比较方便，但对于人的天性、兴趣的发展，我就不敢说好了。所以我是一个不能进入model的人。我这个人非要搞七搞八，因为我有这个能力。"

这个能力，就是"执大象"的能力。有这个能力，还要有这个机缘，时与地，人真的是环境的产物。

大的意思讲完了，下面再来说一说这本书。正如编者郑会欣先生所说，这本集子，其实也不可能包括饶公所有的序文。但是确实可以作饶氏学术世界的一个缩影，以滴水见大海，我们可以看出如下特色：

一、开新码头、得预流果，而不名一家。选堂毕竟是二十世纪人物，得风气之先。此世纪中国学术的显学，最有成绩、也最有创意的学问领域，即上古史、甲骨学、简帛学、敦煌学，仅以此《序跋集》为证，选堂已有上述领域的专著十多种，在煌煌数十册的《饶宗颐二十世纪学术文集》的《序》里，他只是淡淡说："余皆有幸参预其事。""由于考古学之推进，可征信而无文献记录之历史年代，已可增至七八千年之久"，这么大的事，他口气那么淡定，老子所谓：生而不有，为而不恃，功成而不居。

二、学术圈的搭桥人物。这是他得地缘之美。从香港一地出发，足迹遍九州。从这本《序跋集》中可以看出，他交往之多，超过了同时代的几乎所有大学者。当钱锺书先生说学问之事乃二三素心人于荒江老屋中讨论时，选堂则广结善缘、四方游学、启发商量，以新材料、新问题相结纳、相交流，形塑国际汉学学术共同体的新气象、新格局，造就二十世纪新学术的国际化传统。仅举二例，此书中的《老子想尔注校笺》一书，曾引发了欧洲汉学界关于老子教学的长期研究计划。而此书中《中国历史上的正统论》，又得美国耶鲁大学比较史学讨论之新思，你来我往，旋乾转坤，国际汉学作为中国文化传播的一个重要领域不断扩张地盘，而选堂一本本重要著作得以写成。

三、喜新而不厌旧，旧学新知相援助。这个特点在此书中如此明显，以至使我越来越读不懂选堂其人。一方面，他完全是一个新派的科学家做法，甚至是科学领军人物的做法，即以大规模、长程、计划性、严谨性的态度和总工程师式的手段，做学术的大工程，远远超出于传统文人式的玩物、娱智、寄情、比兴式的学术风格，所以他才能完成诸如《甲骨文通检》《香港敦煌吐鲁番研究丛刊》《补资治通鉴史料长编稿系列》以及《潮州艺文志》

等浩大学术工程，其愿力之大、精力之巨，与钱锺书甚至陈寅恪等一流大家相较，也判然为二。

然而令人惊异的是，另一方面，他又十分传统，抱残守阙，有极浓厚的旧文人情结：不仅体现在，举凡书法、绘画、琴艺、和诗、填词、辞赋、校书、小学、篆刻、戏曲、藏书、碑刻等旧学领域，均能发亲切而高妙之论，也不仅体现在从《序跋集》中体现出辞章写作的雅意训辞与书画艺术的文采风流，而且更体现在深入文献、直见本源的见解，往往这些见解，虽完全不同于新派学人的社会科学型学问，然而有些能提供关于研究对象的重要信息，譬如，《词学平论史稿序》轻轻拈出："以韵语论词者，厉太鸿而外，又有沈（初）、江（昱）、孙（尔准）等数十家"；"尚木《宋七家词选》，开后来词选揭櫫家数之先河"等；有些能表出对于人心直凑单微的洞见，譬如《大谢诗跋》对谢灵运同情之理解："谢既湛玄言，又耽内典，情之与理，每交战于胸，虽借山水慰情，以理自适，若云'理来情无存'，似能以理制情者；然其含禀至情，实出天性。""谢既诵佛书，沈照终始。临终诗云：'送心正觉前，斯痛久已忍。'以正觉自许。波罗蜜之安忍，早备于方寸，而乃怨亲同心；又悟众生平等之旨，《净土咏》言'弘誓拯群生'，含大悲愿，其语足与临终诗相表里，此则出庄入释，非上智孰可与此乎！"评价与钱锺书先生迥然异趣。《大人赋书后》认为司马相如在赋中以西王母"白首戴胜而穴处"，以大人欲望无尽微讽汉武帝，而汉武徒赏其文辞之美。以及《报任安书》中，司马迁之所以"阙然久不报"，其隐曲心事实为不敢再为任安在武帝面前求情。均能发人之所未发，非简单排比史料所能窥见。

　　倘非选堂是诗词文学中人，哪能说得亲切如此。此之谓得人缘之助。此人缘，即人生人心之缘。这里，如果我们将二十世纪的新学术视为事业，许许多多的新学术从业人均不须有灵魂性情与生活，学与人分，而这里选堂之学，却没有上班下班、退休在岗、学术与生活之分，实已通职业人生与艺术人生为一。

　　走笔至此，我可以讲讲往香港大屿山，看心经简林的观感，当时是震惊。那些木简特为斑驳苍老，犹如出土的棺木；那里山岚特为寂静苍凉，似有原始的召唤；而书法又特为诚恳真切，犹如童子对母亲的承诺。天风苍苍，海水茫茫，想不到香港会在这么一个地方，集佛教的《心经》、饶宗颐的书法、非洲的巨木、与自然的奇观融为一景，给人以超越的身心灵神之体验。心经简林既肯定，又否定，既是灵根深植、远离一切颠倒梦想的高僧大德，又是问道于天的大疑大感；心经简林的形式，既像是一切都有了答案，有了说法，有了结论，但看起来又是无墙的禅寺，以宇宙天地为墙院。我忽然想到，又成就了什么，又走向更无限的天地，这不也正是选堂所创造的中国学术文化的意象么？莫非作为艺术家的选堂先生，给了我们一个有关中国文化的世纪之谜？东溟波静，南极星莹，余亦无言。丙戌年十二月于沪上日就月将斋。

原载《书品》2007 年第 2 期

风雪夜行人

饶宗颐先生的学问性格，不仅没有意识形态取向，而且没有致用、功利的取向，纯然以一天真而任性的学术"顽童"，化学为艺，化用为乐，游戏其间，反而成其大体大用。退守、边缘，生而不有，为而不恃，功成而不居，然后得其自在、成其正果、放其光彩。所以，当读到刘梦芙、赵松元、陈伟君著的这部《饶宗颐诗词论稿》，我首先想到的，就是这个无用而得其大用的美学心灵。我翻阅十四年前（1994）的《访谈记录》，选堂先生的话，犹在耳边：

> 文艺是自己的，学术是人家的，前者更可珍贵。
>
> 戴密微晚年后悔说：中国文学是第一流的，我把三分之二的精力放在佛学上，不值得。
>
> 一切学术，均需以文学作底子。文学好，就不怕其他不好。

想起十四年前，我在香港中文大学文化研究所的咖啡室里，望着窗外常青的山光树色，饶公对我说：

> 香港是一个破了 model（模子）的世界，你还没有活动就给你限定了，这种 model，作为管理是比较方便，但对于人的天性、兴趣的发展，我就不敢说好了。所以我是一个不能进入 model 的人。我这个人非要搞七搞八，因为我有这个能力。

模子之外，正是鱼跃鸢飞；模子之外，才可知文化世界之高、宽、大。这正是他的美学心灵的核心，是自由、自尊、自信，也是最终相信文化世界的伟大，舍弃自己的同时，也在其中成就了自己。

这也是中国人文主义传统的自由精神。是儒家、道家与禅宗共同体认的生命精神。

我读了论稿中的文章，更加深了我对选堂诗词的了解。越来越认识到，选堂诗学，是二十世纪中国诗学一个非常重要的现象，也是不可重复、空前绝后的诗学经验。其中有关创作论、风格论、自然观、渊源论，以及生命诗学的奥秘，值得从更多的角度来研究。下面，是因此而得到的启发，看待选堂现象的一些观察点。

第一，选堂诗词，以和韵为其重要特点。正如赵松元的研究所示，无论是与同时人的唱和，还是与古人的次韵，都成为重要形式。尤其是和阮籍、康乐、东坡、白石、清真、韩愈等数家，数量与难度，都突过前人。有的大型次韵作品，是在短短几天内完成的。从选堂的诗词小集的小序看，诗人的创作兴奋点，也往往是在如何在和韵难度上胜过古人。正如友人罗忼烈所说：

> 客或谓余，词贵新造，韵当自我，画地为牢，屡校灭趾。余谓客曰：才难而已。陆平原所谓踽踽燥吻，寄辞瘁音者，信大难耳。至若虎交（变）兽扰，龙见鸟澜之士，笼天地于形内，挫万物于笔端，大毫末而小泰山，以无厚入有间，则何难之有乎？……是知积厚之水，堪负大舟，追电之驹，无视衔辔，形虽摹古，实则维新。（《晞周词序》）

和韵之艺，大矣哉！我们过去绝对信奉西方的情感表现文学创作观与中国古代的诗缘情观，而无视唐宋以还古人创作实践中和韵步韵唱酬为占据诗史大宗的重要事实，以"为文造情"将其一笔勾销，以理论正确的名义，取代历史现象的尊重，遂与古人的创作真实动因、构思秘密、才艺内蕴、过程快乐等，失之交臂。以选堂诗词为经验，其实，次韵本身，并无过错。一首诗有没有真实的自我，有没有独到的创意，并不必然以这首诗次韵与否为标准。次韵的诗学内涵，值得再认。譬如，文可引情，即语文形式的主导性、随机性，不见得低于、次于情感的原发性。古人其实也有很多经验之谈。如《文镜秘府论》（南卷）：

> 凡作诗之人，皆自抄古人，诗语精妙之处，名为随身卷子，以防苦思。作文兴若不来，即须看随身卷子，以发兴也。

此外，次韵又有"竞赛""竞技游戏"的意味。我们不能不承认，在古代，中国诗的写作，很大程度上是一种竞技游戏，是语言的高雅艺术活动。其难度、深度与复杂性，不亚于世界上最精妙的游戏。如果我们承认真正美学品质高的事物，必须具有一定的难度与深度，如果我们认识到，语言与语言之间，有典雅俚俗之分，那么，次韵的美学仍然值得深入研究。

再进而言之，次韵的诗学，有助于诗人探访文化心灵的故人，谛听到历史精神的回声，历验诗人写作的秘径，参与艺术生命的创造，因而，是具有中国本土特色的诗词创造学。我们可以说这是一种无须经由理论的经验诗学。从西方诗学的角度来看，也有可资比较的理论。哈罗德·布鲁姆的一个重要理论是：凡文学史上后来的诗人，往往有一种"影响的焦虑"，即面临前辈大师的优秀作品，他们必须要以一种迟到的身份，更作殊死的搏斗，努力创造有意的误读、修正甚至颠覆的美学，以此来营造一个富于想象力的独特空间。这种"竞技"式的拼搏，类似于弗洛伊德所发明的"弑父"情结，只有杀死父辈才能获得新生（《影响的焦虑》，徐文博译，生活·读书·新知三联书店，1989 年）。尽管，中国诗人的以次韵、仿写、唱和、拟作、复古等为特征的摹古传统，并非一定要以"弑"的方式来消除前辈，毋宁说甚至要保留前辈的生命痕迹，求得一种生命能量与美学品质增色的共荣效果，然而存在着一种语言与精神的共同体，以及共同体之内影响、修正与改造的"创作之长流"，是东西方诗学一起认同的。我们可以从这个理论新说上，再认选堂诗学的现代意义。

钱仲联先生序选堂诗词，有云："选堂于此，掉臂而行，得大自在，所谓华严楼阁，广博无量，弥勒弹指即现者也。"选堂诗歌，其一大特点，即文化生命上的"大自在"。所以，他的诗歌，俨然是二十世纪中国文化的"华严楼阁"，俨然而为宝相庄严的文化世界。依文化诗学的理论，可简单描述为以下特点：

第一，文化生命之扩展。前述次韵的诗学，以及选堂一切绘画、书法、音乐与文章创作中强烈的摹古精神。正是与历代诗人画家相呼吸相依承，共同维持高贵的精神品质，求其文化世界之悠长而久大。

第二，文化生命之困顿而复苏。选堂诗与二十世纪中国文化命运之困顿相始终。然当其吟咏情性之时，化智、情、意、美而为一，化个人之忧愁，而为文化之乡愁。看他的自题诗集："正则小山所嗟叹憭栗者"（《瑶山集》），"登高目极，不觉情深"（《白山集》），"环屋涛声汹涌，动我忧思"（《长洲集》），"抒哀乐于一时，表遐心于百代"（《长洲集》又识），"庶几表圣狂题之悲慨"（《冰炭集》），"契阔死生，纯情增怅，驾言出游，辄写我忧"（《羁旅集》）等等，多伤心危苦之辞，诗不仅为苦闷之象征，而且为疗治之良方也。至于"皆足荡胸襟而抒志气，冀为诗界指出向上一路"（《佛国集》），"意有所极，遂忘人我"（《长洲集》），以及他说到书法创作之乐："运腕行笔，精神所至，飘风涌泉，人天凑泊，尺幅之内，将磅礴万物而为一……"何尝不是说诗艺创作之快乐。正是以诗提升有限生命，求其文化世界之向上一路。

第三，文化生命之飘零而止泊、相异相分而一体俱化。选堂一生，由岭南而香江，由香江而星洲、马来、东瀛，而北美、西欧、北欧、印度，五洲而历其四，最终回返禹域，游遍大江南北。行走之远，不仅中国诗人中，超过了康有为，为古今第一人，更重要的是，由文化生命之离其自己，经历千辛万苦，终又回返自己，象征了华夏文明死而复生、由边缘而中心，由破碎离散而魂兮归来的历程，选堂其人，不仅为文化的行吟流浪诗人之一；而且选堂其诗，不啻二十世纪中国最重要的文化招魂曲之一。尤其重要的是，无论是在天竺、暹罗，还是长洲、北海，无论是南欧的白山黑海，还是北美、西亚，他都以华夏诗词的文采风流，化蛮荒而为文明，化异邦而为乡关，转幽远而成亲近，五大洲之山川风土，化而为音声和美之诗教，化而为温柔敦厚之生命。因而五洲四海，同此天地即同此生命。因而选堂其人，亦由一乡之士，一国之士，而为天下之士。这不仅是文化生命求其悠长而久大，而且更是文化生命求其宽广而美富。因而，选堂其人其诗，亦中国古老诗歌文明，向世界证明其不朽之意义。

梦芙、松元将刊其文稿，嘱写数语，因得重温选堂诗词。写至此，忽忆及十四年前冬天某日，从香港中文大学中国文化所出来，与饶公同乘地铁，转乘出租车，陪同他回山村道凤辉阁的家，参观他的书房，看他的巨幅山水画。其中一幅《雪山行》，风雪中，一牵骆驼的旅人，寂寞坚定而行。饶公指着那人笑道："那就是我。"我就用这幅画的意象，作此文的题目吧。

2008 年

王气既苏

　　去年赴香港开会，专程去跑马地探望了饶宗颐先生。在并不太宽大的客厅里，饶先生从沙发上起身迎接我。我没有想到九六高龄的老人，握手这么有力。我想起他说过，他常常要写脸盆大的大字，写了心里头才舒服。他的眼睛非常亮，有一种安静而祥和的神采。他只是耳朵不好。我们谈起了法国。因为，不久前在香港，法兰西学院刚刚为他举行了一场外籍院士的授职典礼。在法国以外的地方举行这样的仪式，这无疑是法兰西学院有史以来的头一遭。饶公说，年纪大了去不了巴黎。他们说，我们来吧。于是在香港，为饶公举行了一场隆重的授职典礼。

　　法国人喜欢饶公。中国文化走出去，饶公是最早的文化大使。1962 年，他获得法兰西学院的儒莲奖。儒莲（Stanislas Julien）是十九世纪著名法国汉学家，他最早发表研究活字印刷术起源的论文，最早翻译了沈括《梦溪笔谈》有关印刷术发明的记述，向世界证明了中国古代科技文明的辉煌成就。后来就以

他的名字命名最高的汉学成就奖。而饶公获奖的成果《殷代贞
卜人物通考》和《老子想尔注校笺》，尤其是后者，引发了持续
数十年的欧洲道教热。1974 年，他成为法兰西远东学院的院士。
1980 年起，他荣任巴黎亚洲学会的荣誉会员，这个学会创立于
1822 年，是欧洲历史上最悠久的东方学会。1993 年，饶公获得
了法国索邦高等研究院的首位人文科学荣誉国家博士学位，同年，
又获得了法国文化部的艺术与文学军官勋章。这一切，当然都与

2015 年作者在香港饶宅看望饶宗颐教授

饶公卓越的学术成就与天才的艺术禀赋有关，同时，我认为，整个欧洲向来对伟大悠久的中华文明有着浓厚的兴趣，也是其中一个很重要的原因。欧洲人尤其是法国人，也是通过饶公，向古老的东方文明致敬。

说到二十世纪早期的"中国文化走出去"，不能不提到饶公的精神导师沙畹、伯希和、马伯乐、葛兰言这几位汉学巨擘，不能不提到他们任教的"巴黎中国学院"。那是法国第一所专门研究中国文化的学院，当初，还是来自于当时北洋政府的官员、也是饶公的老师、学问引路人叶恭绰的倡议。叶氏任交通总局代总长时，1919年赴欧美考察政治经济交通。在巴黎期间，他除考察政治和经济之外，与法国学者伯希和等交相往还。当时，欧洲的知识界由于受欧战的打击，弥漫着一种西方文化衰落的悲观主义思潮，而游历欧洲的梁启超，也写过《欧游心影录》，重新认识东方文明的价值。受此影响，叶恭绰也产生了向西方传播中国文明的想法，他向一些法方人士建议在巴黎大学设中国学术讲座，创办中国学院，并以此为中心，逐渐在欧美各大学推设相同学院，以达到向国外弘扬中国文明的目的。想不到叶氏的这一设想，要过了一百年，到二十一世纪的中国孔子学院，才成为新的愿景；而叶氏等人开启的传播中华文明的事业，到了法兰西学院授予饶公为外籍院士，才算是这件事情发展到一个新的里程碑。

当初巴黎中国学院正式开学时，葛兰言曾有热情洋溢的致词，提到中法两国都是有着悠久文明的国家，更重要的是，提到巴黎中国学院的目的，"是为了共同复兴中国文化，充实中国人文主

义，同时反过来充实欧洲人文主义"。强调"学院的首要任务是
要让人们了解中国和中国人。但这是一项艰巨的任务，因为中国
就是一个世界，它拥有世界上最悠久的历史。为了认识中国的过
去和现在，利用中国历史所包含的丰富的人类经验"。

今天读葛兰言的致词，可以多少理解为什么法国汉学家们
对饶宗颐及其学术有持久的兴趣与敬意。欧洲汉学家与饶宗颐一
样，一点都没有五四新文化反传统的戾气，而复兴中国文化的前
提，是"充实中国人文主义"，无疑是对古典中国精神核心的肯定。
"反过来充实欧洲人文主义"，不仅是中西文化的平等观，丝毫没
有欧洲中心论思想，而且，认同中国文化对世界文化应有其重要
贡献。这是欧洲最正宗的汉学精神。我二十年前在香港中文大学，
与饶公作四十多小时的长访谈。其中，有畅谈他的法国汉学家朋
友戴密微（Paul Demiéville）。戴氏是沙畹最后的弟子，与饶公
交往二十多年，去年出版了他们之间的往来书信集。饶公说，戴
先生的长处是佛学，与日本学者合作有很大成就。但是戴先生晚
年说把三分之二的精力放在佛学，不值得。戴氏提倡选谢灵运诗、
研究敦煌文学，越来越对中国文学着迷。戴密微的气质与趣味，
具有典型的人文主义传统，与中国文人的气质非常相像。

我在欧洲访问期间，所接触到的新一代汉学家，大多数都继
承了他们的前辈对中国文化的态度，抱持一份温情，他们似有一
个基本的共识：现实中国是可变的、潜在的、不确定的，传统中
国是变化的愿景与潜在的动力；传统中国是理想，现实中国是现
象。传统中国拥有世界上最悠久的历史，包含着极为丰富的人类

经验，因而具有从多种面向加以解读的可能性。

那天，我在饶公家的客厅里观看了四十多分钟的法兰西学院外籍院士的授职典礼录像。其中有一个细节很有意思。按照通常的惯例，颁发院士勋章的同时，同时要颁发一枚佩剑。不寻常的是，法兰西学院铭文与美文学院常任秘书长 Michel Zink 颁给饶公佩的是一枚越王勾践的青铜短剑。而饶公 1979 年往湖北参观博物馆，看到这枚青铜剑，"缀以绿松之石，饰以琉璃之珠，旷代奇宝，光艳夺目"，为之写下《越王勾践剑铭》，其中有几句铭文是：

> 锋曾尝胆，刃早吐芒，王气既苏，所向无当。宿耻以雪，威临八荒……

那么，饶宗颐先生在当今中文学术世界的"王气"，早在半个世纪前的这几句铭文所描写的气象中，似已略透露一二。更重要的是，如上所说，饶公不仅是饶公，而同时也是华夏文明悠久而伟大的传统发言人，文明如剑，尽管越王勾践的这枚剑，也会有"尘封"的岁月、黯然的时光，然而，"虎啸龙鸣，响应靡常"，总有一天，它那如霜如雪的光芒，如晨光破晓的刀锋，王气既苏，所向无当。

原载《文汇读书周报》2014 年 2 月 24 日

饶宗颐教授的新经学构想

敬爱的饶宗颐教授于一个立春的晚上平静辞世。我得知这个消息，有点意外。他老人家去年还去了一趟巴黎，开办他的莲花画展，身体只是有些弱，清臞而已，终于，他还是放下了他的笔。这些年来，我想与饶公通话都比较困难，家人把他保护起来了。想当初，二十三年前的那个秋冬，我与他老人家每周都要聚谈两次，问他很多问题。有几回还跟他一起走路乘校车转地铁，再从金钟转出租车到跑马地山村道凤辉阁饶宅，看他的印度巨书、字画及那张枯木般的宋琴。后来那些年，我只要想要字，饶公有求即应。2014 年校图书馆新装修，大厅里缺少文气，我请饶公赐墨，他大书"志于道据于德依于仁游于艺"，一周内即快递到手。饶公集学问与艺术于一身，以其博洽周流、雅人深致的境界，成为当代的国学宗匠。同时，他的文化世界观具有自信、自足、智慧、圆融、和谐的特点。在他的文化世界里，东方与西方没有鸿沟，古代与现代没有裂罅。饶宗颐先生的学问、艺术与文化人格，是特殊地缘与时代因素所造就的学术文化史现象。这一范式所树立的标格，将对于未来的中国学术具有重要意义。

有一件当代学术史上的重要事情很多人都不知道。大概是2006年的一个秋天，饶公到上海，住在国际饭店，我和内子去看望他老人家，当时还有陈允吉教授在场。第二天，饶公打电话来，要我带他去看元化先生："我有一件重要的事情要向他报告。"我很快安排了这次见面。记得我去接饶公，他从国际饭店出来，坚持要乘地铁。一路上跟我讲香港以及全世界应对禽流感十分慌张，杀光了所有的鸡鸭。"人类越来越脆弱。"他跟王先生约好，在上海图书馆的贵宾室里见面，这次谈到的重要事情，原来是敦请王先生出面，主持一个大型项目《新编经典释文》。如所周知，陆德明《经典释文》的产生背景是在南北统一的初唐，他鉴于当时经典旧音太简，微言久绝，大义愈乖，后人攻乎异端，歧解纷出，在校理群书的基础上，"精研六典，采纳九流"，著为释文，遂为大唐盛世经学的再起，奠定极好基础。在饶公看来，当代经学的发展，由于（一）出土简帛书的新资料大量出现；（二）二十世纪以来积累的释古成果极丰；（三）学风丕变，由疑古、五四反传统而激进的学术渐回归于理性平和；（四）政府鼓励国学复苏。——因而，一个新的《经典释文》，即集大成、去琐碎而重大义的新经学文本，已经呼之欲出，需要有一个强有力的人来推动这件事情，他想到了元化先生。

为什么他觉得元化先生能做这个事情呢？当时，元化师主持了上海市最大的古籍整理项目《古文字诂林》，同时主编《学术集林》，这两个事情聚集了东西南北海内外相当多的重要学人，俨然成为九十年代后学术复兴的标志。饶公看在眼里，他也是这两个项目的参与者，他十分认同元化先生既重视文献与文本，又推崇大义，既发掘传统又不弃西学，既回归儒学又儒道兼通的学术取向，似乎比北京的中国文化书院更有活力也更有创造性。所以他对我说："王先生是当代的阮元！"而饶公一直构想"新经学"，打算对于过去经学的材料、经书构成部分，重新做一次总检讨，把老庄也收入其中，减去一些不重要的，超越"十三经"，由此而建立我们的新文化主体性——饶公思虑深远，愿力极大，绝非老师宿儒所能梦见。

当然元化师后来没有接受。元化师也十分认同饶公的理念，然而他毕竟太忙，《诂林》与《集林》两事，已经够重了。再加上进入二十一世纪后，他的身体健康明显下降，而饶公以他自己的身体与过人的精力，来想像元化先生，毕竟不一样的。这事虽然未成，然而值得在当代学术史上留下一点记录，让后人也知道文化老英雄当年的勇气、理想与大关怀。

哲人其萎，然饶宗颐教授一生对于中国文化的尽心尽力，其能量将是永生不灭的。我寄往香港饶宗颐学馆的挽联是：

　　纳百川以成其大，学林艺海，导路开疆，历世运污隆，岿然鲁殿灵能续；

　　参万岁而立其纯，霁月光风，冥心独往，今期颐乘化，浩荡中流去若还。

写于 2018 年立春后二日

辑二

释"践身心之则"

传统知识人几千年来长久生存于乱世之中，渐渐形成了与乱世相适应相调适的一套深厚的文化。深入了解现代知识人回应乱世的心态，也可以深化我们对于古典传统的理解。譬如，现代知识人遭遇生命困境的时候，有无内心的真实声音？是否听从内心的声音？内心声音有没有复杂的表现？孔子说"危邦不入，乱邦不居"，又说"道不行，则乘桴浮于海"。这表明孔子有听从内心的声音，隐世避世的一面。"以道事君，不可则止"（《论语·先进》）；"邦有道则仕，邦无道，则可卷而怀之"（《论语·卫灵公》）；"笃信好学，守死善道。危邦不入，乱邦不居，天下有道则见，无道则隐"（《论语·泰伯》）。其核心价值仍是一个"道"字。礼崩乐坏之际，那些宫廷的乐师，抱着文明的礼器逃难，孔子也只有叹气，钱穆说有云天苍凉之悲。儒家回应世变的传统方式之一确是做隐士或者选择做离开乱世的流亡者。隐士不仅是道家的身份，流亡也不仅是诗人的歌吟。所以不食周粟饿死首阳的伯夷叔齐，以及流亡的箕子，这些都是儒家表彰的人物。但是这里面其实有一些不同的选项，不同的选项之间有一些冲突。譬如伯夷、叔齐即完全背转身去，以决绝的姿态反抗这个世变，而管仲等就活下来继续面对这个世界来救世。"知其不可而为之"（《论语·宪问》），"杀身以成仁"（《论语·卫灵公》），也是孔子对这个世界的承诺。如何解释不同选项之间的不同？如何解释孔子所提倡的勇于济世安民的担当？明儒王夫之所谓"践身心之则"化解了这当中的不安。无论是隐还是离开，无论是对抗还是顺从，只要遵守践行了自己的身心之则，听从了内心的召唤，都是对的。王氏说：

> 儒者之统，与帝王之统并行于天下，而互为兴替。其合也，天下以道而治，道以天子而明；及其衰，而帝王之统绝，儒者犹保其道以孤行而无所待，以人存道，而道不可亡。吾臣吾子不忍自废者也，……但践其身心之则。（《读〈通鉴论〉》）

从义理上说，践身心之则，乃是从孟子"践形"概念发展而来的，本文无暇作过多的讨论。但是明人高拱所说的"圣人以性而践其形，众人则以形而凿其性"，准确表明了精英与众人的区别："性"即道德主体的自主，知识人即精英即有道德自觉的人；众人总是外重而内轻，顺随外面的变化而改变自己（凿其性），而精英则可以从内而外，主宰自己的选择。因而，"践身心之则"即能够主宰自己生命。有两项含义：

第一，践身心之则，既然是"道"从身上过，就不完全是个人的事情，还包含了一种责任的意识。韦伯所谓"责任伦理"，管仲是一个例子，《论语》中，孔子两次回答弟子对管仲的疑问：

> 子路曰："桓公杀公子纠，召忽死之，管仲不死。"曰："未仁乎？"子曰："桓公九合诸侯，不以兵车，管仲之力也。如其仁，如其仁。"（《论语·宪问》）
>
> 子贡曰："管仲非仁者与？桓公杀公子纠，不能死，又相之。"子曰："管仲相桓公，霸诸侯，一匡天下，民到于今受其赐。微管仲，吾其被发左衽矣。岂若匹夫匹妇之为谅也，自经于沟渎而莫之知也？"（《论语·宪问》）

因而，管仲的生命特质中，有大事机缘，即完成历史生命中的"仁"，这是对天下的责任，是大仁大义，所以我不同意李泽厚说"仁"只是一种心理原则与实用理性，因为心理只是随境遇而不同，主观性强；实用理性更是可以没有原则。因而，完全可以突破君臣大义中的忠的限定，去践行自己的身心之则。

第二，"身心之则"的概念不是抽象而绝对的三纲，而是跟大义（道）相通，又跟个体相关（"不忍自废"）。这样，就不是某种僵硬的规定。生与死的选项，其实都有可以权变之处。否则，就不是"践"身心之则。

第三，既然"身心之则"与"道"相关，而用陈荣捷的话来说，道统其实有"尊德性"与"道问学"两个轮子，也即知性与德性两个方面。因而，"身心之则"笼统地说也就是知识人之所以为知识人的品性，包括了孔子所说的"好学""乐学"。"志于道"与"志于学"是关联的。所谓"好之乐之"，以及"志之"，都是因为"学"有其自身的独立价值，不是依附于功利或权势而存在的，唯其如此，儒家这所谓"学"，大有深义。因为，作为知识人，就是以知识为安身立命的人。只要你对知识与文化的价值，有发自内心的喜好与相信，那么，你对知识与文化价值的尊重、信任，就同时也是对你自己生命的尊重与信任，那么，你就实践了你的"身心之则"。反之，倘若你放弃了这种尊严，跟着其他的东西走，那么，你也正是自轻、自贱，失去了知识人的自主与自立。所以，对"身心之则"的自觉，是知识人"不忍自废"而产生的本能的自我尊严感。

因而，如果知识人应对世变的方式，是沉浸在学问中，以安顿生命，也不失为践身心之则。孔子说：

> 十室之邑，必有忠信如丘者，不如丘之好学也。（《论语·公冶长》）
>
> 朝闻道，夕死可矣。（《论语·里仁》）
>
> 笃信好学，守死善道。（《论语·泰伯》）
>
> 好仁不好学，其蔽也愚；好知不好学，其蔽也荡；好信不好学，其蔽也贼；好直不好学，其蔽也绞；好勇不好学，其蔽也乱；好刚不好学，其蔽也狂。（《论语·阳货》）

尤其是最后一条，可以看出"好学"有比较独立的价值。我们从这个角度看世变的时代，尽管知识人的回应方式，可以有很多种，有的顺从，有的反抗，有的隐居，有的自杀，然而凡是可以称之为知识人的回应方式，如果从思想的根源之处去看，就可以发现俨然有一种传统在焉。这个传统就是"践身心之则"。除非他放弃了知识人身份，失去了知识人的尊严与自信，成为了权力或金钱或其他势力下的奴隶。

我们从这个角度去观察，以下四种都是典型。如王国维悲观主义与决绝弃世：

> 盖今日之赤县神州值数千年未有之巨劫奇变，劫尽变穷，则此文化精神所凝聚之人，安得不与之共命而同尽，此观堂先生所以不得不死，遂为天下后世所极哀而深惜者也。（陈寅恪《王观堂先生挽词并序》）

如陈寅恪居于边缘的抵抗，用肉身来呈示道与势的对立。如其《对科学院的最后答覆》中所言，这不是政治，换言之，即这番表白，并不是站在某个党派、某种主义下面的说辞，而是超越党派政治，代表学术之所以为学术的根本价值，即"自由之思想，独立之精神"。同时也是他坚守的身心之则。

从好学的方向，去发挥自己的天性，如饶宗颐的浮海避世，再如钱锺书，他没有办法避世，然而可以"游世"，像明清时期的江南才子型作家与学者那样，即世间而超世间，用"好之乐之"

的知识本身的美好来安顿身心。当然,其中有文明与文化的基本价值,但植根于真正的个体。

他们的共同特点是都发展与增进了知识人的尊严与自信。王陈,略相当于孟子所谓"圣之任者",而钱饶,略相当于"圣之时者"。历代的隐者,略相当于"圣之清者"。无论有什么不同,都是"践身心之则"的修成正果。

践身心之则,听从内心的召唤,再从思想结构上看,简单说来,可以有三个层面的讨论:

(一)纠正韦伯的说法

德国思想家韦伯说:儒家主张一种"秩序的理性主义",注重现世,主张维系现世的和谐,因而儒家的人格理想是克制自己,遵循礼俗,"宁做太平犬,不做乱世人"。但实际上,"践身心之则"的人格生命型态却并不完全是顺从俗世的。我们看王国维、陈寅恪都不是。

韦伯又认为,中国儒家思想传统中缺少一种超越的世界,因而不能构成超越与世俗之间的紧张,因而缺少一种批判的动力。然而我们看王国维与陈寅恪的实践,完全是儒家,完全有力量,力量的来源是"士志于道"的真实传统。

(二)回应二十世纪五六十年代知识人的毁灭史

二十世纪五六十年代中国极左思潮意识形态,最大的成功之处,就是对知识人毁灭其尊严,糟蹋其自信,注入罪恶感。至今知识人不能自爱。他们或以所谓阶级斗争、社会发展阶段等理论，来抹杀中国知识人文化传统的正当性，或以"皮之不存，毛将焉附"的权力淫威，来取消知识人的独立性与基本人权。或以"反右""文化大革命"等运动来对知识人进行肉体毁灭与精神凌迟，总之，摧抑士气，毁灭士风，打掉中国知识人的尊严与自信，莫此为剧。直到今天，都还流毒未泯。因而，从历史事实上讲明真相，从义理上理性分析，从而重建中国知识人的尊严与自信，重建道区别于势的精神空间与文化权力，仍然是当代知识人的重要的任务。

（三）后现代的新思想与虚无主义

在后现代思想眼中，精英与民众没有什么区别，因而思想史的传统没有什么大义；尤其是历史主义横行天下的结果，什么都成为当事人、当时当下的利害关系，而没有是非，没有美丑。这也是对士人传统的消解。

当代中国知识人最大的问题之一，就是没有了尊严与自信，自我异化、空洞化、边缘化和陌生化。易中天说，战国时代的士，因为有很多老板，不用只听一个老板，所以他们最自由，最有尊严。他的说法，从权力的多元分立而不要定于一，是正确的；但是如果知识与文化的价值创造，只不过是学成文武艺，卖与帝王家，只是有奶就是娘，那就不是跟"身心之则"有关的东西，就不以知识与文化的价值自身为目的，只有一个工具的价值而已。如果再唯利是图，就有堕落为利益集团打手，以及孟子所讥的"墦间乞食者"的下场。

有人主张，与俄国知识人相比较，中国传统知识人缺乏那种强烈地独立追求真理的精神品性，缺乏超越于权势与政府之上的自我尊严感，缺乏对于大地与自然母亲的崇拜与归属感，这是因为俄国知识人有贵族的基本生活保障以及长期以来的贵族精神认同。我认为，这的确是两个不同的传统。中国科举考试的文化土壤与历史积淀，长期以来，的确形成了知识与政治权力、知识与物质生活条件、知识与名位等的纠缠与连带关系，因而减损了知识自由探索精神与知识与学问的独立性。但是，首先，经学本身的繁复而持久多样的学理，成为古典中国最大宗的知识体系与学问世界，这本身足以吸引无数学子皓首穷经，这个事实其实已经证明了知识本身的独立性，即独立于政治与权力之外。其次，从儒家那里开始，传统中国知识人的学，亦有其独立性。第三，心学的传统，将外在的教育与学问，置根于内在生命，使经过道德自主建构之后的"内心的声音"，成为一种绝对命令。因为，理解中国传统知识人的生存与思想的历史条件，无疑可以消除所谓"中国知识人与俄国知识人相比有着与生俱来的依附性"这个虚假的命题。

（本文系 2011 年台湾"中央大学""世变与中国知识人"研讨会上的讲辞）

君子成人之美

——中国文化的一个特点

汉语中这个叫"成全"的词语，正如其他活的语言化石一样，其中含有中国文化至为重要的一个精神特点。

这个词语，来自孔子《论语》中的"君子成人之美"这句儒家经典。这句话译成现代汉语，可以译为："君子"是有很高德性的人。这样的人，总想着别人的好，尽可能去开发、诱导、鼓励、帮助他人完成这个心愿。这句经典，深切地影响了几千年的中国文明传统。

与"成人之美"有关的几个故事

我们先来讲中国文学中几个的小故事。这些故事体现了"成人之美"的深层含义，已经成了文学宝库中代代相传的成语：

先秦哲学家庄子的书里，有个故事，说古代有个郢人，长于挥舞斧头，他可以把斧头舞成一阵风。郢人表演的时候，有一个搭档，名字叫质。质的鼻子上涂上薄薄的一层石膏粉，郢人一斧头舞下去，可以将石膏粉削去，而不伤到质的鼻子。这个故事当然是一个寓言。庄子说这个故事，一方面是表彰郢人的高妙技艺，另一方面也是赞美质精妙的配合与一心一意的成全精神。某种程度上，我们也可以说，郢人的高妙技艺，是质开发诱导培育出来的。后来质死了，郢人就再也不能舞斧头了。后人将质作为最好的朋友的代名。宋诗人王安石诗："便恐世间无妙质，笔端从此罢挥斤"，意思说：如果没有美妙的"质"来成全，再美好精彩的创造也会绝迹于世间的。这就是"郢人运斤"的成语故事。

中国古代最有名的朋友，是管仲与鲍叔牙，在汉语中，称最好的朋友为"管鲍之交"。一个人一生中如果有管鲍之交，那就一定是最幸福的人了。管仲是政治奇才，但是如果没有鲍叔牙的推荐，他很可能早就被无情地埋没了。因为他的才能与智能，一直是潜藏的，不仅没有机会表现出来，而且还显得很无能的样子。只有鲍叔知道他欣赏他。管仲说："我曾经与鲍叔在一起做生意，赚了钱我自己多拿，鲍叔不以我为贪，他知道我穷；我曾经帮鲍叔找事情做，反而让他更困难了，鲍叔不以我为愚蠢，因为他知道时机有好有不好；我曾经多次做官，多次被罢官，鲍叔不以我为没有出息，因为他知道我没有碰到赏识我的人；我曾经多次上战场多次逃跑，鲍叔不以我为胆怯，因为他知道我有老母亲。生我者父母，知我者鲍叔牙也。"如果不是鲍叔牙的成人之美，一心想着朋友的好，管仲早被就被世人抛弃了。鲍叔之所以能够不抛弃管仲，他知道他的朋友是一块真正的玉，所以一心努力要帮他完成这块美玉。所以，鲍叔不仅帮助了管仲，而且创造了中国文化史上不朽的道义：朋友之道的美好与高贵。

中国古代的戏曲，极富于中国文化的人伦精神。其中重要的戏剧人物，都懂得"成人之美"的古训。

《霸王别姬》是一出有名的京剧。四面楚歌的时候，虞姬为什么还有心思为霸王舞剑呢？这是一个谜。虞姬舞剑，非常含蓄，非常美，有一种中国式的悲剧精神，她最后的拔剑自刎身亡，不仅是免得自己成为霸王的累赘，而且也是完成一种生命非常之美，因为楚霸王的生命是一种非常之美，她爱其所爱，拼将自己的生命，化而为最后的流星闪过夜空，这是中国人心内蕴深情厚意的一种极致的表现，是一种高调的成人之美。

嫦娥为什么要奔月？这也是中国文学与戏曲的一个美妙的谜。她哪里是我们现代人所想象的，厌倦了人间的生活，想飞到月球上去？中国的神话，是非常人间性的。在著名京剧演员程砚秋的演出本里，嫦娥之所以要奔月，乃是为了成全她的英雄夫君后羿，是为了代替后羿接受玉皇大帝的惩罚。所以她代替夫君饮下了飞往月宫的毒药，甘愿忍受旷古的寂寞与无边的寒冷，以成全夫君造福于人间的美好生命。这也是一种伟大的牺牲，是高调的成人之美。

但是嫦娥与虞姬，又有一点平常心，她们不是宗教，也不是哲学；她们只是妇道人家，只晓得对她们身边的人好，但是她们的成全，不期然地，也成了一种烈士与宗教家之外的神圣与美。千年流传的神话故事背后，是中国文化中从圣哲到普通人都可能具有的"成人之美"的平常心。

"成人之美"的思想含义

现在我们简单说说这个词语的思想含义。

首先,"成人之美"虽然具有神圣性,但不是强烈的牺牲、激烈的殉难,而更多具有日常性。即日常人生的处世哲学与伦常德性。《大戴礼记》说:"君子不先人以恶,不疑人以不信,不说人之过,成人之美。"文艺作品中所渲染的牺牲精神,只是为了达到感染力所需要的一种强调的表达而已,不必做刻舟求剑的理解。

尤其可注意的是,在儒家论人与人关系中,有三种正面表达。一是底线的、消极的,即"己所不欲,勿施于人"。二是高调的、积极的,即"人溺己溺,人饥己饥"。前者是向内克制自己的,后者则是向外拯救世界的,但是还有第三种,即内在(修身)又外在(达人),即人即己,既积极向上,又并不夸张自我、强调牺牲。这就是"君子成人之美"。

如果没有第三种关系,儒家就缺少了比较自然平实的一环,可能变得忽冷忽热,一会儿过于浪漫主义,一会儿过于拘谨被动。

第二,从上述文学故事中可见,人与人之间,有深刻的相知。"成人之美"的一大前提,是生命情调的认同、理解与知赏。生命情调的认知,造成了心灵相通的欢契与灵魂的相互成全。中国文化创造,不贵相异,而贵相通。如何求得相通?文化即在其中产生极大的作用。以文化的方式,求得心灵相通,进而求得生命相融,是中国文化的一个特点。所以,中国的文学,通于中国的心灵哲学。

第三，进而言之，以文化的方式求得心灵相通，与儒家对人性的看法有关，即人的天性是美好的。嵇康说："夫人之相知，贵识其天性，因而济之。""天性"是中国文化一个极美的词语，是天地宇宙赋予人的美好的个性，通往人的存在的神圣性。曾国藩也在他的日记里说过："见得天下都是坏人，不如见得天下都是好人，存一番熏陶玉成之心，使人乐于为善。"这是来自一种有关人性的古老信仰的实践德性。顺此美好的天性，成全之、造就之，不是埋没、忽视，更不是妨害、扼杀之。

第四，再进而言之，以文化的方式求得心灵相通，与儒家对社会的看法有关。因而，"成人之美"是基于一种"报"与"保"的儒家社会哲学。它与儒家的另一基本信条"与人为善"相联系，是一种正面的、肯定的、阳光的看社会的方式。孟子说："大舜有大焉，善与人同，舍己从人，乐取于人以为善。自耕稼陶渔，以至为帝，无非取于人者。取诸人以为善，是与人为善者也，故君子莫大乎与人为善。""与人为善"，是正面肯定人与人之间的相处，需具有发自内心的好意。

第五，成人之美，也是君子自己完成自己、自己实现自己的一种方式。君子完成自己有两种方式，一是修身治心，即"成己"；一是推己及人，即"成物"。君子所"成"的别人之美好，其实也是他自己的美好。不仅是以文化的方式求得心灵相通，而且是以文化的方式求得心灵相融。"充其忠爱之心于人之美，其乐之如在己也。"质的配合，实现了唯一的心灵默契；鲍叔之成全，也补偿了自己想成为伟大政治家的夙愿；虞姬的舞剑自刎而死，增色了她与楚王共同生命之壮美；嫦娥的奔月，也完成了她关爱人间的崇高品质。在这里，生命的美好，既是手段，也是目的。

"成人之美"是现代社会的乌托邦？

由此可见，儒家的成人之美，作为中华文化的一个特点，并不是一个简单的道德训条，而更是一种重要的精神修炼。它源自一种古老的看世界的方式，经千年的修行，而生成为一种既高明而道中庸的处世之道与成德之道。那么，在现代社会，会不会是一种浪漫主义的乌托邦呢？我简单谈谈儒家"成人之美"的现代意义。

第一，人类社会迄今为止的发展，是一个解放的过程。这个解放过程最厉害的方面，即人心的解放，即占有性的个人主义与排他性的物质主义对其他人性图景的解放。占有性的个人主义与排他性的物质主义对于人性的基本图景是：人生来是为了占有与得到。正如霍布斯所言："一个人的价值，就是他的价格。"这种人性图景的胜利，当然是对中世纪的牺牲者和羊羔式的人性图景的反动，是对人性的解放，但是糟糕的却是它以牺牲其他人性图景为代价。"成人之美"以及所联系的儒家人性图景，既不是一种牺牲者与羊羔式的，也不是占有性的个人主义与排他性的物质主义人性图景，最终关系到一种新的人性文化的重建，将改变当代人性文化主流看世界的方式。

第二，慈善事业与志愿者组织，是"成人之美"的制度性实践。可见有广泛的现实基础。

第三，成人之美的"成"，是"诱掖""顺承""奖劝"的意思，是建立在尊重人、相信人性的基础上，所以是主体间性的对话与交往伦理。重要的是知道、理解、尊重、开发对象本身的美好，而不是主体自以为是的好。这样，就可以尽可能地减少强加于人的权利侵害，更避免暴戾恣睢的压迫奴役。对于那些弱小的、边缘的、潜在的、进行中的善良状态，成人之美是要顺承着它的美好的潜在人性趋势，从正面去帮助它完成自己的善良的目标。

最后，在现代社会，"成人之美"作为一种古代的处世哲学，有其理论的混沌，不可缺少分析的态度。譬如，如果进入社会政治实践的领域，也会产生一种所谓"错置性谬误"。有两个通常的谬误：一、在经典的古代解释传统中，"成"也被解释成"称"（评论、宣扬）。孔子说："君子成人之美，小人则反是。"如果理解成，君子只称别人的好处，小人只称别人的不好。那就可以变成讳疾忌医，只听好的一面之辞。如果这番话用来批评现代社会的媒体工作者，那就可能成为了"错置性谬误"——把用于私德领域的原则，放在了公德的领域。现代社会里，凡是公共的事情，当然要有人出头来分黑白、多臧否，遇事激扬一番的。

二、不同价值冲突的人群间，可不可以也"成人之美"呢？其实，成人之美是有点自私的。自私是说，所成之美，也是我的好，是我的生命的一部分。因为成全了别人，也成全了自己。如果没有我的好在其中得到印证、认同，就不一定能成全。因而在价值冲突的人群间相处，儒家一个更重要的主张是"和而不同"。

我们不必无限夸大"成人之美"的优越性。成人之美更多的主要是小社群相处之道，但是，依儒家之道，小社群处好的，大社群也是可以处好的。大社群相处的原则，也涵蕴在小社群之中。"成人之美"强调的是这个"美"，即"生命的相通"。

我最后再讲一个古代的故事来结束这篇讲演：

一天夜里，嵇康在路边的亭子里休息，弹琴。琴音雅逸，有个声音在空中叫好。嵇康抚琴而问："请问你是何人？为什么不出来呀？"那个声音回答："我听见你弹琴，音曲和美。可惜我的形体残毁，不宜与先生相见。"嵇康又抚琴击节，问："夜色已深，为何不快点出来见面？区区形骸之间，又何必计较呢？"那个声音于是出来，只见一个人，自己提着自己的头，说："听你弹琴，开心得很，好像又活转来了。"他与嵇康一起讨论音乐的美妙，最终弹奏了一曲《广陵散》，教给了嵇康。天有点蒙蒙亮时，嵇康与无头人，一路谈论着音乐，消失于晨光熹微的旷野之中。

那个听音乐的人，是个野鬼。嵇康与他，处在完全不同的世界，但是他们却相会、相知，灵魂相遇于超越的生命境地。我们可以把这个故事，解读为一个伟大的寓言：虽然是异类，然而都有平等、美好的心。嵇康成全了无头人的心，无头人也成全了嵇康的心。在心的相通上，完全不同的人，可以相遇于遥远的天边。

（2008 年 10 月在德国汉堡大学孔子学院的讲演，有删节）

原载《文学报》2009 年 4 月 30 日

人文三义

夏中义和丁东主编的《大学人文》终于创刊了，这是一本相当及时的思想性刊物。近年来大学不断扩招、新校区不断出现、办学规模走向量的扩张，与此同时，不能不看见大学的思想影响力却日渐式微。学生在学校里比的不是学习好，而是证书多、挣钱多、家底好、出国、出路等。社会上一套标准日渐取代学校自身的标准；而知识发展的单面化、精神成长的浅碟子化，以及对于敬学、苦读、尊师传统的淡化，甚至对于基本的规则的漠视，等等，表明大学人文生态确有问题，大学似乎进入了一个身心二元化时代：身体的发育超过了心灵的发育。我们不能指望一两个刊物能为当今中国的大学招魂，但是《大学人文》这样的努力不是多了，而是少了。它毕竟是可以带来清新的空气，减少窒息的感觉的。

最重要的事情是"大学人文"一语的浮出水面。它居然与前些年流行的大学英语、大学科技一样响亮，旗帜鲜明地主张人文高贵、人文优先、人文新创，肯定人文是中西文明普世价值的结晶，是大学生灵魂发育的要穴。但是具体到什么是"人文"，仍有歧见。我这里力图结合中国传统的观念，略加阐扬，力求正解与通识，以回应"大学人文"的鼓呼。

依中国文化固有观念，"人文"之第一义，即是"表达"。大《易》："观乎人文，以化成天下。""人文"的卦象是"贲"。孔疏："山下有火，贲者，欲见火上照，山有光明，文饰也。"山下有火，是含藏光明的人性，终于得到表达；光明的山，就是文化天下的象征。依儒家的观念，人人皆有美好的天性，让美好善良的天性得到表达，就是人文的世界；表达的含义有二，一是天性充分表达（此即"贲"象之义），二是仁爱心充分表达（此即"离"象之义）。孔子说："人之生也直。""直"就是不受压抑、不遭扭曲，就是让人正常生活、积极向上、健康成长。孔子又说："人能弘道。"道即是人性人本，人生来就是要表达人性、实现人性、成全人本，一切违反这一正常之道，即是违反天意。孟子说的"尽性""赞化"，即是以充分得到表达的人生人性，来礼赞天意、参与创造。儒家的"尽"字极有意味。尽气、尽情、尽才，尽心、尽性、尽理，正是中国文化要义。没有表达即没有文化，表达少即文化不足不高。不让人表达，或者表达不充分、不完整，就不是中国文化，是极左路线、神的世界、专制主义、金钱万能，或者是其他形式的压抑、妨碍与暴力。回归人文，即回归人性、人心、人道。人文即以表达的合理性，冲决一切有碍于此的不文明现象。中国历史上尽管有几千年的专制统治黑暗，但是传统中仍然有合理近情的人文资源。只是在西化的大潮及浮沫里，中国人文文化传统不仅像地下矿藏一样掩埋，而且人们纷纷"抛却自家无尽藏，沿门托钵效贫儿"了。

人文的第二义，即是"秩序"。王夫之等对于《易》之"人文"，即以"礼"解之。礼即秩序。礼的负面是僵化，甚至压抑，梁漱溟也说是人性的"冤曲"。五四的好处即是解放。但是自由不能没有秩序，社会不能没有规则，进步不能没有章法，生命发展不能没有常道。社会秩序不仅是做守法奉公的公民、尽责忠职的员工，同时是一种良好的教养和品性，是尊重权威、敬重来之不易、行之有效的社会良习美俗和承传有序的文化传统，更是对于生斯养斯的大小共同体（上至国家民族、下至学校班级以及友朋）的珍重与守护。大凡没有经历过文化传统破坏的地区，社会秩序和人群素质都较为优秀。即以韩国为例，街道上交警极少，大家都懂得礼让。公交车上的老弱病残专座，大家都不会去抢占，常常虚位以待。上世纪初鲁迅先生写文章，讥讽在车上相互拱手让位的绅士们，车一开大家一屁股倒地。他没有看到今天的地铁车厢里，六人的定座往往可以挤七八个人。"屁股"复仇，早就打败了"面子"。转型时期的中国当代文化有一个标志性的动词，即"抢"。"抢在时间之前""时间就是金钱""抢地盘""抢位子""抓住机会""率先进入"……其负面意义即置秩序于不顾。其结果即各种一锤子买卖、杀鸡取卵、过瘾即死的思维大行其道，大盗们窃国有资产，小盗以各种假冒伪劣，不仅严重地破坏社会经济正常秩序，而且空前地危害世道人心，严重下去，人心粗鄙化、流氓合法化、黑道主流化，将会导致人类文明成果的自我崩溃，走向精神不毛之地。

王元化先生在他的《九十年代日记》里，记载一个故事：有一年在哈佛开会，元化先生与林毓生先生都在下面听。元化先生觉得那人讲得不好，就想拉林先生出去散散步。林先生正色：不可以，开会就要守开会的纪律。元化先生大为感慨：一个著名的自由主义思想人物，在日常生活中竟如此遵守秩序！王先生记此一则故事，不仅是以身说法，也不仅表明中国人文的重建，其实应从开会等的秩序做起，而且在中国目前的文化社会经济背景中读来，更是大有深意。

人文的第三个要义，即是人生的花样。"文"即花纹、样式。《文心雕龙》："日月叠璧，以垂丽天之象，山川焕绮，以铺理地之形"，人文"实天地之心""自然之道"，"心哉美矣"！主张人"肖貌天地"，即向天地万物学习其万类繁多之美、自由创造之机。依儒家经典，悠游于艺术生活（"游于艺"），具有人生之至高意义与价值；依道家观念，超越功利人生，解脱一元的主宰（逍遥、游心以远），乃是人生一大修炼课题。儒家可谓积极创造的花样主义，道家可谓消极自由的花样主义。博尔赫斯名作《交叉路径的花园》，所写的三位表面上敌对的人物，在不同的时间维度上其实可以互换角色。因为，时间分叉的小径让时间成为一个多维度的迷宫。小说以中国文化为神秘背景，其实大旨即是人生的花样主义。那一段关于时间的对话，其实与苏东坡《后赤壁赋》所表达的时间观是一样的，都叩问另一种时间的可能性。而现代性就只是一种时间，不可逆地向前进，笔笔直直地朝着目标。仿佛听得见军号声声！只有一种一意孤行的时间，就是没有花样的人生。花样的人生是淳蓄、是回旋，是春夏秋冬的循环往复，是打破一元叙事的霸道和垄断。如果大家都以为文化就是看 F1（极速赛车），就是去大歌剧院、就是麦当劳，大学就是考证和出国，那就是花样的失落，就是人文的缺席。我多次向学生推荐过茨威格《象棋的故事》。那个欧洲老贵族，毁灭得何等可悲！老贵族在二战中，不幸沦入法西斯监狱，在没有任何书籍可看的情况下，偶然得到一本棋谱，精研积年，遂成为象棋大师。应该说他是自己拯救了自己，以理性、专业战胜了贵族的文采风流吧？然而且慢，由于目标的单一，他也因此而落下了深重的强迫症的精神病隐患。后来，当他打遍天下无敌手时，遭遇一个流氓，流氓正是用最无赖、最不讲规则的手段，引发了贵族的精神病，让那贵族自己打败了自己。那个贵族理性不理性？刻苦不刻苦？成功不成功？为什么还会被打败？法西斯的监狱并没有把他打败，而是单一的、纯技术、强迫的、异化的、缺少心灵内涵的竞技文化，才真正成为了他自由精神的监狱。这真是一个文化的双重悲剧：愚民的专制政策（一元主义文化），以及流氓们的借力打力，遂使野蛮战胜了文明。这个中篇小说，是那个忧患深重的犹太人对现代社会意味深长的寄慨。

2004 年 12 月 5 日

文学的撤退

前不久，上海作协召开《钱谷融文集》发布座谈会。我们知道钱先生是著名的文学理论家，他当年一篇《论文学是人学》的论文，充分论证了文学关注人的情感、人的命运、人的心灵，对于人生的重大意义。与会的专家学者充分肯定钱先生的理论勇气与洞见。然而为什么很少有人能够逃得脱时代对人的控制与制约，钱先生却能掉臂而行，得大自在呢？那天王晓明教授一席话说得很好，他认为钱谷融先生几十年如一日，保持了一样高贵的品质，即是他的文字——那样的用心不苟，那样的细润、自然而精致，那样的天真的童心，那样的总有一幅温暖的情意，那样的沁人心田的力量……真正体现了中文的高贵与美丽。钱先生之所以在那皇帝穿新衣的时代，像那坚持常识、固执己见的小孩子一样，说文学不是阶级学、不是政治学、不是宣传学，而且是人学；也像那个古代献玉的卞和，不管统治者如何斩他的手脚，还是坚持他的玉不是石头，——钱先生之所以能有这样的坚持，能保持那样清明的常识，其实不是来自理论家的智慧或逻辑，或来自学问家的博学与精思，而是来自那像小孩子对待自己的兴趣爱好一样的纯真的性情，来自对文学近乎痴情的守护。这一幅纯真的童心与痴顽的文学心，在一个人的身上表现并不难，难的是从少至老，从嘉陵江求学时代的青涩文青，到上海文坛九五至尊的老寿星，乐而忘返，不倦不悔，这就显示了一种了不起的典范意义。

　　钱谷融的典范意义在于，首先，在一个非人性的时代，反抗时代的无理、无常、无道，像定海神针一样，守住了文学的尊严，也守住了中国文人的风骨。

钱谷融先生与胡易直

其次，在今天，尤其是当时代的潮流裹挟着年轻人往前走：读名校、考高分、拿名次、博大奖、出国、考研、选择有钱景的专业、做成功人士……。就是不问问自己喜欢不喜欢，就是不愿意静下来倾听自己内心深处的声音、尊重自己独特的天性与禀赋；听父母的、听同学的、听媒体与专家的，就是不听自己的。到头来，人生短短几十年，蓦然回首，错失的是自己最珍贵的心性，枯竭的是自己最内核的生命原动力。文学家钱谷融最"文学"的地方，就是守住自己，绝不撤退。

最后，说到大学，"文学"很不高兴。大学而今已经没有文学。文学变成了报课题、争课题、做课题、外包课题、汇报课题、填表课题。有人说，当今高校教师最大的学问，一是如何拿到课题，一是如何找发票。早就没有了对人的关心、对人的情感与心灵的亲近，对人的命运的关注。文学撤退之后，文人魂不守舍。他们的尊严，已经异化成了课题经费的数量、核心刊物的招牌、名人专家的头衔、山水称号的荣耀。文学撤退之后，战场一片狼藉。其实，每一个真正的大学知识人，面对时代的裹挟，都应该像座谈会的最后钱先生那样问一问自己："到底是你了解我多呢，还是我自己了解我多？我还是认为我自己才了解我。"

原载《新民晚报》2013 年 12 月 25 日

文字与声音之魅

——略说《朗读者》

一、文字之魅

一个朗读者的身影，在中国大地行走。我们清楚认出，朗读者的造型，分明是文学的造型。

电视本是文学之劫难。有电视机的时代，一灯荧然，夜晚静读的文学生活已荡然无存。然而《朗读者》最让人歆幸的是，主持人率众人捧书而读；星光灿烂的背景，是心灵摇漾的书香；央视的舞台从一个喜乐的秀场，变而为一个阅读的书房；董卿的笑容，从一个综艺品牌，变而为书卷气的新标志。《朗读者》的成功，首先要归功于文学阅读的真正回归。

在此之前，无论是《百家讲坛》，还是《开卷八分钟》，总感觉只是个人的口才表演，文本、文字、文章、文学本身，并没有得到真正的尊重。与以往所有阅读的节目不同，《朗读者》不是一个人全知全能地讲一本或几本书，而是真正的主人——有名有姓的文学作品，大大方方出场，自有身份，文采斐然，文字高贵、温暖而真切平实，我们终于在屏幕上见到过于一直躲在背后的文学。

我们遇见熟悉的文字，从《红楼梦》到《答案在风中飘》，从老舍到普希金，我们既有如见故人的亲切感，也有当熟悉的文字与新鲜的故事，巧妙配合在一起而产生的新启示、新震撼；我们优游涵咏于故书的同时，新知忽涌，古今连通，中外融会，经典文学遂成为一种活泼泼的生命表现。

我们讲了多少年的"文化""文明"，然而却忽略了"文章"。华夏文明本来就是"文章"的传承，深远如哲学之天地，高华如艺术之境界："游文章之林府"（《文赋》），这是说读书人的享受；"夫子文章，可得而闻"（《文心雕龙》）、"洞性灵之奥区，极文章之骨髓"（《文心雕龙》），这是说经典即妙文；"陈思之于文章也，譬人伦之有周孔"（《诗品》），这是说文采……五四以还，我们百年来讲"文学"，讲想象、幻觉、灵感、浪漫、美感，甚至魔幻等，其实"文章"这个概念比"文学"这个概念更文学、更美好、更能够让我们有一份当下的直观感受。钱谷融先生是著名的文学理论家，他当年一篇《论文学是人学》的论文，充分论证了文学关注人的情感、人的命运，对于人生的重大意义。但之所以如此，乃是因为钱谷融先生几十年如一日，保持了一样高贵的品质，即是他的文字——那样的用心不苟，那样的细润、自然而精致，那样的天真的童心，那样的总有一幅温暖的情意，那样的沁人心田的力量……真正体现了中文文章的高贵与美丽。

今天，《朗读者》终于也懂得了中文文章的高贵与美丽，他们选的文章都具有上上的品质，更充分发挥电视综合艺术的优势，人物、传奇、音乐、美术，冶于一炉，化俗为雅，寓情于境，将书本上的"知"，游戏中的"好"，化而为生命中的"乐"，化而为美的享受，言辞找到言辞，情感找到画面，声音找到思想，因文字的穿引，心灵于其中，相遇而相遇，始于感动，终于体悟。

此前我们于电视只是求轻松、求享乐、求刺激，忘记了电视里的人文精神，是原本可以在轻松享乐之外，予人以"情怀"。一个国家的主流媒体，应该有担当与责任，形塑现代国民的精神体质，应当告诉人们，什么是这个时代政治与道德的共同基础，什么是文明与文化的主流价值。

二、声音之力

《朗读者》十字打开，掘井及泉，直抵社会人心深处的文学集体无意识。我们看朗诵者的"诵"，既是一个现代文艺的传播方式，又是一个悠久古老的文学概念。"古者教以诗、乐，诵之、弦之……"（《诗·郑风·子衿》毛传）表明，"诵"是早期文学的音乐性。即大声地、美声地、有韵律节奏地将文字读出来。不仅是诗，青铜器上的铭文，已经有了双声、叠韵的连绵词或象声词，表明也是可以"诵之"，因而早期的"诵"，是巫师们沟通天神的声音，具有神圣性，是面向神灵、也面向政治精英的权力语言机制。后来，从沟通人神，到沟通人心、沟通上下、沟通物我，厚人伦、美教化、移风俗，鼓天下之动者存乎辞，声音之魅仍然是中国大文学观的重要传统，孟子所谓"仁言不如仁声之感人深也"。我们之前忘记了"诵"，原来是可以接通文化核心价值源泉，因而只是把它当作一种学习方式，或表演方式，殊不知这里原来源源混混，是人心的活水，《朗读者》发掘了这口活水。这里有两项要义：首先，声音的诗学承载着权威，积淀着神性，如果是由一些特别的发声者读出，具有直抵人心的力量，这个特别的发声者，古代是巫，是士志于道的诗人，现代是知识精英、道德精英与文化英雄。我们从这个角度看《朗读者》，其实仍然是古典中国文化传统的现代表现。其次，声音的诗学一定是"仁声"，即沟通人心、承载着丰富的人情人伦人性意味的声音，不是自我满足的私人言说，不是巧言令色的游戏文学，不是一味新变的形式艺术，而是触及天下人心之所同、人情之所系、人性之所在的丰富而敏感的存在意涵，因而具有"鼓天下之动"的力量。当然，不仅是中国古老的文学传统，西方文学也十分注重诵读。记得我曾看过一个美国电影叫《光荣》，写南北战争的，但是其中有一个场面感人至深：某一个新战士准备上战场的前夜，大家为他读一首诗，在篝火旁，在星空下，黑人战士打作节拍，声调是那样的平和，情感是那样的真挚，意味是那样的深永。听原版，我完全可以不懂，但是我从来没有机会听到过西方诗歌的原声诵读，那次让我有了一种永远难以忘怀的体验。

三、电视文学如何立于信息洪流与后真相时代？

电视文学本质上仍是一种大众传播。大众文化传播中，"后真相时代"的到来是一个挑战，它指的是这样一种情况："诉诸情感及个人信念，较陈述客观事实更能影响舆论的情况"（circumstances in which objective facts are less influential in shaping public opinion than appeals to emotion and personal belief）。《牛津英语词典》选中的 2016 年度词汇为 post-truth：在信息传播过程中，真相有时变得不重要了，重要的是情感和观点。泛滥的煽情与偏见的观点往往成为信息洪流中的胜出者。

因而，以《朗读者》为代表的电视文学，除了抒情、传奇故事、励志人生之外，我以为仍然担负着一种理性言说的责任。中国自古以来的好文章，不乏说理莹彻而又感动人心的例子；现代与西方文学宝库里，也不乏如此的佳作。在电视里，可能说理的文章，难以配合简单的人生故事，然而，可否就文章而文章，请来几位智慧的哲人，展开思想的曲径通幽与哲学的高华境界？如何将抒情与励志，更向上一层，回应后真相时代的阅读感受与信息需求？这是一个挑战。

我曾经在法国巴黎看电视，他们有专门的频道，常年读诗，长期导读文学，一篇在屏，如一卷在手，语气从容而淡定。而《朗读者》多少有些过于刻意，过于包装，过于追求传奇人生与震撼体验。正如老子所说，"飘风不终朝，骤雨不终日"，来势过猛，用力过大，终不能持久。能否在此之外，保持一种静水深流的日常诗意，娓娓道来的叙述节奏，展开一种不求速成，而深远通透的文化智慧？这又是一个挑战。

中国这么大，文字这么美，不愁没有好的作品。我们等着《朗读者》的归来。

原载《解放日报》2017 年 6 月 29 日

中国文论如何有益于现代人的心智？

  学术界早已有共识，传统的中国文论不仅是一项应该传承的遗产，而且是一项资源，是我们今天建设具有中国特色的文学理论，赖以立足的基础与可资汲取的重要思想文化源泉。说是"应该传承的遗产"，不难理解，因为古典文论中某些部分，由于古典中国艺术生活的延续与传承，可以将其直接学习继承下来，用于今天的文艺实践。譬如有关旧体诗的理论与批评，有关古琴、戏曲、山水花鸟画的理论与批评，都可以直接传承，因为旧体诗词、古琴、山水花鸟画等，仍然存活并传承于当今中国人的艺术生活之中，要写好诗、唱好戏、弹好琴、画好画，当然要继承古人的艺术经验。说是"资源"，如所周知，因为古典中国文论更多更广的部分，由于古今社会生活情况的不同，必然要经过一番重新激活与转化，才能融合成为我们今天的理论与观念的一部分。然而问题是，既古今生活不一样，为什么非要将古典中国的文论，融合在新文论中？可不可以融合？又如何融合呢？这是关系到中国文论能否不单单是一项文化遗产，而且如何直抵现代人心身灵智需求的思想与理论前提，也是关于"中国美学"或"中国美感经验"等重大时代课题能否成立的思想与理论前提问题。学术界近年来已有不少讨论，我这里限于篇幅，简述其理由如下。

首先，有人仅仅将古典文化看作是一项博物馆的遗产，与今人的精神生活无关。然而这基本上是一个伪问题。难道柏拉图、亚里士多德、孔子、老子与我们生活的时代不同，他们的思想就无益于今人？难道西方文艺复兴运动之于古希腊、中国宋代的新儒学思潮之于孔子、马克思之于希腊艺术、海德格尔之于前希腊思想……都不是人类思想史前后相续的事实？本来不值得一驳，然而现代专家主义的流行，确实将今古打为两截，将古典文化打入了无益于当今生活的冷宫之中。著名文化史家雅克·巴森说："在专家主义的氛围下，我们把文化整个委托给了专家；就算有人出于好意而想要分享文化，文化却再也不属于他们了。显然，结果就造成了零碎化的现象，每个人都在感叹，但却没有人想要予以改变。专家们选择一个小小的主题作为自己的专业领域，毕生画地自限，但这还不是最糟的。由于文化被委托给了专家，艺术与人文的重要性也随之改变了。这些之所以有价值，不再是因为它们能直接影响我们的理智与内心；它们之所以有价值，是因为它们变成了专业，成了谋生之道，成了某种光环，成了可以行销的商品，也成了文化产业的组成要素。"（［美］雅克·巴森 Jacques Barzun 著，陈荣彬译：《文化的衰颓：史学大师巴森的 12 堂课》，台北：橡实文化，2016 年，第

16 页）

又或问：古典中国文论置根于文言文的审美经验，如何能适应于当今信息时代网络时代大众文化时代的美感经验？首先，网络时代大众文化并非与文言文不相干。甚至可以说，文言文学的复苏，正是一个后五四时代的重要文学现象。文言文学现象的复苏有三种类型：一是文言写作的全面传承。如旧体诗词的写作在当今的重新回归。二是文言文学的素材再生。如文言小说中题材、主题与人物故事的重新再生产。"伴随着文化资源与技术应用的发掘，当前国产魔幻题材影视剧创作迎来时代机遇。就创作素材而言，一方面，传统文化的觉醒为魔幻题材影视创作提供了丰饶资源，像《山海经》《搜神记》《封神演义》《聊斋志异》等神话志怪类文艺作品，本身就具有改编为魔幻影视作品的巨大潜质，无怪乎越来越多的创作者将目光瞄向丰富的中国神话传说、神魔小说等文化资源，力求从中汲取创作灵感和素材。另一方面，随着网络文学作为影视改编富矿的价值被'一夜间发现'，动辄上千万点击量的网络魔幻和玄幻类文学作品，亦为国产魔幻题材影视创作提供着源源不断的 IP 资源。"又"据《中国互联网第 21 次调查报告》显示：……在年轻人写年轻人阅读的网络小说中，'穿越架空历史小说'成了历史题材创作的主流，如 2009 年起点中文网就有原创的历史类小说 11320 部，其中'架空类历史小说'就有 7756 部"。因而，文言文的审美经验，与其说是一个理论问题，不如说更是一个实践问题和既成事实的问题。三是文言书写的美感机制。即文言文学在素材与语文之外，更多属于精神与美学的复苏。不久前，唐代诗人韦应物一首小诗中两句"我有一壶酒，足以慰风尘"，由一位作家不经意发起了一场"续写运动"，不到一周，阅读量达 2507 万人次，转发 10 余万，评论超 3 万。不仅线上，而且线下互动，纸媒参与、专家评说、诗社征诗，甚至一些高校以此开展全校热烈参与的写诗活动。如何解读此一现象？其实，完全可以用古代诗学中的基本理论"兴"来论述。我因此而写了一篇文章在上海的《文汇报》"笔会"上发表。大意是：以他人成句起兴之诗，是"兴"观念下的一个诗学传统；其中有"诗乐一体""成诵易记""现成思路""经典生发"等创作机制起作用。因而，只要文言不死，文言审美经验及其理论，必不死。

至于白话文创作与文言美学理论有无关系，答案是肯定的。不仅此一关系早已成为文学史的常识，而且仍是方兴未艾的学术前沿。前者如王国维的境界说、鲁迅所论"魏晋风度""摩罗诗力"、梁实秋所论"常态人性""古典理性"、宗白华所论"艺境""虚实""宇宙意识"、朱光潜的"情趣与意象的统一""诗音与诗意的统一"、夏志清所论的中国现代作家的"感时忧国"传统等等，后者如海外学者陈世骧、高友工、王德威、陈国球、郑毓瑜、萧驰等持续讨论的"抒情传统"，以及章培恒教授生前长期所主持的一项论述"古今贯通与中国文学"，俨然成为学术长期持续不衰的论述焦点。由此可见，文言活力论，不是一项主张，而是一项事实，学术理论界已经有无数成果，必将有更多更好的论述。

唯其如此，古典中国文论与今天精神生活艺术实践的关系，恰可以借鉴哈贝马斯的交往对话理论，来想象一种新的型态：既不是剧场式的、以"我"（现代我）为主位的关系，也不是知识论的、以"它"（如古生物化石、博物馆中的陈列品）为主位的关系，亦不是目的论式的、以"他"（征服与反征服、主客对列）为主位的关系，而是交往对话式、以"我/你"为主位的关系，回到古人的生活脉络与文化情境，作同情的了解与智慧的对话，像钱宾四先生那样，将孔子、庄子、朱熹与陶渊明，作为很可以尊敬的客人、朋友，邀请到房间里来与他们亲近地晤谈。像唐君毅先生所说的："读一本伟大的著作，犹如游玩佳山水，不厌百回来。每回相见都有新的山头岚翠，水上涟漪，伴君徜徉，伴君容与。"（《柏溪随笔》第五节，《全集》卷三，台北：学生书局，1991 年，第 15 页）

至于说到如何继承五四、超越五四，更好地融合现代与古典，使中国文论直抵人心，一方面，要切近地理解中国文化的核心价值，正如民国时期文学批评家李长之说的："'五四'精神的缺点就是没有发挥深厚的情感，少光、少热、少深度和远景，浅！在精神上太贫瘠，还没有做到民族的自觉和自信。对于西洋文化还吸收得不够彻底，对于中国文化还把握得不够核心。"（《五四运动之文化意义及其评价》，《李长之文集》第一卷，河北教育出版社，2006 年，第 25 页）客观了解中国文化，还有很多工作要做。

当然，更重要的是，正如总书记说的，"要结合新的时代条件传承和弘扬中华优秀传统文化，传承和弘扬中华美学精神"。

什么是"新的时代条件"？其中一项重要内容，即回应时代重大思想课题。譬如，当全社会都向往"出人头地"时，如何同时也提供古典中国关于"安身立命"的思想及其在文艺中的经验？中国文艺思想中有关"境界"的论述，就是提醒人生的意义与目标不完全在于追求成功、名声与权力，更在于"蓦然回首，那人却在，灯火阑珊处"，反身而求：儒家说的"进德修业"、君子人格，道家讲的无为、返本、自然，以及释家讲的精进、去执、无住等，都是人生的修行境界。又譬如，如何从文艺与传统中，提炼中国智慧？宋人美学推崇的"平淡"，不仅是诗歌的风格与文章的特色，不仅是绘画与音乐的美感选项，更是一种宇宙人生的静观，反身而止的心性的诗意与日常生活的慧觉。"平淡"思想推崇死生了然的生命观，得失淡然的命运观，有无或然的存在观，对于现代人奔竞躁动而不知止的生命状况与存在感受，具有永远的疗治意义。

2017 年 7 月 7 日于贵阳花溪孔学堂

原载《解放日报》2018 年 3 月 15 日

略说中国文化诗学

近年来，"文化诗学"成为学界一个新的信号。这是从文学研究的美学转向，进而社会学转向，再转回来的新综合。兼有"文化"的宽广视野和理论透视，与"诗"的个人感悟、灵性生命和语言本体。童庆炳今年初的一篇文章，称"文化诗学"有三个维度，即人文关怀、历史文化和语言诗性，正是这个意义上的。文化诗学既可以避免文化研究和批判理论的泛文学、社会化倾向，也可以避免纯文学研究的象牙塔取向。它当然是当今文论的一幅重要旗帜，对于"道术为天下裂"的文论现状，表现了一种一统江山的挽力。我以为要发展其长处，如何避免同时兼有两者的局限，而发挥其综合优势，仍要看它的阐释力如何，建构力如何。

我这里想说的是，"中国文化诗学"则是另一个概念。中国文化诗学恰恰要补上述"文化诗学"之不足，即弱化、淡化了中国文史智慧、人文关怀与抒情传统，力求从纵贯的角度来加强"文化诗学"的文化意识。中国文化诗学并不是直接与当代审美经验和文化实践发生关联，并不直接参与当代文学生产，但是却可以作为一个重要的背景，作为一种价值对照，发生它的当代性（参看《一种实用而学理化的中国文论如何可能》）。

中国文化诗学特别强调：站在中国文化的学术思想立场来看中国文学与艺术，站在中国文学与艺术的角度来阐释中国文化。其宗旨乃在于力纠五四时代贬损中国文化所遗留下来的精神伤痕。所以，它与"文化诗学"是有区分的（参看《万川之月新版后记》《真诗的现代性》等等）。

中国文化诗学特别强调：要将中国旧籍中的经、史、子、集作为资源，融化而成一种新的结构性表达，只有一种资源（如诗话或文集），不能成为"文化诗学"（参看《桃花诗与中国诗的文化心灵》）。

中国文化诗学特别强调：要将单个的、零碎的问题，放在抒情传统、文学观念传统的纵贯脉络中去理解，从整体的文化图式中求取个别的意义（参看《陈三立陈寅恪海棠诗笺证》）。

中国文化诗学也特别强调诗学中的大义，即不太多关注流派、家法、技术等问题，而更多关心修辞与技艺问题背后的思想宗旨和民族文化心灵（参看《中国诗学答问录》以及《从柏林寺到丽娃河》）。

中国文化诗学是文化自觉的产物，不是知识时尚、思潮弄潮和情绪冲动，而是经过了长期的思考和时代的反复对话，与其说是一种观念的制作，不如说是一种人文生命的过程。所以，目前学界这样有意识做的人，无疑还没有见到。

2006 年 7 月 8 日

以古典中国向现代中国提问

——2013 年元月 14 日在华东师范大学国际汉语教师
研修基地的演讲

"古典中国"区别于"传统中国""封建中国"或"文化中国"，是有关中华民族伟大复兴的一种新论述。古典中国有若干方面值得现代中国借鉴，包括：文明领航于世界；生态相对良好；礼仪之邦；生命的修行；文化的尊严；自由的表达；诗意的崇尚；教育的深刻。古典中国的概念，宜于国人尤其是青年人对国史保持一种敬意与温情，是文明复兴的信心与前提。而古典中国的内涵，恰是现代中国生生不息的正能量所在。

一、何谓"古典中国"？

在十八大报告中，首次提出了"中华民族的伟大复兴"。如何实现这一目标？首先与国人对国史的信心与了解息息相关。因为，并不是所有的国人都对民族历史上曾经有过的伟大与光荣，有客观的了解与真实的信心。尤其是过去的一百年，在中国文化遭遇空前危机的时代，民族历史有许多扭曲与遮蔽，许多人其实对国史是没有多少信心的。一代代没有信心的国人，不可能担负起民族伟大复兴的使命。

所谓"古典中国"，指中国几千年文明中好的一面，是过去中国历史曾经有过的光荣与伟大。而现代中国，指辛亥革命及五四新文化以来，中国二十世纪的历史，以及现在正在进行巨大转型的中国社会。

"古典中国"与"中华民族的伟大复兴"有着密切的关系：首先，中国共产党将民族主体精神作为正能量；其次，中华民族的复兴之魂，即古老的中华文明重新兴盛，与华夏文化主体的复苏；另外，所谓复兴不止是指GDP，而且是文明品质全面的复兴。

二、为何要提出"古典中国"？

之所以叫"古典中国"，是为了与传统中国、封建中国、旧中国、旧社会等中性或负面的词语加以区分，并赋予它新的内涵。如将文言文称为古典中文，民族音乐称为国乐，传统文化称为国学等等。看上去只是称呼的不同，但其实表明了在传统面前保持温情与敬意、体认与敬畏的态度。而且，可以更好地团结、利用海外中华文明圈的力量。

从外面世界看中国，转型期的现代中国，问题多多，冲突不断，社会矛盾突出，让人看不清从而感到害怕。但古典中国的印象则完全相反，无论是文明的深厚底蕴，文化中国的精神乌托邦，或天人合一的绿色家园，或道禅高人的世界，或温柔敦厚的儒家君子人，都是一个现实中国不能达到和超越的文明。理解中国在当今世界的位置，有时需要内外两个视角的交替观照、互为镜相。

欧洲文艺复兴，也是复兴古典西方文明。"古典中国"这个概念，有利于世界了解中国。而且比"中国崛起"这个概念好，更加文明、优雅、大气。

更为重要的是，古典中国确有值得现代中国学习与借鉴的地方。我们可以通过这一面镜子，找到一些支点，去对当今中国的现状提出问题。

三、古典中国值得现代中国借鉴的八个方面

古典中国有八个方面优于现代中国，包括：文明领航于世界；生态相对良好；礼仪之邦；生命的修行；文化的尊严；自由的表达；诗意的崇尚；教育的深刻。

（一）文明领航于世界

现代中国无疑在许多方面优于古典中国。然而，现代中国在许多方面落后于世界，而先秦百家争鸣、汉唐盛世、两宋文明高峰、清代康乾盛世，无疑是古典中国曾经领航于世界的事实。

以盛唐为例。我们举一个历史细节的例子，当时长安城的朱

雀大街，宽达 150—155 米，略为今北京天安门前东西长安街宽度的两倍。为什么会这样？

仅盛唐数十年间，各国的遣唐使节，东罗马有七次、阿拉伯（大食）有三十六次；海路有日本、马来半岛；陆路有阿富汗、克什米尔、乌兹别克、印度、波斯（伊朗）、朝鲜、泰国、大秦等，盛唐曾与三百多个国家与地区相互交往。韦述《两京新记》记，截至唐玄宗开元年间的统计，长安有僧寺六十四、尼寺二十七、道观十、女观六、波斯寺二、胡天寺四。其他如祆教、景教、摩尼教等也有祠或寺。其他城市如泉州、扬州、广州、成都、太原、洛阳也广建寺庙。

因而，朱雀大街为什么这么宽，就好理解了。当时的长安，不愧是世界上最繁华、最开放、最自由的国际大都市。

再以北宋为例。陈寅恪说："华夏民族之文化，历数千年之演进，造极于赵宋之世。"只举一本书为例，沈括的《梦溪笔谈》，既惊人地记载了石油的发现、天气的预报、星象的轨迹、光的传播与声的共振，也生动记录了什么样的纸墨是最好的纸墨，如何训练小乌龟叠罗汉，什么样的茶最精良，以及受冤枉的哑巴，如何通过"叫子"表达自己的冤情。内容涉及天文、数学、物理、化学、生物、地质、地理、气象、医药、农学、工程技术、文学、史事、音乐和美术等，不仅是百科全书领航于世界之作，而且是自然科学与实用技术领航于世界之证。

王国维说："宋代学术，方面最多，进步亦最著。天水一朝，人智之活动，文化之多方面，前至汉唐，后之元明，皆所不逮。"

陈寅恪更有大判断："吾国近年之学术，如考古、历史、文艺及思想史等，以世局激荡及外缘熏习之故，咸有显著之变迁。将来所止之境，今固未敢断论。惟可一言蔽之曰：宋代学术之复兴，或新宋学之建立是已。"已经提出了文明复兴的目标与方向。

这是从时段上说的。如果从空间上看，根据彭慕兰、李伯重等人的研究，证明：1820 年前，江南的 GDP 领航于西欧英、法、德，创造了至今不被人广泛知道的世界经济奇迹。这项研究表明，江南有当时世界上最好的自由经济的基础。江南有当时最好的教育与社会条件，江南有最好的人力资源。江南在最近三十年重新创造了世界经济奇迹，是原先被压抑的现代性因素，重新解放出来的结果。

（二）环境问题与观念

唐诗里的青山绿水，有赖于自然山水美好生态的滋养。如果是雾霾满天，如何能看见"孤帆远影碧空尽"，如何能感受"惟见长江天际流"？人们往往将古代环境好于现代的原因归于古代的经济不发达，这是现代人的不思之过。试问：如果是产权明晰，责任清楚，那些村长们敢去滥砍山林而增加自己短期里的政绩么？分明那古代的地主，因为要将土地资产传给后代，因而更少短期功利行为，更有环境的责任意识。试问：古人有现代人那样的更多、更快、更强的发展至上观念么？再试问：我们的土地，有必要如此反复施肥，导致农药在深层土壤中不断富集，无法自行分解？有必要如此让土壤的自净能力丧失，成为一个定时炸弹么？因而与其说经济发达与不发达，毋宁说现代人对科学的盲目崇拜与无止的贪婪更是环境破坏的原因。

（三）古人看重生命的修行

古典中国如何与自然相处，也同时是如何与自己相处。所谓生命的修行，不限于宗教，是指有信仰的人生，有精神品质的人生，以利他为快乐的人生。在古典中国，有这样的精神土壤与生态，并且全社会有如此的正当目标。

举两个小例子。"子在川上曰：逝者如斯夫，不舍昼夜"是大家耳熟能详的名句。现代中国世俗化的解读，只相当于一句"时间过得真快呀"，经典浓度被稀释，章句的意义世界显得苍白、单薄、失去了经典的魅力。

正确的解读应该是，流水，不管是涓涓滴滴，或者是汩汩滔滔，还是浩浩荡荡，都是不断地填满一个又一个坑洼，然后继续一往无前，义无反顾，夜以继日，无所止息，直至大海。其实在暗喻，有本的修行人，他们的生命力、活力、道德的能量，延绵不绝。

同样被误读的还有经典的《愚公移山》，"虽我之死，有子存焉；子又生孙，孙又生子，子又有子，子又有孙，子子孙孙无穷匮也"。高中的教参上振振有辞地解释为："人力无穷，自然能被征服。"但问题是《愚公移山》的作者是列御寇，战国后期道家代表人物之一。道家人物怎会有这种"征服自然"之论？其实它的本意是，反对没有远大理想，只着眼于眼前看得到的收获的庸人小志，而要将眼光放远，不计功利，甚至忘掉个人生命的渺小，才能真正做出一点有益于人类的事情。

（四）文化的尊严

社会中有金钱、权力和文化尊严三种权势，成三足鼎立之势。在古典中国，文化尊严就是全社会给予文化人人格身份的尊重，而文化人反过来对于文明与文化基本价值认真守护，在长期的文化传统与生命实践中形成的道义高贵感。

古人对文化坚守的例子数不胜数。譬如，《正气歌》中所说的"在齐太史简"，就是最早的学术与权势冲突之一。太史是齐国的史官。崔杼杀了齐庄公，太史为了史家实录的原则，记下了这件事，崔杼因此而杀了太史，太史的两个弟弟再记下崔杼弑其君，又被杀；第三个弟弟再写，崔杼终不忍杀。齐国的另一史官南史氏，听说太史全都被杀，即手持竹简，准备死在朝上，也要继续完成此事的实录。

孟子也曾说过：君之视臣如手足，则臣之视君如腹心。君之视臣如犬马，则臣之视君如国人。君之视臣如土芥，则臣之视君如寇仇。……寇仇，何服之有？这表明，君臣关系是相对性的，不是绝对服从的。在高耸的权力之上，有更高的道义原则。

由于孔子所说的"士志于道"遭遇现代的解构颠覆，所以有"皮之不存，毛将焉附"的依附理论，有"把屁股挪过来"的改造理论，于是也有经济学家为企业家打工的市侩行为，有二十几个学校授予王立军名誉教授的投机现象。文化的尊严与士的风骨同时扫地。

（五）自由的表达

自由的表达指言论与书写的自由。历代皆有因文字而获罪的情况，然而近代中国为甚。

清康熙亲政前的"庄廷鑨明史案"，为传统中国株连最广，处置最重的文字狱——涉案人及亲友入狱囚徒达 2000 多人，其中处死 72 人，包括凌迟 18 人，另充军流放边疆 700 余人。号称盛世的乾隆时代，文字狱最为频繁，从乾隆即位到去世 64 年间达 130 多案。

然而古典中国士人基本上可以自由地通过写诗、作文，表达自己的真实心意，从《诗经》里的讽刺甚至诅咒，到清代大诗人郑珍、龚自珍的批判现实，皆是如此。即使是最严重的"笔祸"，如"乌台诗案"，不仅没有使苏东坡失去个人的人生自由，反而使东坡获得了另一种人生的更大自由：超越权力人生与官场人生的精神自由。

（六）诗意的古典中国

中国先秦而两汉、南北朝的历史线索，贯穿着一大生命力，即士人地位的提高。先秦鸣百家、西汉尚经术、东汉重清议，以及魏晋重门第，皆是读书人地位的提高。而科举，更是大幅度提高了士人的地位，读书文教成为一种权力、一种文明的力量，从此在历史上制度化了。

与此同时，诗歌在文化系统中的地位也在不断上升。

自建安三曹时期开始，诗歌创作极受重视，形成重要诗人群体。尤其以曹丕《典论·论文》中明确提出"文章经国之大业，不朽之盛事"为标志。

范晔修《后汉书》，专辟《文苑传》。标志着文人的活动，与君王、武人和贵族一样，参与历史，在历史上开始占有一个显著的地位。

唐武则天时代以来"以诗赋取士"制度之确立，为又一个标志。改变了原先通经致用的文化权力手段。士人长期发愤，一旦写得一手好诗，便可以博取功名，所谓"十年人咏好诗章，今日成名出举场"（张籍《送李余及第后归蜀》）。

诗意的崇尚是古典中国的一项世界特色。莲叶何田田、鲈鱼莼菜羹、山寺月中寻桂子、山色空濛雨亦奇、多少楼台烟雨中，整个儿的杏花春雨江南，其实都是诗意造成的。而清代江南女性近三千种诗集的持续写作，也创造了同期历史上世界任何一个国家不曾有的女性诗人记录。

为什么诗意很重要？因为诗意的核心是自由生命的发舒。我们看庄子笔下的温伯雪子说的话："中国之人，明乎礼义，而陋于知人心。"孔子见温伯雪子，无言，所谓神完气足，目击而道成。温伯雪子的美，直上直下，抖落种种概念道理规则礼法，通乎天地神明。庄子笔下的任公子钓鱼，五十犗以为饵，投竿于东海，钓起来的大鱼，半个中国的人都吃不完。相比较，那些每天到小河沟去找小毛鱼小虾米的人，生命格局就太可怜了。熊十力说庄子所写的是有道之士的气象，有道之士即任公子这样的人，即最富于诗意的人。庄子说的鹓雏，高蹈人间，非梧桐不止，非练食不食，非醴泉不饮，而地下的鸱以为鹓雏要来抢他的腐鼠，竟然紧抱腐鼠凶凶地"吓"她。庄子的这三个著名寓言故事，一个是对于功利人生的解脱，一个是对于规训人生的解脱，一个是对于权力人生的解脱，勘破三个套套，即是自由生命的舒展，即是对于现代人生中毒的解毒剂。

（七）教育更深刻

帝国晚期的中国教育无可挽救地堕落为科场功名与八股专制。然而早期的古典中国，学校不如现代中国多，但质量却更高，理念更全面，注重人性和灵魂的教育。不仅如此，还有作为士的教育，即担负天下使命的大人的教育，如东汉时代的太学生，臧否人物，指斥豪强，甚至可以干预政府的用人政策。先秦时的孔子无愧为伟大的教育家：有教无类的平等，士志于道的高贵，学思并重的方法，知行合一的实践，以及"古之学为己"的深刻，都比现代中国不关心人的教育要好，比"学好数理化，走遍天下都不怕"的单面人要好，更比现代一切都为了考试指挥棒转的一条龙教育要好很多。

总之，复兴中华文化曾经有过的兴盛、繁荣与伟大，不是另起炉灶，而是重新激活、重新焕发生命力。不是复古，而是在现代化的进程中复兴生命力。一定是经过现代化的新机遇、新挑战，才完成的复兴之路。"古典中国"给我们一个支点，我们可以用它来向现代中国提出问题。

原载《文汇报》（思想人文版）2013 年 2 月 18 日，有删节

重建被五四误解的文学传统

去年在台湾东海大学开会，颜崑阳教授作主题演讲，大意是：中国诗歌不是现代意义上的诗歌，而是一种文明交往的方式，一种意义生存的媒介，应该回到更大的文化脉络中去理解中国诗的传统。当时听了，于我心有戚戚焉。可是后来崑阳有事先离开，未能充分交谈。这次到台湾来参加金萱会，想顺道往淡江大学，与崑阳教授再申未尽之义。我给他发了一封电子邮件，崑阳兄十分热情，邮件往复讨论，不仅邀我讲演，同时邀请我当天晚上参加他主持的一个研究生学术沙龙"群流会讲"，"这个沙龙已经持续了八年，气氛十分热烈，甚至有外校的研究生参加"。

我从台北乘捷运往淡水，四十分钟，崑阳及夫人、助理，已经在站外迎候。上山稍坐片刻，崑阳兄赠送论文抽印本五篇，即往一阶梯教室开讲。我的讲演题是"五四新文化对中国文学中美刺传统与隐逸传统的误解"，尽管这是一个在大陆讲过的题目，但内容十分丰富，要真的讲完，可能需四到六个小时。因此我每次都有不同的重点。这次在淡江大学，我讲的重点是五四时期诗经学史即《古史辨》第三册的文本细读，让新文化运动胡适、顾颉刚、郑振铎诸君的不同层面的问题充分暴露出，而不仅是建构我自己的一个说法而已。破中有立，才是要展示给学生的学术与思想的手术刀。

五四诸公从《诗经》发展出一套新文学的抒情传统，将经学的美刺政治批评，一一斩断葛藤，扫清瓦砾，建立一个小清新的男女情歌传统——这当然是将古代中国对《诗经》的文学解读，朱熹、方玉润等开始的解读传统，发扬光大——胡适他们最大的宗旨是文学启蒙，用文学来教育新社会的新人。而古代的文学是死的文学，不是鲜活的文学；是非人的文学，不是人的文学。他们心目中的文学，是给大众读的。因此，他以为把《诗经》解读为民间的情郎与恋女的情歌，就活了。这其实不够尊重古典的真实传统，只不过是一场新文化的概念建构活动，其成果也并不理想，因为不过只解读了几首风诗而已，大多数的"诗"，还是要用汉儒的材料才能讲得比较可靠。所以，只是一个文学中的小清新的传统。

然而，美刺批评就这样被否定、抛弃了。于是，中国文学的政治批评的良知，人间主持的话语权，就这样放弃了。大文学全幅的人生关怀与多种的意义功能，就这样消失了。殊不知，诗三百根本就不是给大众读的，而是给士人读的，即构成一个文明社会的基础的知识人读的。于是，《诗经》的文明建设意义就被降低了，这也从历史文化生态的某一面，导致了中国文学的深度缺钙。胡适他们天真地以为，多读一些男女相恋的作品，人就会自由、健康、幸福。他们一方面把文学看得过于伟大神圣，另一方面又把文学看得过于狭窄单面。

五四诸公的另一误解，是瞧不起隐士。鲁迅、钱锺书，都是这样。一般人也是这样。记得我在某校读硕士时，那时研究生很少，哲学系的研究生与我们同住。当时有一个一心想干大事的哲学研究生，痛斥陶渊明为无出息人，为懒汉、寄生虫。这只有在价值系统已经发生重大翻转的时代，才会有这样浅碟子、单面而自负的现代不读书的"读书人"。

所以，无论是积极的政治参与、大文学的世道人心关怀，还是守护个人生命的价值尊严，重建被五四误解的中国文学传统，仍然是我们这个后五四时代的思想课题。现在是"课题"满天飞的时代，然而真正的时代思想课题，却已经深深掩埋在喧嚣的尘土之中。

淡江大学素以思想激进、文学氛围浓郁而著称，是台湾最好的私立大学。我讲完之后，有一个同学发言，不是提问，而是反驳我的观点。他认为我所希望与鼓励的文学家的政治参与并没有意义，因为根本建立不起来。原因是时代已经改变了，文学已经私人化。我一一加以反驳。不能因为悲壮，而不去建立。不能因为文学变了，就以为正当合理。

华东师范大学的两名交换生也来听讲。其中一名颇有思想的女生问了一个很有意思的问题："老师主张文学对社会要批评与干预，但是我有时候发现，看起来是很有道理的批评，当事的双方，其实都只不过是争夺利益而已。这时，如何理解谁是谁非？"

"这个问题很好！"我充分鼓励这个女孩。我回答她，我也一直在思考这个问题。确实，在社会生活中，往往打着道义的旗号，争的却只是利益。这就是后现代思想所宣称的，没有什么是非，只有利害。然而我相信：一、世间还是有真正的是非问题，不可能全部都化约为利害问题。二、世间还是有真正地追求是非与道义的知识人，而并不都是追求权力的利益人。三、利害问题的里面，也有是非问题，因为利害的诉求，也要讲程序的公正，这里就有是非；利害问题，发展到后面，也会转化为是非问题。

总之，这是一场很过瘾的讲演。如果没有反对意见，就只是一言堂，不是真正的知识与学问的事情。我就是要与学生一起解决各种各样的思想难题。

讲毕，颜崑阳教授和华东师范大学的两名交换生，陪我一道，缓缓往淡江大学美丽的校园一游。校园里学生人流如潮。草地上一处学生乐团正在演出摇滚，声音很响。天气很好，从山顶上往下看，天很远，山很远，云很远。世界很大。从山顶往下走，两边都是古色古香的建筑和园林式的景观。我想起北京的雍和宫和颐和园的一些园子。然而那里的树林，叶子都有点灰暗，而这里的各种草木，高大茁壮，每一片叶子都绿得发亮——就像崑阳兄的那双大眼睛一样炯炯有神，像一个天真而有朝气的少年！两个交换生对比师大与淡江，最深的感觉是，这里活力四射！

晚上与吕正惠兄、陈文华兄一起晚餐。文华兄是第一次见面，正惠兄则是去年十月认识的，当时在台北的一家上海酒家喝酒，又到他家去看书听乐。我说我的同事也叫陈文华。文华兄说："有一次有一个学者来看我，说：'你写的薛涛我觉得很好'，可是这并不是我写的。"正惠兄还是那样贪杯，自己从怀中摸出小瓶装的二锅头，随身带酒的读书人，古代是刘伶，当代是正惠。据说他常有夏天里醉倒在路边过夜的故事。我们因为还要参加晚上六点半的群流会讲，只吃了半小时的饭即匆匆离席，剩下当代的刘伶意犹未尽的样子……

"群流会讲"准时开讲，是一个已经毕业经年的博士，讲她新写成的有关《文心雕龙》论"文之枢纽"的论文。两个小时的主讲与群评，令人震动的是：一、主讲者完全不是为了功利，而是为了学习更多的东西，来参加这个活动的。二、主持人颜崑阳教授为六十岁以上的资深教授，不但分文不取，完全义务组织，而且每次皆能细致总结讲评。学生后来对我说："不知道颜老师的脑子里为什么永远有掏不尽的学问与思想。"三、参与者不仅有在读的硕博士，还有本系的中青年老师。四、这些讲评人，大都不是古代文论专业的，甚至也不是古典文学专业的。他（她）一条一条订正、问难、点评，专注而细致，认真而从容，流溢其间的，是一幅"知之诚笃"的精神气息。而远远地在角落里坐着的，是颜崑阳教授美丽贤淑的妻子，短发、唐装，也在用心听，不时记着笔记。那一专注宁静的神情姿态，直令人想起民国初年秀外慧中的女学生。此情此景，不能不令人为之动容。

当夜崑阳兄的学生，也就是这次群流会讲的主讲人秀美老师开车送我回台北的酒店。秀美老师微胖，热情，健谈，一看就是那种很有爱心、母性优势的老师。一路上，她讲了崑阳老师如何经营会讲、如何教学的小故事。看得出来，她也是老师联系同门学生的令人尊敬的大师姐。秀美老师在一家技术学院里教书兼做行政，学生缘很好，是做事情的完美主义者，对教书生活的理想主义者，非常长于解决学生的各种思想与个人问题。有一次，在武汉大学开完会往机场的途中，成功化解了司机——武汉大学一名博士生的家庭情感困境，司机送她到目的地，感动地说："我太有收获了，这一趟要感谢你。"……台湾的师生质量都这样好，一个关心质量而不是操心崛起的社会，才是一个有希望的社会。

回来翻开崑阳赠送的论文。有一篇题为"从诗大序论儒系诗学的体用观"，他题赠我一段话："我读过您有关诗大序的论文，大气磅礴，真知灼见，能正五四以降诸君子的误解，宏观之大作也。我这篇论文回归文本，进行微观的诠解，并重构儒系诗学的体系……"另一篇题为"台湾当代'期待性知识分子'在高度资本化社会中的陷落与超越"，也赠我一段文字："晓明兄：这篇文章原发表于 2006 年，东华大学与江苏社联共同举办的两岸中华文化发展论坛，地点在南京市，当时社联的副主席是孙燕丽。我知道您非常关怀现代知识分子的社会实践问题，故特致此文，让您了解台湾的状况。"他所说的"期待性知识分子"，是指那些有价值自觉，有理想，有想象力，关怀社会人心的知识人。他认为台湾社会仍然十分缺乏这样的知识人。

第二天，阳光灿烂，台北少有的蓝汪汪的天空。我转了很多路，问了不少人，才找到位于温州街的殷海光故居。可是，大门紧闭。我按了一下门铃，有个女子开门看了我一眼，说现在休息。又关上了门。我站在门边犹豫着，走还是等？大门忽又开了，短发的知性女子，让我进去，说："你可以看看院子。"我在院子里流连，想象着殷先生如何自己挖出一条小河，如何在小亭子里与林毓生先生、张灏先生谈话聊天。秘书看我认真，又唤我进屋参观。门厅是毛玻璃的日式窗，上面写着殷先生的一段话，似乎墨迹未干，云："政通学兄，你前次所云郑学稼著《中国社会史论战简史》一书，遍觅不得。请告知确实出版处及发售地，以便购致。不一□即祝年禧。殷海光，十二月六日。"好像房子的主人还仍然乐此不疲地为找书、找资料在忙着、操心着，这个形象永远定格在台北温州街的一个小巷子里。有一封给张灏的信引起我的注意，殷先生写道："五四的儿子不能完全像五四的父亲。这种人，认为五四的父亲浅薄，无法认真讨论问题……"是的，五四一辈，太过于直接要出成果，要见新社会世界的实现，他们不知道，社会的改造与前进是一个配套的系统。我们要比他们更全面仔细地讨论问题，而不是解决一个立场、态度就可以万事大吉。我们更不能只是要我们的学生用我们的思想去思想，而不把真正的思想难题告诉他们。

2015 年 9 月 2 日改订

原载《文汇报》2015 年 9 月 13 日

天下关怀，道义担当

中国传统文化的思想价值，对中国当代新文化重建提供怎样的资源？儒家思想与现代人格、民主、自由有怎样的联系？中国传统的"诗的生活"对于现代人的生活有何意义？针对上述问题，华东师范大学中文系教授、博士生导师胡晓明接受了《第一财经日报》专访。

第一财经日报：在你看来，中国传统文化中哪些思想价值可以作为今天中国当代新文化重建的重要资源？

胡晓明：中国传统并不缺乏现代社会的基本理念。如生命尊严的理念，《易传》中说的"天之大德曰生"，《中庸》说的"万物并育不相害"，《尚书·泰誓》说"人为万物之灵"，都是说，人是最可尊贵的，生命是最可尊贵的。中国古代思想以人为中心，极为看重人的生存尊严、人的生命尊严感。这是我们今天这个一切向着功利、向着成就、向着物质的转型时代，极易丢掉的价值，这是我们要像守住定海神针一样，要牢牢守住的古代思想资源。

再如公民、精英与公共政治的理念，孟子说："禹、稷、颜回同道。禹思天下有溺者，由己溺之；稷思天下有饥者，由己饥之，是以如是其急也。"人溺己溺，人饥己饥，中国知识人应该有社会使命感、文化道义感，而不该做精神自了汉或文化生意人。天下关怀，道义承当，应该是今天中国当代新知识人思想传统的重要资源。此外，古代中国重视心灵价值，认为人生在世总要有安身立命之精神乡土，这也正是现代思想越来越推崇的理念。区别只是，古代中国以天道、佛祖等信仰来作为精神乡土的认同形式，而现代思想则以自主、平等、自由、权利等价值来凝聚基本的、持续的文化认同，然而在人性向善、人心美好、人文优势的基本向度上，是完全一致的。

当然，这不免被人批评，有人说上述回答与提问方式，只是用"思想文化来解决社会问题"；是"思想对思想的自我游戏"。其实，我们何尝不知制度、体制以及社会规范的改良对于思想建设的巨大作用呢？但是，一则，制度、体制以及社会的良好规范，与思想文化之间的关系，并不是一种绝对的先后关系、决定与被决定关系，或制度并不是思想之成立在逻辑上的唯一条件。因而，作为思想资源的传统，如何与现代价值更好结合，仍不失为文化建设的一个选项。其次，当今的文化思想界，这个可以结合的选项；不仅还没有成为一个共识，而且迷雾重重、歧见纷呈，因而思想的诠释工作，依然任重而道远。

日报：中国的文化传统中，哪一部分对现代的世界文化形成有效的补充？哪一部分能够为一个"道德和文化崩解"的时代的文明重建和现实出路提供新的可能？

胡晓明：我在一篇文章里谈古典文学的心灵价值，可以转引在这里："中国文学中一直十分推重的'境界'美学，就是另一种存在的体验。'境界'以儒家的仁学和道家的道论为根源智慧，结合诗人对于世界恒有之兴发感动审美经验，将我们引领到一种很不相同的关系中。在这种关系中，主客二元的僵硬对列松解开了，自我向着他者敞开，生命与生命充分交流对话。孔子论诗'人而不为《周南》《召南》，其犹正墙面而立也'（《论语》），与李白'有时白云起，天际自舒卷。心中与之然，得兴每不浅'，都是经典表达。既不是厌弃生命，走向神灵；也不是过度伸张自我，自陷于占有焦虑。中国文艺美学所具有的前现代的形上智慧：在现代性的权利观念凯歌狂进而又疲态呈露的情境下；依然不失其另一种灵性空间的想象意义。"

日报：一种文化的传承方式发生了断裂，能不能重新接续？如果能，我们首先应该做什么？如何让"断裂"和"传统"产生超越性的价值？

胡晓明：文化的传承，其实是一个非常自然的过程，有其自发秩序。该传下去的，永远也不担心传不下去；不该传下去的，断了也没有什么可惜。我们今天说国学，说传统，看起来是我们在说它，其实是传统借着我们的手与口，表达自己的不死的存在。你说仁爱会断么？你说中国儒家讲的良知、诚，会断了么？我想永远都断不了。人心不死，这就是国学永远不会成为绝学的理由其实不是我们"如何"让传统"产生超越的价值"，而是传统自有其不朽永生与超越时代的价值。我们应该首先是敬畏传统，其次是守护传统，并不放弃从时代的需要出发，给传统以新的解读，使传统生生不息，新新不已，真正变成万古流的江河。

日报：儒家思想与现代人格、民主、自由有怎样的联系？

胡晓明：需要写多本专著才能回答的问题，但又是不可回避的重大问题。我简单提几点：一、儒家非常重视人的主体，既讲权利主体（生、制民之产、富而后教、百姓安），又讲道德主体（三军不可夺帅，匹夫不可夺志也），确实涉及民主自由的实现者、参加者、人格担当者。二、道德主体太强势，精英性太强势，毕竟，民主与人权，更多的是民生政治与世俗生命。所以，要作适当的调适与转化。三、儒家的自主自信自得，与西方的自由精神，有很多相互证明的地方，也有不少相互补充的内容。四、儒家在民主的制度安排上，几乎完全没有作为，完全靠知识人用人格顶出去，徐复观所谓肉身担当，历史的黑暗处，血肉一片模糊。因而，这是要更多向现代政治好好学习的。

原载《第一财经日报》2010 年 11 月 15 日

生气凛然的儒家

　　陈寅恪先生 1943 年曾做出一个关于中国文化走向的大判断："华夏民族之文化，历数千载之演进，造极于赵宋之世。后渐衰微，终必复振"，"将来所止之境，今固未敢断论。惟可一言蔽之曰，宋代学术之复兴，或新宋学之建立是已"（《邓广铭宋史职官志考证序》）。陈先生在失眠腆足的晚年，依然对宋文化之美念兹在兹："天水（按，即赵宋）一朝之文化，竟为我民族遗留之瑰宝。"（《赠蒋秉南序》）"六朝及天水一代思想最为自由，文章亦臻上乘。"（《论再生缘》）可是，陈先生的预言与判断已经过去差不多半个世纪，一般人提起宋代，还是不免蔑为偏安文弱之朝；提起宋学，也不免讥为"袖手心性"之学。陈先生所谓"宋代之史事，乃今日所亟应致力者"，仍不免久久落空。现在，终于有了一部重量级的作品，不仅以元气淋漓的史学力量和纯正厚重的儒学正解，强烈冲击着烦琐考证的汉学和精致谈玄的哲学，找回宋代文化研究的一条大道，而且很好地诠释了陈先生在中国现代学术史上这一著名预言，漂亮地解答了宋代文化何以"造极"的命题，这就是余英时教授新著《朱熹的历史世界》（以下省称《朱熹》，生活·读书·新知三联书店，2011 年）。

值得注意的是，上引陈先生著名判断，余先生在他的大著里全都引用了（第 189 页、第 291 页、第 317 页）。因而，《朱熹》无疑是向陈寅恪致敬，可以看作余先生长期以来一种自觉的学术追随。现在，余先生的学术著作大都在大陆出版了，可是还有一本书还没有出版，那就是《陈寅恪晚年诗文释证》。在这本书中，作者曾用了非常大的心力，去了解陈寅恪不为人知的内心世界。而且也终于得到过陈寅恪先生"作者知我"四字心许。这样的相知与因缘，必然在余英时的学问世界里，从知情意等方面留下极深刻的影响，现在终于结成正果。陈寅恪与余英时，一种隐潜的精神对话与学统承传，这可是当代学术史博士论文的好题目呀！

我读《朱熹》，有几个简单的心得。一是中国传统政治文化，有待重新认识。有一次我参加一个博士研究生的论文答辩会，一位教授曾提出"不要把政治妖魔化"。我十分响应。长期以来，由于现实生活的刺激，在中国文史研究的领域，"政治"并不是一个好的东西。其实，正如亚里士多德所说：只有神和野兽才不需要政治。中国历代士人，在政

朱熹的历史世界（生活·读书·新知三联书店2011年版）

治上抛多少心血，难道一句"求利禄"、一句"入彀中"，就可以一笔勾销？余先生以史家之心，娓娓道来，在他的笔下，宋代道学士大夫，原来是那样有理想、有担当、有智慧，前赴后继，生气凛然的儒家社群。范仲淹的"先天下之忧而忧"，王安石、朱熹的"以天下为己任"，文彦博的"与士大夫治天下"，整整一代道学士人，心中绳绳相继的理念，即是通过他们的参与投入，"得君行道"，共定"国是"，以重建社会秩序。这是中国士人政治主体意识最为高涨、同时也是文化主体意识最为高涨的时代。如果说，先秦的士，虽有"道"的自觉，然"天下"并不在他们肩上；东汉的士，风俗极美，然"名教"仍限于精神领域；而宋代的士，"我们不妨说'以天下为己任'涵蕴着'士'对国家和社会事务的处理有直接参预的资格，因此，它相当于一种'公民意识'"。（第211页）按亚里士多德的政治定义，这是从神的位置下来，从兽的位置向上，成为最为真实、自由，人的主体特显光辉的时代，仅此一项，宋代文化之光价，即已与天地而同久。

更何况，宋代政治文化的魅力，又在于其中复杂多样的经验智慧。譬如余先生发现的宋代政治史上的"国是"之争，"国是"如何由士与君共治天下的一个重要成果，转变而为权力斗争中的一个可怕"符咒"。又譬如，本来是改革家制衡君权的相权，又如何在使用过程中转过来伤了自己，成为妨碍改革的"权相"。而来自经典的某些重要词语的不同解释，如何在不同的政治生活脉络中，成为权力相争的一种武器（如关于"皇极"的讨论）。以及皇极内部的结构及其人物的命运，如何深刻影响了政治文化的走向。而最让人叹气的是，如朱熹那样一生追求得君行道的理想，其欲得之君的最后对象，竟是一个弱智似的阿斗：宋宁宗临即位时，连叫"告大妈妈，臣做不得，做不得！"写至此，全书戛然而止，一幅闹剧背后，实乃中国士人政治悲剧性的绕梁之音。

我的另外一个心得是：思想比哲学更有血肉。还是陈寅恪先生说得好："孔子说世间法。"中国文化不像西方那样形而上。尤其是儒家，基本上是俗世取向。我们的中国哲学史研究，那么"分析"化、"构架"化，那么超越，恐怕是有点过于"西化"了。虽然，余先生在回应刘述先先生的文章中，也一再表明他的研究与哲学是"井水不犯河水"，并不想挑战"理学大论述"，然而，有血有肉的思想，似更得中国文化之正解与通识。仅举一例：张载《西铭》"天地之塞，吾其体；天地之帅，吾其性"，你用分析哲学如何分析？不如朱熹说得简明："有我去承担之意"（《朱子语类》卷九八），余先生释为"以天下为己任"精神的不同描述（第220页），正是深得正解。可是，尽管我很看好余先生的尊史右文，我对于他骨子里看不起"谈玄说性"的哲学还是有点遗憾：这毕竟是儒学内部的一种潜在的杀伤。当初章实斋高唱"六经皆史"，究竟是尊经，还是贬经，恐怕谁都说不清楚吧？

无论如何，《朱熹》带给我们的不仅是一流史学的魅力，不仅是儒学的"哥白尼转向"（相对于原有的中哲史研究范式），不仅是对海外中国学的回应（近年流行的社会史取向），甚至也不仅是宋史研究的新突破（相对于所谓"宋代转向内在"），我以为，更有陈寅恪所谓"述往知来"的启示意义。余英时先生关于儒家与儒学在现代社会的处境，有一个著名的"游魂"之喻，即儒家已经没有了在社会、政治、经济与伦理生活中的身体，只有"心性""天道"的魂灵尚不绝如缕。这一游魂状态，不应是儒家的"真身"。余先生前些年写《士商互动与儒学转向》《明清社会变动与儒学转向》，如果可视为挖掘儒家在经济与伦理方面新基调的努力，那么，《朱熹》可视为在社会与政治方面新基调的努力。有此二端，余英时先生虽然"没有哲学睿识足以与西方流行的论说相颉颃，也没有神解妙悟足以与世界各大宗教进行对话"，然而他的人间姿态，同样已呼之欲出了。

2014 年 12 月 20 日于沪上日就月将斋

原载《南方周末》2015 年 1 月 1 日

强化中国文论的阐释力

正如我们将中国传统哲学叫做"中国哲学"、中国传统医学叫做"中医学"一样，中国有关文学与艺术的理论，称为"中国文论"。大体上说，改革开放的历史，中国文论走的是一条回家之路。一开始是向西学取经，经历了"审美的复苏""体系的探索""现代性转换"三个阶段。四十年前，全社会有一个审美的复苏，那时刚从文化的浩劫中走出来，人们开始从中国传统中寻找美的意识，代表性文章是郭绍虞先生和王文生教授的《审美理论的历史发展》。后来学界关注的是中国古代文论究竟有没有它的理论体系。在很多人心目当中，中国的理论就是一些碎片。这个阶段比较多的是用西方现代的思维、现代的方法去整理中国诗学和中国文论，诸如"文体风格论""艺术构思论""形象思维论""批评标准论"盛行一时。后来渐渐不满，越来越多的焦虑是：古代文论如何跟现代融合，如何进到当代的文化思想建设中去，这是当时全社会的思想热。学界提出了一个很有影响力的口号——"古代文论的现代转换",并进行了持续地关注和热烈地讨论。但"现代转换"论基本立场是西学的,单一以西方现代化为尚,中国文化和中国思想自身的主体性、多样性,被忽略了。因而西学如走马灯流转,不能在中国思想中生根。于是,我们试图重新回到中国文化的根性,展开了从思维方式到价值体系的新论述。这是中国文论自觉启动它的回家之路。因为这样一个回头细看,传统文学生活中大量的新事实被重新看见,我们也因此越来越进入了"史实还原"的阶段。我们意识到要注重还原种种事实、还原历史的现场,于是理论的声音渐渐淡出,中国文论渐渐消解成了史学的一种。这时出现了两个相反的趋势:一方面是越来越强的文化自信,另一方面是越来越弱的理论解释力。一方面是越来越多的声音要"去西方化",另一方面是越来越多的研究进去而不能出来,不能告诉我们"破"了西方之后要"立"什么。回家的路上一度迷失了究竟我们要什么。

其实,正如"科学发展史极其普遍地表明,科学是沿两条途径向前发展的,首先是依靠着新事实的发现,它最终导致新型的概念和理论;其次,也依靠着用新的概念和理论来解释大范围内的已知事实"(〔美〕玻姆著,秦克诚、洪定国译:《现代物理学中的因果性与机遇》,商务印书馆,1965 年,第 117 页)。当下学界已经认识到,在大量新事实充分发现的基础上,需要有一个大的综合,这个大的综合肯定不同于五四时对中国文学的浅识与误读,必然是一个后五四的新时代。这个时代要避免前面几个阶段带来的局限,应该有一个新的理论出来,像中国哲学、历史那样强大的辐射和解释力，因而应该有新的论述。

简言之，这个新的论述就是"中国文论的历史自觉与现代阐释"。这一架中国文论回家之车，有两个轮子，一个是关于中国文学与艺术自身的新事实与新意义；另一个是如何活古化今，发展出一套新的论述，解释当今文学实践。

尤其是近十多年来中国文学与艺术自身的新事实重新被看见，其中最显著的是文学边界的扩大、文学功能的再发现。譬如，一些学者致力通过多年的个案与专题研究，发现中国文学的"文体"极为丰富，复杂多样，发现"文体"正是中国古典文学区别于西方文学的重大民族特色与历史因缘。由此牵涉极为纷繁的文学经验与美感，原来是由丰富的文体实践而来，文学的"天光云影"，原来大都可以从文体的角度来寻找到"源头活水"，这就大大改写了五四时代西方文学观念所主导的以诗歌、小说、戏剧、散文四分法所限定的文学认知图式，因而大大扩展了文学的边界，使得完全不同于五四书写的中国文学史成为可能。

又譬如，中国诗的主流，其实不同于西方文学的虚构性，乃是非虚构的文学。近年来，无论是诗人生平与作品关系、诗与历史事件研究以及诗歌与日常经验研究的大量新事实，已经充分证明，日本汉学家吉川幸次郎在《中国诗史》之《中国文学史的一种理解》(1966 年)指出的下列观点是有见识的："中国的文学史，其形态与其他地域的文明里的未必相同。被相沿认为文学之中心的，并不是如同其他文明所往往早就从事的那种虚构之作。纯以实在的经验为素材的作品则被作为理所当然。诗歌净是抒情诗，以诗人自身的个人性质的经验（特别是日常生活里的经验，或许也包括围绕在人们日常生活四周的自然界中的经验）为素材的抒情诗为其主流。以特异人物的特异生活为素材、从而必须从事虚构的叙事诗的传统在这个国家里是缺乏的。散文也是以叙述实在事件的历史散文或将身边的日常事情作为素材的随笔式的散文为中心而发展下来的。总之，无论诗或散文都不需积极的虚构。"因而长期以来，在这一诗歌文学传统基础上，建立了特有的中国文学理论与观念，"诗言志""兴观群怨""赋比兴""修辞立其诚""诗史""今典"等，都是非虚构的文学理论与观念。这就与五四新文化有一个重要的区别：古人认为主流的文学写作，乃是写亲身闻见、亲身经历的现实世界情景，及由此而来的真情实感。而不同于今天以"积极虚构"为主流的文学观念。非虚构与虚构同时存在，就放大了文学的边界，扩展了文学的功能，使得文学不仅是精英们秀异的语文游戏与奇妙幻想，而且跟普通人的日常生活，一草一木总关情。

其他如明清女性书写的规模与数量，地域与空间与文学深度联系，文学与政治、与教育、与宗教的即体即用的复杂关系，文士、官员、学者、艺术家、修行者等身份与文学的角色多样性及其错综作用等等，大量新事实最终已经倒逼新型的"文学史"与"文学"概念出现。完全有理由相信我们正在进入一个重新认识中国文学的时代。这样一个文学学术新时代与中国文化的整体复苏与社会普遍性的文化自觉，是完全相适应的。

另外一个轮子是如何解释与运用于当今的文学实践。从大的方面来说，当今的时代面临着问题和挑战，但是机遇是中华民族的重新崛起，看历史要看大势。中国文论的文化自觉和整个国家的文化战略是相通的。譬如，个体意识与群体意识如何谐调？如何重新认识文学与国家的关系？文学创作如何在中华崛起的时代，充分涵育形塑代代相传的民族精神与人文素养？而"国身通一"的士人理念，"家国兴衰"的志士情怀，正是千年中国文论的主流，即严羽所谓盛唐诗为"第一义"以及王国维所谓"屈子文学之精神"。说到底，"文以载道"的"道"，既是客观的历史大趋势，也是这个大趋势内在化为士人身心的担当（即王夫之所谓"践身心之则"）。中国文论也有"功夫在诗外"的一整套论述，即一个相反而相成的悖论：有时候，只有从文学的外部、文学的周边来看文学，才是真正的"文学性"。从精英来说是自觉的文化意识，从大众来说，则是百姓日用而不知。中国文史智慧、人文关怀与道德传统，有时候，正是当今文学活动的深层集体意识。正如起点中文网吴文辉所说的，当代最有活力、最有影响力的网络小说，无论怎样变，其实基本价值还是跳不出"忠孝义"这样的价值观。因而，我们应清醒认识到，中国文论的核心价值，依然直接与当代审美经验和文化实践发生关联，直接参与当代文学生产，而不止是一个背景而已。

最后我愿意介绍学界近年来一个重要的理论成果，即"关联思维"——中国文论最核心的思维特色之一。"关联思维"即中国文论中所说的"感"。马一浮说："诗兴，感而已。"叶嘉莹老师一直说"兴发感动"。西方有很多的汉学家，李约瑟、史华慈、郝大维、安乐哲等等，都讨论过，称之为"协调思维"或者"关联思维"，都认为这个思维是中国的文化的非常核心的东西。"感"字可以分成多个部分：人与神的沟通；人与自然的沟通；人与物之间的沟通、感应、感触；人的心理情绪的感动；伦理政治的感化；疾病的感染等等（贾晋华：《感物溯源：中国古代关联思维的形成与衍化》，《后五四时代中国思想学术之路：王元化教授逝世十周年纪念文集》，华东师范大学出版社，2018 年）。张载把这个观念概括为"感之道"。天地万物同源共生，相互感通，相互依存，相互关联，相互协调，这就是所谓的"天地万物之情"，即包括人在内的万物在宇宙中生生不息的有机过程和相依相通、共存共荣的情状。这样一种关联模式，涉及宇宙自然、社会政治伦理、道德医学、心理、美学等众多的领域。这一观念形成的各种各样的思维对中国的传统产生了深远的影响，所以钱穆先生曾经说过："'感应'二字，实可谓会通两千年来文化之精义而包括无遗。"如果我们今天的文学理论与文学创作，能够真正回到这一根本价值，那么，我们的文学能量就会与时代真实照面。最近的一个例子是《我不是药神》，为什么这个电影让许多人真切有一种生命与生命相贯通，精神与精神相融合的美感体验？因为它"感"知了社会的真相，因而"感"动了最痛的心理，最深的人性，而大量的作品，相比之下，其实都是无感的。这不正是证明了中国文论所强调的"感"，诗与艺术的灵性，正在于生命与生命的感通、人性深处的照面么？

　　当今，在"何为中国"的问题上，文学也是有身份的焦虑的。

当代中国面临深刻的认同问题，可以提升为精神共同体，也可能发展成为认同危机。当一个国家与国民，无法从感性经验上真切表述自己是谁，来自何方，向何处去，民族文学上的精神家园就迷失了。中国文论已经在回家的路上，找到了家园的感觉，得到了重要的收获；为了真实理解自己，还要在回家的路上，继续走下去。

原载《人民日报》2018 年 7 月 23 日

做一个刚健深厚、温馨灵秀的人

这是上海最美好的季节，空气里到处是草木的香气。在这样的季节里读书真的是很开心的事情。我讲经典阅读，还是会回到人来讲，回到要做一个什么样的人。因为我觉得时代、青年、大学都是相关的。读伟大的书，目的还是造就人才。读经典就是做一个刚健、深厚、温馨、灵秀的人。

第一个，《易传》说："天行健，君子自强不息。""刚健"是阳光向上、生命力强，经得起人生的摔摔打打。一旦想到每天都有一个新鲜的太阳要升起，每天都有经典的人物伴随我们，就是让人开心的事情。昨天我看到有一位某知名高校的心理咨询老师说，40% 的大学生都有心理问题，有一个同学说：人生真的是没有意义，不知道身在何处，常常觉得自己在一个漆黑的井底下摸索、挣扎，拼命地喊。其实经典就不是一个漆黑的井，"天行健"的"天"就是阳光，让你从漆黑的井中出来。这是第一个"天"的意思。第二个"天"的意思，就是自主。"天"是最大，不为别人而活。很多优秀的孩子考上了非常好的大学，却不清楚他们为谁而活。很多学生是为家长而活，为社会、为他们的老师而活，却没有自己肯定自己。"天"就是自己肯定自己，所以说，"天行健"意味深长。

第二个，"深厚"是指有内涵、有深度，超越这个时代。我有一次代表学校去重庆看望实习生，有一个优秀的学生在重庆某中学实习，那是一所很好的中学。他对我说："您能不能回去给学校说一下，让学生两年实习，两年读大学。只有这样，我们才能知道怎么适应社会。"我说："这样的要求我做不到，我不会把这个话转给教务处的老师。如果你想两年在外面，就读一个职业学校就可以了，不必来读华东师大，华东师大也不会教这样的学生。"《礼记·学记》里不是说"大道不器"么？还有一次，我面试一个来自名牌大学的研究生，问他读过什么书，哪些经史子集。他说读过敦煌学概论、中西交流概论，儒家思想概论，道家思想概论……一本完整的经典都没有读过。哪怕是很有名的大学，学生的大学生活也可能过得很庸常，因为没有真正读过经典。

经典有两个对立面，一个是手机，手机里有信息洪流，从我家小区邻居小狗跑丢了到特朗普打贸易战，这么多信息，几乎使我们没有办法从里面出来，超越这个时代。另一个是报纸，香港的报纸上天天都是各种好玩好吃的信息。爱因斯坦说过，有些人只读报纸——其实我们连报纸都不读。爱因斯坦很瞧不起读报纸的人，爱因斯坦说怎么能读报纸，报纸这个东西过两天已经变成垃圾了，没有人收藏报纸。因为报纸上有些头版的东西，好像很重要，过十年、二十年、五十年可能就不重要了，但是经典的东西是永恒的。所以爱因斯坦说，只读报纸不读人类经典的那类人，就像一个高度近视而又不想戴眼镜的人。

所以，我们要超越这种眼前的琐碎和平庸，经典可以提供丰富的知识储备，来参照我们的人生。因而，如果没有经典，就不能远，不够多，犹如手机的内存太小，不能安装丰富的APP。不能拍更多的照片。我儿子对我说："爸爸你给我一个手机吧。"他需要手机了，我肯定要给他买一个手机，但是我首先要给他的大脑里面增加一个内存强大的"手机"。因为我们知道手机和手机不一样，有的手机用两天就卡了，没有办法装很多东西，首先要给儿子的大脑一个强大的内存，安装丰富的APP，可以拍很多很多人生的照片。我们的大学也一样，忙乱了四年之后没有读一本经典，这个大学就给了你一个很烂的"手机"，什么都不能装。

第三个，"温馨"。读古人书，自然会懂得人与人和谐相处之道，情商高，沟通能力强，知书达礼，温柔敦厚。前两天图书馆保安告诉我，不只一次碰到这种事情：某个穿得衣冠楚楚的研究生或者教师，没带卡，想进图书馆，保安说：请出示卡。他拿不出来，三两句话不对头就骂保安。无论是多么了不起的教授，这么做就缺少了最基本的做人的品格，缺少中国文化的知书达礼、温柔敦厚。经典文学作品，尤其是诗歌，让我们知道生命与生命的关联。鲁迅先生逝世前讲过一句话："无穷的远方，无数的人们，都和我有关。"他说得那样温柔敦厚，那样温馨深情！没有这样的生命与生命的关联，生命就会变得强烈孤独，没有意义，就会导致生命的空心化。

第四个，"灵秀"，一方面是指脑子清楚，经过精密的训练，有强大的思想力；另一方面是懂得美，懂得欣赏美，生活要有趣味，品位要精致。所以多读经典，包括音乐、美术作品，会让我们变得更加灵秀。我们学校有这么好的音乐系、外语系，有这么好的美术系，我们这所大学出来的学生，应该有更多能好好欣赏一幅画，好好听一首音乐的人。丽娃河是一条灵秀的河，是非常有灵性的河，因为有诗歌。我们学校的同学们都是有福气的，从丽娃河边出去的学生都是有灵气的。

最后告诉大家一个秘密，图书馆会留下每一位同学阅读的记录，如果你们四年读了一大堆垃圾书，毕业的时候我们都知道，但是我们不会告诉别人，这当然是你们自己的隐私——读书说到底毕竟是你自己的事情。这个阅读帐本就像自己的"精神银行卡"，里面存了多少财富在其中，你们自己心里清楚。

2018 年 4 月 23 日

（本文系"经典阅读与大学心灵"师生讨论会发言整理稿）

原载《文汇报》2018 年 5 月 4 日

梦中的橄榄树

今年中秋前后，我去外地探望我们学校正在实习的师范生。学生们都很优秀，实习学校的指导教师大都也十分负责。但是不知道为什么，我总感觉到学生缺少自信、士气不振。再深入了解下来，一个最明显的问题是：面对就业的压力，面对应试教育的大背景，他们往往会跟着主流的标准打转转，变成一个受形形色色鞭打而旋转的陀螺。

譬如，他（她）们会问我这样的问题："班上一些成绩不是很好的学生向我反映，我的指导老师课上得太快，他们跟不上。而我知道我的指导老师其实是只对成绩好的学生负责的。你说，我该对指导老师说呢还是不说？如果我说了，她会不会不喜欢我？"

又譬如，"我的指导老师经验非常丰富，送出去的北大清华生不计其数。当他（她）对我讲：'你只能把知识点一一讲清楚，此外都是废话。''你必须把历史课本的每一个细节、每一个答案都讲到，因为学生平时是根本不会看的，不讲到他们考试就会丢分。'这样，我想发挥的个人特色以及触类旁通的优势，根本发挥不出来，完全变成了一个对题目的答案机器。我是应该听指导老师的呢，还是不听？"

甚至个别指导老师对实习生说，你不要上课，上不好学生不高兴，家长也会找麻烦。到时填表时我签个字就行了。"同学，你需要的，也就是在简历上写上，曾在 XX 中学实习，就会为你加分。"有实习生说，我们确实需要这样的简历。也有实习生说，学校应早些派我们来实习，实习一年，为中学代课，适应中学的各种现实，这样，就业就更有优势了。

如何当好班主任，也是实习的一项重要内容。但是由于"牛校"的学生太牛了，稚嫩的实习生根本搞不定他们。班主任们大都劝实习生不要管班上的事。甚至有个别指导老师说："学生厉害得很，你们去的时候开开心心，回来常常是哭着回来的！"

如此等等。面对形式主义、功利主义的"有经验"老师，面对只追求分数与成绩的教学主流，面对只知道"管理""管教"学生，不知道教育的初衷是生命成长的学校体制，面对那大门口、校园墙上炫目的金榜题名，面对家长关心学生成绩，动辄找学校"反映问题"的买方教育市场，面对牛校周边的房地产飞速飙升，面对就业、面对积重难返的应试教育大背景，学生，尤其是那些来自贫寒家庭背景的免费师范生们，能不士气低落么？

呵呵，我也绝不是教他们要处处批判，随时抗议。首先是承认现实，教学过关。做好作为毕业生的规定动作。同时，是不是就放弃对教与学的真诚与敬意？是不是除了顺从与抵抗就没有别的道路？譬如，委婉地向指导老师展示成绩差的同学的具体的作业本情况，让教师心里明白，有学生无法跟上你的进度；譬如，问一问自己，如果在教学中不能与学生分享知识的快乐，你如何获得学生的真心尊重自己？譬如，在做好规定动作的同时，能不能用五分钟或十分钟，做些自选动作，发展出自己教书育人的个人特色？而且，能不能不要总是在知识类的科目中，只将现成的答案塞给学生，而更多的提出一些值得思考的问题？能不能理直气壮对那些不主张参与学生工作的班主任们，说："让我试一试吧！我将来当老师，不会只碰到听话的学生，也会碰到强势的学生的。"能不能主动对那些只管填表签字的指导老师说，"给我多一些锻炼的机会吧！"能不能对那些金榜大声说一句："亲爱的牛校，你们不要太牛，据教育专家的统计，二十年后，真正做出成绩的大都不是那些状元，而往往是那些成绩不一定好、却很有创造性的学生！"能不能从主流的喧嚣与浮躁中沉淀下来，真实倾听一下内心的声音，想想我为什么要做老师，想想我们成长的道路上，曾经遇到的那些好老师，是如何循循善诱，把枯燥的课本讲得那么津津有味，是如何不离不弃，以爱心关怀学生的成长；想一想学习的真谛原是探索的过程、发现的欣喜以及知识的分享，而绝不是仅知道现成的答案；想一想教育的核心价值，绝不应该是分数、成绩册，不应该是学校的金榜题名，以及因为学校金榜而来的择校费、学区房、火爆的生源、艳羡的商业性评价，以及其他教育产业的大发展。噫！听听那首歌是怎么唱的：

> 为了天空飞翔的小鸟
>
> 为了山间清流的小溪
>
> 为了宽阔的草原
>
> 流浪远方……
>
> 为了我梦中的橄榄树

不忘教师的身份与教书育人的初衷，就是不忘心中、梦中的那棵永远绿意葱笼的橄榄树。无论在什么样的流浪与远离故乡的路途中，只要有这棵树，你们就一定不会心情郁闷、士气不振，你们会像一枚电池，永远充得有满满的能量，在黑暗中持续发光。然而，写至此，我的题目本来是《不要忘了心中的橄榄树》，而一个更残酷的问题跳到眼前：那些实习生们，在他们自小至今的受教育生涯中，究竟曾经有过"橄榄树"么？如果没有，如何"不忘"？因而我当修改这篇文章的题目。一个很简单的理由是，当一代一代的老师与准老师们，包括笔者在内，心中无梦，梦中没有"橄榄树"的时候，教育的沙漠化，就已经真正来临了。

2013 年 9 月 29 日

写于西南地区探访实习生的途中

原载《文汇报》2013 年 10 月 17 日

文化是一个大生命

这本教材，古文、诗与现代文同时并举，力图打通传统与现代的价值。先说古诗文的好处。

中国古代的文章，分成经、史、子、集四个大类。经部的文，古人说是经天纬地、与日月常新的大文章。但是如果我们拿它们当散文来读，也会发觉它们其实离人心很近。《论语》"吾十有五而志于学，三十而立，四十而不惑……"我小时候念了就马上记住，记住了就觉得很有意思，觉得这样对人生有一份责任，这就是生命的自觉与反省。《孟子》"大人者，不失其赤子之心者也"，"予，天民之先觉者也，予将以斯道觉斯民也"，读了就觉得很有力，觉得这样的生命光明正大。所以，青年人读语文，要从经部的文章读起。子书中譬如《庄子》，也有许多好文字，如"子非鱼，安知鱼之乐？""子非我，安知我不知鱼之乐？"我小时候也觉得这种语句十分美妙。古人的好文章确实能引发情感的共鸣和对生命的思索，仿佛那文章背后依然活生生有一个人，而几千年来，那说话的语气依然能直接触动人心，与我们交流。梁任公先生说古文的好处是"成诵易记"，琅琅上口的时候，有一种兴发感动；而存入记忆的好处，又犹如拥有了一份丰厚的人生财富。

与现代文章相比较，古诗文的一大优势是凝练。仿佛是从许多矿石中冶炼出来，又加以精湛的工艺，然后制成的精美的艺术品，有很高的品质、很深的意味，以及很浓的人生内涵。史部的文章从经部出来，所以大气、厚重；而集部的文章又从子部出来，所以文字的背后有思想，有智慧，有站得住的人格。中国人不大有宗教意义上的永生的观念，然而在写文章的意识里，很早就有了立言不朽的观念，所以他们不像现代人这样不经意地写文章，所以他们对文字本身就有温情与敬意，所以读古文常常会遇到"深远如哲学之天地，高华如艺术之境界"。

古人对文字的态度，以及他们在文章中融注生命人格的精神，使我们在读古诗文时接触到一个较高的人生，接触到一个能提升自己生活意境的世界。所以不读古诗文，总是似乎错过一个值得交往的朋友，会成为人生一大缺憾。比如我们说年轻人应有点英雄气，早点让自己的生命有力量，有光彩，我们就不可不多读古诗文。我们从青年时代起，就应有博大的胸怀、宽广的眼界，不过庸庸碌碌的生活，因此我们就不能不看看古诗文中古人的情趣胸襟，以及他们如何表现读书人应有的品质。我们可以不精通城市的享受和时尚的趣味，但我们却不可以不懂得山川自然的壮丽、优美，以及其中积淀的历史文化的伟大。年轻人常常容易犯的一个错误是：以为人生的幸福在将来，而不在现在；在远方某个命运的归宿点，而不在眼前的安顿。其实，古人以他们几千年的智慧和经验告诉了我们：路上很美，过程很美。心灵世界的存在的自觉，是不役于物、不透支生命、不徇己从人。保持人生的清明自在，以及时时关心周围的亲情、友情、人情、对大自然的赤子之情，这些确是我们时时刻刻、实实在在能把握住的当前的幸福与美好的心情。人生的终极幸福，决不是阿Q最后画不圆的圆圈，而是与人的存在感受不分离，需要自觉反省体味的生活世界。

最后，我们选择"文化中国情怀"一题来选文。这是因为：文化是一个大生命。无论你有没有意识到这一点，这个事实都是客观存在的。所以文学即是文化，是一整幅活的生命。让我引用一位哲人的一段话罢：

> 我现在之看文化，是生命与生命照面，此之谓生命之通透：古今生命之贯通而不隔。我生在这个文化生命之流中，只要我当下归于我自己的真实生命上，则我所接触的此生命流中之一草一木、一枝一叶，具体的说，一首诗，一篇文，一部小说，圣贤豪杰的言行，日常生活所遵守的方式，等等，都可以引发我了解古人文化生命之表现的方式。古人以真实生命来表现，我以真实生命来契合，则一切是活的，是亲切的，是不隔的。……在这种生命之贯通上，我眼前的真实生命得到其恢宏开扩的境地。（牟宗三《关于文化与中国文化》）

此外，再说说选现代文章的重点。

现代文章的好处是亲切，离我们的生活更近，更容易读解。而且，现代文章也可以成为我们写作的摹本，从中学到写作的方法、观念与技巧。

现代的好文章也非常多，其实是选不胜选的。如果要给出一个理由，我想，应该是既有现代意义，又具有文明与文化的基本价值的文章。思想性是第一重要的，但是并不以如何创新、如何反叛、如何个性为标准，而是要以守护、坚持文明与文化大义为标准。

我常常想，我们共同面对的大学生活，恰恰是一个转型时代的大学生活。整个社会，整个文化，都正在发生，而且不断发生着各种大大小小的动荡，由一个静止的时代，变而为一个充满变数的时代。这个时代与社会，与我们的大学生活，并不是隔离的，无关的。那么，如何为这个大时代做好准备，如何在学习语文的同时，也回应我们的时代，回应人心迷失的问题，价值迷失的问题？如何透过好的文章，增加人文精神的培育？我的意见是，透过语文，去守护人文的尊严。守住人类文明与文化的尊严，就是守住基本的阵地，也就是在变化之中，坚守与重建一些不变的东西。譬如：诚实、良知、公正、平等、自信；譬如有理想的人生，有道德的人生，有意义的人生，这些，既是古代的优秀传统，也是现代的价值。我们就选这样的文章。

2008 年 3 月

辑三

读《文心雕龙·序志》

夫"文心"者，言为文之用心也。昔涓子《琴心》，王孙《巧心》，心哉美矣，故用之焉。古来文章，以雕缛成体，岂取驺奭之群言雕龙也。夫宇宙绵邈，黎献纷杂，拔萃出类，智术而已。岁月飘忽，性灵不居，腾声飞实，制作而已。夫有肖貌天地，禀性五才，拟耳目于日月，方声气乎风雷，其超出万物，亦已灵矣。形同草木之脆，名逾金石之坚，是以君子处世，树德建言，岂好辩哉？不得已也！

案：此段申明中国人文主义之超越与恒久价值，即《周易》所谓"可大可久"。一方面凭借着"智术"以"拔萃出类"，此之谓"可大"；另一方面则凭借着"制作"以凝聚性灵，此之谓"可久"。此亦表明彦和乃最早之"性灵派"。"君子"云云，表明主张大久主义，乃是君子的本分。中国古代读书人的本质，即在于以智慧与性灵超越平庸，以创作和建言实现生命的永恒。

予生七龄，乃梦彩云若锦，则攀而采之。齿在逾立，则尝夜梦执丹漆之礼器，随仲尼而南行。旦而寤，乃怡然而喜，大哉！圣人之难见哉，乃小子之垂梦欤！自生人以来，未有如夫子者也。

案：此乃对于孔子最崇高之致敬，表明彦和内心写作之真实动因。中国人文主义之始祖，对于中国人文传统，具有真实之范式意义。

然而别一面，即彦和其实不能出孔子思想之所范，故其《文心》之主旨，乃破齐梁浮靡文风，在"立"的方面，不能有更大的创获。

敷赞圣旨，莫若注经，而马郑诸儒，弘之已精，就有深解，未足立家。唯文章之用，实经典枝条，五礼资之以成，六典因之致用，君臣所以炳焕，军国所以昭明，详其本源，莫非经典。而去圣久远，文体解散，辞人爱奇，言贵浮诡，饰羽尚画，文绣鞶帨，离本弥甚，将遂讹滥。盖《周书》论辞，贵乎体要，尼父陈训，恶乎异端，辞训之异，宜体于要。于是搦笔和墨，乃始论文。

案：此段意思，有三重含义。一、再申言中国人文主义之"可大"，即"文章之用，实经典枝条"，如果将"经典"视为文化与文明的基本价值，则经典枝条，也即表达与展开文化与文明之基本价值。一切浮诡之文、饰画之文，皆是小巧格局，皆是自恋或异端。二、"敷赞圣旨，莫若注经，而马郑诸儒，弘之已精，就有深解，未足立家"，表明文学与经学又不同。盖经学乃"敷赞"，乃"注经"，乃"弘"扬，而文学是"成立一家之言"，乃寄托其"性灵"。三、然而，文学虽然向往"立家"，却又"贵乎体要"（回归大本），"恶乎异端"，此乃妨害思想自由，毕竟回到套套之中。

如何解释此中的矛盾？关键是将经典作何解释。如果将经典视作官方统治阶级意识形态，则彦和无疑不够独立思想之资格，如果将经典解释为文明与文化基本价值，是超越权力意识形态的，则彦和是站在第三种立场上，对经学的垄断性与文学的小巧性，两面作战。所以，文之枢纽，不仅要"本乎道，师乎圣，体乎经"，而且要"酌乎纬，变乎骚"。当然，这第三种立场，是同意经学的基本价值的，所以以不违反经学基本价值为前提，因而文论的根本立场，即"振叶以寻根，观澜而索源"，寻根索源，即发明文化的大义，而不一定是发现文化的原理。我们八十年代对于刘彦和及其议论评价不高，一个原因是认为他偏于"征圣"，独立创意不足，但是我们其实是用八十年代的官方左的意识形态来比附"经学"，而不是将经学视为文化与文明的基本价值。现在我们更意识到，一个健康的社会，不仅要独立思考，"发现"文化演进的原理，而且要超越意识形态，自由思考，"发明"、维护、保守文化与文明的基本价值。

中国人文知识人的一个问题，群趋于"发现"，却落入西学之套套；而建制于"阐述"，则丧失独立思想之品质。其中甚少的一个层面：发明与守护文化与文明之基本价值。既得独立之真谛，又不失自家之特色。所以，当务之急的思想任务，是解除思想专制，重建学术与思想的本土传统。

赞曰：生也有涯，无涯惟智。逐物实难，凭性良易。

傲岸泉石，咀嚼文义。文果载心，余心有寄。

案：注意"傲岸泉石"一语，此种生命之姿，即鄙弃富贵，脱屣权势，独立不羁。又"凭性良易"，实即孟子之所谓"自得"："君子深造之以道，欲其自得之也。自得之，则居之安；居之安，则资之深；资之深，则取之左右逢其原。故君子欲其自得之也。"实乃中国式思想自由传统。

我读《春江花月夜》

有没有一首山水诗，能最典型地代表中国山水诗的精神面貌？

有。很多人会同意我的选择：唐人张若虚的《春江花月夜》。然而《春江花月夜》隐藏着一个秘密。我们一旦破译了这个秘密，也就破译了"月映万川"的山水诗特质。破译这个秘密有三个要点，普普通通，人人都能接受：

一、《春江花月夜》一共三十六句，可以看作由九首七言"绝句"组成。

二、九首诗可分为上四首、下五首两大部分。

三、春、江、花、月、夜五字中，月字最重要。

下面就来逐段解读这首诗歌。解释由"案"语评出：

第一部分 宇宙中的月亮

春江潮水连海平，海上明月共潮生。

滟滟随波千万里，何处春江无月明！

案：梦一般的缠绵，江与海融融一体的绸缪，于是有月光犹如精灵，翩跹起舞了；满缀着波光，无障无碍，无所不在！

江流宛转绕芳甸，月照花林皆似霰；
空里流霜不觉飞，汀上白沙看不见。

案：雍穆的花林，蓊郁的香潮，月之精灵在这无限透明、美好的宇宙之镜中神游！她在深沉沉的午夜，独自静静地观照着自身的宝相。

江天一色无纤尘，皎皎空中孤月轮。
江畔何人初见月？江月何年初照人？
人生代代无穷已，江月年年望相似。
不知江月待何人，但见长江送流水。

案：于是有一个久久的思考，于是有一个永无答案也无须答案的天真而稚气的疑问，于是有一个永无尽头的等待以及等待中永恒的寂寥。

第二部分　人心中的月亮

白云一片去悠悠，青枫浦上不胜愁。
谁家今夜扁舟子，何处相思明月楼？

案：月光下徘徊的思妇，这是同一个灵魂另一面的倩影；思妇想象着游子的扁舟在月光下徘徊，这是同一个天真稚气而美好的等待。

可怜楼上月徘徊，应照离人妆镜台。
玉户帘中卷不去，捣衣砧上拂还来。

案：于是有月光对倩影的依依流连了。

此时相望不相闻，愿逐月华流照君。
鸿雁长飞光不度，鱼龙潜跃水成文。

案：于是月光从女子的心波里脉脉流出，同样的万千惆怅，同样的纯洁无玷。

昨夜闲潭梦落花，可怜春半不还家。
江水流春去欲尽，江潭落月复西斜。
斜月沉沉藏海雾，碣石潇湘无限路。
不知乘月几人归，落月摇情满江树。

案：春尽、月沉，当黑夜与海雾来临时，在夜的霭霭深处，依然有月光如眸，向迢迢远方的路尽头凝眺；依然有月色脉脉，在江边树影摇曳中不胜温情缱绻，似表达着终古如斯的企盼，以及企盼中那一份美丽的忧郁。

《春江花月夜》隐藏着一个绝大秘密。表面上看，即月光从思妇心头流过，由此形成诗歌文本上下两部分之间的有机联系，形成诗歌意境的浑然一体；从深层结构看，恰恰是表达了人心与自然的一幅大和谐。于是思妇之思念不复来自思妇本身，而是诗人的灵指在宇宙与人心的和弦上弹出的妙响。这不仅仅是"少年式的憧憬"（李泽厚语），更是中国哲学的古老灵魂在盛唐来临之际焕发出来的年轻的生命光华；这也不仅仅是"梦境中晤谈"的"宇宙意识"（闻一多语），实际上应是由人类生命情感所滋润、沐浴过的宇宙生命；又由宇宙生命所照亮、升华了的人类向上生命。

在这种境界中，宇宙不再孤悬隔绝，不再是人的异己的存在；而人的生命情感也不再孤单、有限，不再是与宇宙本体相乖离的存在。人的生命本源被提升到宇宙本体的地位作一例看。礼赞生命、礼赞自然，这就是《春江花月夜》昭示万代流芳百世的精神主旨。中国山水诗的蓬勃的灵感气韵，正从此一主旨中流出。佛家偈语曰：

一切水印一月，一月印一切水。

原载《中文自学指导》1992 年第 10 期

陶渊明为何不能做一个"龙舟舵手"?

十年前，我曾经写过一篇书评，批评著名日本学者冈村繁教授的《陶渊明新论》。他的新论新在哪里呢？概括而言，《新论》的主要观点是：揭发陶渊明身上"隐蔽着的世俗性"。具体而言，即：背信弃义（五次出仕的反复）、攀附权贵（向高官乞求）、渴望世俗声名、自我中心、极端利己主义（归隐与出仕的原因）、任性（无原则的处世方法）固执、虚伪、惶惑于富贵、永远的矛盾等。……其实，冈村先生所揭露的，并没有什么新东西。除了"攀附权贵""极端利己主义"和"虚伪"是乱扣大帽子之外，其他未必不是真实的陶渊明。现代研究已经表明，陶渊明自己的诗歌也一直表明，他的确不是一个神话，而是一个真实的、内心充满矛盾与挣扎的凡人。这恰恰是陶渊明之所以为陶渊明的价值所在，只要不先把他神化，然后再把这些矛盾解读成他的所谓"虚假"与"鄙俗"，就能读懂他。读者有兴趣可以看我的论文。然而我当初更感兴趣的是，冈村教授为什么竟会把陶渊明说成是一个"极端利己主义者"，一个真实的充满矛盾的人不一定就是一个"极端利己"的人呀。这一定是有原因的。果然，在《陶渊明新论》一书的前面，冈村先生精心安置了一帧旧照片，即他本人参加龙舟竞赛作为舵手的照片，我一下子恍然大悟：这不正是教授论陶画龙点睛之全部伏笔所在么！有图有真相：原来，冈村先生之所以会认为陶渊明是一个极端利己主义者，一个最主要的依据，即认为陶渊明缺乏"社会协调性"。而龙舟舵手最重要的品质，当然必须具有高度的"社会协调性"！于是，我懂得了这本书，为什么原先是作为二十世纪五十年代日本 NHK 电台播诵的讲座稿。原来，在日本现代公司伦理甚至国家主义重建的过程中，冈村先生作为象征性的"龙舟舵手"，将他的国家认同与集体伦理，投射到陶渊明身上；因此，几次三番地从官场撤退的陶诗人，当然会被冈村先生痛斥为严重缺乏"社会协调性"！因而视之为不合格的龙舟舵手，就很容易理解了。因而，我那篇论文干脆随手拈来，就叫做《龙舟舵手与陶渊明：以冈村繁〈陶渊明新论〉为中心的讨论》（《中国学术》2003 年第 1 期），以示其论点的明显的荒诞性与日本现代性叙事的"隐蔽"的阴影。

然而事情还没有完呢。最近，我在偶然的情况下读到一篇表扬冈村先生并"兼评"我的文章，为这个很奇怪的概念"社会协调性"辩护，认为："社会的协调性难道不也是中国'传统'社会（甚至于任何社会）的伦理价值之一？""难道非得溯源到日本现代公司伦理不可？""冈村繁对陶渊明的指责难道不同时也是一种惋惜和追怀？"更进一步认为：后人有必要对陶渊明做得不太成功的地方，比如社会协调性的欠缺，我们今天来吸取他的教训。（沙红兵：《冈村繁之陶渊明及其相关现代性问题——兼评胡晓明〈龙舟舵手与陶渊明〉》，广州大学学报（社会科学版），2010 年第 11 期）。一般学术商榷的文章我不会在笔会上回应，然而，这篇论文所说的"社会协调性"，不仅不是一个纯学术的问题，而且是一个有思想意味的问题，我向来认为这类问题是适合于笔会的。

于是，我得重新披挂上阵，讲一讲陶渊明为什么不能做一个"龙舟舵手"。

首先，"社会协调性"有两层涵义。第一层涵义是我们常常说的合群、合作，与人相处得谐调，也就是亚里士多德所说的社会性（"城邦"）。他老人家的名言是：生活于城邦之外的人，非兽即神。人十分辛苦地建立社会，标志着从丛林生活中突围，协作、沟通、悦纳他人，当然是人之所以为人的标志。然而"社会协调性"还有第二层涵义，即主张顺应特定的生活圈子以及世俗社会上大家习以为常的主流风气，甚至是无原则地附和、迁就与同流合污，是没有立身处世的道德标准与价值观的放任与江湖气、犬儒化。那么，你批评陶渊明缺乏"社会协调性"，究竟是指哪一种涵义？

这里的关键就是"有原则"与"无原则"。如果他之所以不能与世相谐，是"有原则"，这就不能批评他缺乏"协调性"，因为这已经是另一个问题，即要不要放弃原则、同流合污的问题了；如果他是"无原则"，即便他如何与世相谐，也就是个坏的"社会协调性"，因为他对社会终究是一种负面、毁灭的力量。我们看今天那些被揪出来的贪官们，他们往往就栽在政治生活中无价值、无原则、无操守；谁要是不贪，就坏了他们的潜规则。难道今天的贪官们，在他们的那个圈子里，在他们所经营的贪腐空气里，不都是"社会协调性"很好的么？当然我的批评者绝不会想这么多。但是我们这些年来确实看得太多的从众、顺俗，为了利益小集团，一点点烂下去的权力人，一点点败坏的社会空气；如果我们放任甚至鼓励、表彰这个时代一些恶性的"社会协调性"，不正是这个时代犬儒主义思潮的一种表现么？

回到论陶。陶渊明毕竟是"有原则"的。研究者已经表明，陶的隐居不仕，分为前后两个阶段，前一个阶段（在东晋）是看不惯刘裕以阴暗手段篡晋，表明自己是晋之遗民；后一个阶段（入宋）是不愿意"心为形役"，爱护自己的真性情。他的笔下，官场中人只知道"汲汲于富贵"，"终日驰车走，不见所问津"。人性变得虚无、轻浮、琐屑，泪没了自己的真实存在，更可怕的是，那个时代最触目惊心的罪恶是虚伪。他不止一次地感叹："真风告逝，大伪斯兴。闾阎懈廉退之节，市朝趋易进之心"，"羲农去我久，举世少复真"，"去去当奚道，世俗久相欺"，所以他转身而去，用脚投票，为的是自尊自爱的人格。他有一句诗："即理愧通识，所保讵乃浅？"这里的一个"通"字，蕴涵甚深。古直注："魏晋之际，所谓'通'字，从后论之，每不为佳号。《晋书·傅玄传》：魏文慕通达，而天下贱守节。陶公所谓'通识'，殆即此流耳。""通"即通达，通脱，表现在政治上，即无节操、无原则、即大家一起堕落。陶渊明的人格，不仅只是与曹魏以来的新士人价值观格格不入，不仅只是中国古代的问题，而且具有现代意义。当代政治哲学家列奥·施特劳斯就批评过现代民主社会过分强调一种"软弱的交际美德"，他说：

> 存在着将"好人"与堂堂正正的好汉……等同起来的危险倾向，即过分强调社会美德的某一方面而相应忽视在私下、且不说在孤独中成熟起来的美德，尽管这些美德并不兴盛：在教育人们本着友好的精神相互合作的时候，没有同时培养与众不同或不落俗套的人，准备独处独自奋斗的人。（［美］列奥·施特劳斯等主编，李天然等译：《政治哲学史》，河北人民出版社，1993 年，第 168 页）

由此可见，我们不能用"社会协调性"的正面义，来批评陶渊明，因为这根本就不是一个问题，陶是一个"堂堂正正的好汉"，他所面对的，是官场人生的黑暗与腐败，他是以有原则、有价值、有理想的生命，来对抗无理、虚伪、阴黑的"社会"（官场）。如果我们连这个都要批评甚而否定，实际上就将古典中国有风骨、有理想、有道义关怀的人文精神传统虚无化了。施特劳斯主张以西方古典人文主义作为大众平庸与犬儒文化的"解毒剂"（第 169 页），陶渊明正是华夏诗书文化所熏陶的天真本色一书生，后世能够继承这样的书生精神，养成诗书文化高贵的气氛，保持读书人的操守与风骨，才是现代文化的"解毒剂"。所以，为什么不能用

"社会协调性"这样的批评来批评陶,道理很简单,当某些可疑的龙舟舵手们将"龙舟"划往某个未知海域,与文明与文化基本价值"失联"的海域,我们都相信,陶渊明可以不做这样的龙舟舵手。

2014 年 7 月 8 日

原载《文汇报》2014 年 7 月 24 日

我所思兮在何所？

我所思兮在何所？情多地迥兮遍处处。

东西南北皆欲往，千山隔兮万山阻。

春风吹园杂花开，朝日照屋百鸟语。

三杯取醉不复论，一生长恨奈何许。（韩愈《感春》）

正如史家所指出：安史乱后，中国社会由开放与向外，转而内敛。社会危机因素麇集于内，一直难以自我调适化。藩镇、宦官与朋党，成为中央王朝试图弥合而终未能的离心之力；其他诸如社会崇尚奢靡与城乡沟壑，士人的结党营私与功利取向，复杂的地域、宗教、族群间的认同冲突，以及知识传承与意义生产的典范转移，更有士人内心深处修行与随俗、虚矫与真实、内外与本末、绝望与希望等多种因素此起彼伏、互为因果，激化了民族及个人的身体与灵魂多重危机。盛唐时代所积累的正能量，诸如：文质相炳焕的文化理想、倾全力经营西北的目标方略、开明尚贤的政治制度、开放进取的士人生命，以及合内外本末为一的儒家文化刚健精神，在新的时代脉络里，终于面临着重大挑战。

刘顺完成博士论文《盛唐文儒的文学观研究》之后，余勇可贾，又续写了更复杂而波澜起伏的中唐。他进一步在更大的知识领域发展了他在博士论文中的焦点论述，即："文儒"，如何成为文学与思想的接口。这回，他自设了一个重要命题：在新的时代危机面前，文儒的成立如何可能？

在我看来，刘顺找对了题目。接下来的中唐，确实使"文儒"更加有血有肉、有声有色。中唐文学的珍贵价值即在于它所承载的独特的思想，即文儒们回应危机的心态、观念、生活方式与艺术。这些珍贵价值不应只是成为一种文学的社会背景，像我们原来在大学里学文学史时所说的那样，作为文学的外在世界而谈论。长期以来，我们的历史与文学论述中，总是过多强调了这样一种历史的背景与历史诸多因素与情境的必然与本然，过多在文学史中铺叙了文学家与文学现象的如风随影的被动演出，而忽略了文学与历史之间的一个主人，即作为文学家的"思想"的主体，是如何主动参与历史、调适文学、建构意义的。"思想"没有作为一个叙述的主体，亮相出场。在差不多二十年前写的《先秦文学思想研究》的小引里，我说过一段这样的话：

　　几乎没有人怀疑，了解文化史、思想传统，对于了解文学史的必要性了。但是本书的写作方法依然显得有点特别：一般只当作背景、前提的文化问题、思想问题，这次索性进到里面去，成为本书的主题，真正的主人大大方方出场了。……本书企图从思想史角度，研究先秦文学，并非想为先秦文学争取更大的地盘，而是深感只有从思想史的角度下手，才能真正照明先秦文学里头的活的精神生命。我总固执地相信，研究中国文学的大路，重要的是由中国哲学与历史文化思想的中心，一层一层地透出去，而不应只是从分散的文体、语言、风格、作家的研究，再慢慢地综合起来。没有思想的文学，只是僵死的文学、幽暗的文学……（《灵根与情种：先秦文学思想研究·小引》，百花洲文艺出版社，1994 年）

当时我是虽不能至，心向往之。然而今天这番话拿来品题这本书，却也恰当自然。刘顺做到了"思想"作为主体，大大方方地出场，做到了从文化价值的中心，一层层透出去，也做到了真正以此照明中唐文学的活的精神生命。

这就是我读来十分振奋的地方。我从近年来像刘顺这样的不少年轻学者身上，看到了中国文学研究，如何提炼问题意识，如何真正一步步走出五四新文化对文学精神生命遮蔽的种种努力。

再回到文章开头引的韩愈那首诗。

韩愈的《感春》诗，像做梦一样向往着一个春花满园、百鸟鸣啼的所在，却万千阻隔难往。在晚清，这首诗也同样引发了不少心灵敏锐的诗人士子的深切感动。据《石遗室诗话》载，辛亥前一年即 1910 年，在北平，陈曾寿与徐思允、傅岳棻、许宝蘅、杨熊祥等人，组建诗社，各有和《感春》诗多首。陈曾寿的一首是：

"春之来兮自何所？雪澌冰泮兮悲故处。众人熙熙登春台，欲往从之意忽阻。今我不乐诵书史，其骨已朽空自语。骄气淫志何益身？漫掷幽忧付来许。"值得注意的是，在这首很有新意的和诗里，不是春之易逝引发感伤，也不是春花胜景阻隔难求，而是"春"之来自何所，成为一个颇为值得疑问的问题；在众人熙熙，不加思索地登春台的时代潮流面前，诗人迟疑，欲往却回、先迎后拒，一团迷乱与困扰。尽管"春"未来之前的"故处"，使人依恋，教人缅怀，然而其骨已朽，尽是骄气淫志，也无益于身心的安顿。这首感春诗所表现的是一种典型的晚清士人心态：对旧物故人的顾盼守护与渐失信心，对新事新理的疑惧交加与爱恨重叠，"世事万变，纷扰于外，心绪百态，腾沸于内"（郑孝胥《散原精舍诗序》）。而1910年春天的北平，大革命前韩愈诗学的激活，无疑点亮了晚清士子回应时代巨变的心绪闪爆。

然而无论陈曾寿的晚清感春与与韩愈的当年感春有何不同，其基调是相同的："我所思兮在何所？"即如何在一个迷乱的时代，安顿身心，止泊灵魂？刘顺分析韩愈的上引诗中"一生长恨"：

> 自然是人生道路选择的自我质疑。虽然，在唐人乃至更早的儒者那里，如此的质疑与痛苦屡见不一，但在类型化的情感传递中，却难掩儒者在面对出处、行道与挫折、理想与现实等问题时，追问而不得其路的痛苦与焦虑。儒者如何在挫折中调整安顿自我而又不失儒者情怀？如何在"货于帝王家"之外，另辟出路而又能彰显生命的价值与尊严？卑之无

甚高论，因其根本，而尤难回应。幽怀难遣的诗人，只有在杯酒醉乡中才能忘却当下的身份，暂获解脱。

我这样一边读，一边联想到韩愈身后千年的陈曾寿《感春》诗，想到其中所包含的未能明言的心境与意念，这样去探测诗人文学家的"思想"，有意义？

文学与思想是什么关系？我们常常看到某种认识论的理解，文学受思想影响而形成某种思潮，如古文运动；形成某种宗旨，如文道合一，或者文学观念形成一些诸如文质、形神、意境、尚奇、求怪等现成的理论或美感范畴，但是我更欣赏刘顺在这本书里常常提到的一个词，"安顿身心"。"文学"是一些活生生的人，"思想"也是一些有温度、有感应的心灵，作存在的探询与人生的理解。尤其是文学家如此敏锐深情，在招架来自历史时代各种主要的力量，在回应一个破裂的世界时的种种冲突时，他的身心所遭受的苦痛与自我疗治，一一透过文字，将这一过程写下来，展示给自己也告诉我们这一身心自我复苏与疗治的过程。

所以，我读这本书的另一个感受是，我没有看见作者囿于现成的思潮或范畴，而是潜入中唐文儒安顿身心的写作与体验的艰难过程之中，很深很广泛地潜入，从政治的争斗、军事的烽火、经济的账本、礼乐的钟鼓，到服饰、宴别、墅园、山林、乡村，与语言、文章、意象……大场面与小镜头，群像与特写，气场全幅徐徐展开，有一种与时代思想感同身受的共振。其中的"思想"具体而真切，包括：社会、伦理、思想，一层比一层深切的危机是如何包围着中唐文儒群体的？外儒内释道二元化的中唐士人思想方式是如何成为一种笼罩身心的存在焦虑？韩愈、柳宗元、白居易同样体验与政治中心离异的区隔感受，然而因人而异的表达又经营着什么样的个体的自我认同与生命反思？创造了什么样的空间体验诗意？韩愈、李翱以何种姿态与方式超克士人立身处世本末内外破裂的时代难题？宋儒接受韩愈的过程为何"孔颜之乐"逐渐成为主要的观照视角？等等。在作者的笔下，"中唐的文学与思想"这个命题，一点点面目清晰起来，鲜活起来，从僵硬现实的套套中走出来，从向来的思想是思想、文学是文学的人为区划中走出来，走向一种新的融合。

这就是我从这本书里感受到的第二个欣喜的收获。

最后，从陈曾寿与韩愈感春诗的对话中，我想起陈寅恪，想起他关于宋代文化的一个大判断：

> 吾国近年之学术，如考古历史文艺及思想史等，以世局激荡及外缘熏习之故，咸有显著之变迁。将来所止之境，今固未敢断论。惟可一言蔽之曰：宋代学术之复兴，或新宋学之建立是已。（同上引，《金明馆丛稿二编》，上海古籍出版社，1980 年，第 245 页）

刘顺《中唐文学与思想》的逻辑起点与逻辑归宿，正是陈寅恪先生的这个思想。由盛唐之浪漫高华，中经中唐的时代危机，终于在宋代重建华夏人文世界之庄严高贵与美妙，知识人心灵由此而得到身心安顿与灵魂止泊。如何真正消化外来文明，如何是圆善地解决本末内外的分裂，更具体地，知识人如何不自卑又不狂妄，皆是为中古中国与现代中国共有的大课题。这样一来，中唐之中，百代之中，所包含的历史文化思想的信息，又岂是中唐本身所限，又岂是文学辞章小道所有？而"我所思兮在何所？"的唱叹生情之中，所包含的生命体验与想象、憧憬、苦痛、希望，又岂是韩愈或陈曾寿们所特有？至于全书内容细节之丰富与启示，此区区序文，又不及其万一也。

2013 年 1 月 18 日

原载《社会科学报》2013 年 2 月 19 日

新诗心与新信仰

　　袁枚、赵翼、张问陶辈，已经开始建立一种新的生活信仰，即通过新诗来将心灵重新清新化，在内心里重建信仰世界。他们的新诗心，毕竟不同于公安派、竟陵派的以诗艺为中心，而是以生活世界为中心。他们也不排除儒佛道等资源，只不过不再是为了证道或修行，而是将其为己所用，化为诗心的一部分。他们是十八世纪中国通过诗获得解放、获得自由的一代人。

　　张问陶去世前一年写的《题屠琴邬论诗图》云：

　　　　妙灵何处说新声，粉碎虚空自浑成。
　　　　如向先天开一画，教他钦宝不知名。（其一）

　　这是说，诗歌创作是最能得到心灵自由的一件事，类似于虚空粉碎，大地沉平，宇宙初生时的状态。最早的创世纪，那是满目是宝而没有人类来命名的。诗的写作，就是类似于没有命名的时代的人类生活，自由自在，无拘无束。他在这里说的"妙灵"二字，就是性灵的另一个说法，就是他们发现的新信仰。

> 仙经佛颂养灵胎，七宝庄严启辨才。
> 提笔便存天外想，神龙鳞爪破空来。（其二）

"灵胎"是道家炼内丹的结果。是形神相聚，心息相依，保合太和的生命状况。这里当然不是讲炼内丹，而是借来指诗性心灵的修成正果。与道家相同的，正是形神相聚，心里特别虚灵，又清扬又充实的状态。这也是新诗心的表现。新诗心是一种经由宗教生活陶养而来的诗心，所以提笔便存天外想，超越，逸兴遄发，常常有神妙的诗意降临。

> 敢云老马竟知途，看尽寻常大小巫。
> 珍重华严留墨海，诗中一样有衣珠。（其九）

"衣珠"，《法华经》的典故。有人到处乞讨，却不知道自己的内衣里有珠。比喻那些不爱自己的本性的人。这里既是诗学，也是性灵哲学，即充分爱自己，将人生的意义建立在自己的灵心妙性里。

张问陶《道意》：

> 我心妙处即天心，一筏宁愁藓海深。

> 但望人皆修性命，须知道不在山林。
>
> 龟龙蟠水朝神观，花鸟随风散法音。
>
> 火记无传仙药幻，烧丹何日变黄金？

　　苦海无边，唯有心灵作筏，才能渡过。这里是对于自我命运的救赎。那些求神拜佛也好，山林修行也好，烧丹炼药也好，都救不了心。这里是比较乐观的俗世个人主义的宣言。这里有新诗心，同时也有新信仰。

　　袁枚《全集编成自题四绝句》：

> 不负人间过一回，编成六十卷书开。
>
> 莫嫌覆瓿些些物，多少功勋换得来！（其一）
>
> 七龄上学解吟哦，垂老灯窗墨尚磨。
>
> 除却神仙与富贵，此生原不算蹉跎。（其三）

　　对于个人诗歌生活的自尊，自娱，自爱，表露无遗。这里有不足为外人道的功勋，有磨墨人的无限愉悦与墨磨人的甘苦坎坷，但是，毕竟成就了除了神仙与富贵之外的第三种尊严。中国诗从屈原的痛吟，陶潜的证道，李白的谒举，杜甫的承当，到这里，化而为日常的生活，好比长江大河，终于来到寻常人家的小桥流水。

2005 年 5 月 25 日

《富春山居图》的前史与今生

晨起，乘坐中大校车往台北，游"故宫博物院"，参观"山水合璧：黄公望与《富春山居图》特展"第二期。大巴川流，人潮涌动，博物馆里的人气与外面36摄氏度的天气一样火爆。不断有工作人员游走着，举着一个圆圆的小牌子，上面写着："请轻声细语""请轻声细语"。

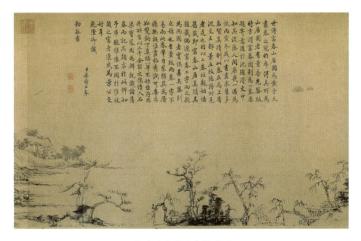

富春山居图（局部）

《富春山居图》，黄公望的作品。黄公望（1269—1354），元四家之一；本姓陆，名坚，汉族，平江常熟人氏；后过继永嘉黄氏为义子，因改姓名，字子久，取"黄公望子久"的意思；号一峰，后入"全真教"，又叫大痴道人等。元代看不起儒家，读书人不少都做了道士、和尚。是图黄公望为道友无用师所绘，以浙江富春江为背景，表现"山水浑厚，草木花滋"的江南山水之美，被称为中国"十大传世名画"之一。自黄公望成画问世距今已有661 年。明朝末年传到收藏家吴洪裕手中，吴洪裕极为喜爱此画，临死前下令将此画以及其他名贵书画焚烧殉葬，幸亏吴洪裕的侄子从火中抢救出，用其他画卷掉包。但此时画已被烧成一大一小两段，前段称《剩山图》，现藏浙江省博物馆；后段较长称《无用师卷》，现藏台北"故宫博物院"。它们分藏海峡两岸已有61 年了。2011 年 5 月 18 日，《剩山图》点交仪式在京举办，于 6 月 1 日在台北"故宫博物院"与《无用师卷》合璧展出。整个展览分为

富春山居图（局部）

两期，第一期《无用师卷》和《剩山图》已经于8月1日撤展，我们现在看的"山水合璧"是第二期。

《富春山居图》的流传故事，可以说是中国文化历劫不毁、生生不息、死而复生的一大动人传奇。在台北"故宫"的参观中，我不时生起深切感受：文化瑰宝，才是国之重器。无论是山水合璧的特展，还是"故宫"的常年展如玉器、陶器、青铜器、书画，都美不胜收。也许是好东西太多了，也许是人气太旺了，我们从那里参观出来的路上，竟然有尊严感油然而生。发自内心地感受到中华后代的骄傲、贵气、有身份感。我们有那么多家当，祖上留下来这么多精美、丰富、多样的文化财富创造，我们那么久的国史里，一直有那么爱美、求精，有那么多的好东西！

"我希望两幅画什么时候能合成一幅画。画犹如此，人何以堪？"温总理这话说得好。《富春山居图》，有多难的命运，有奇妙的喻义。譬如说，它如何死而复生，如何假中有真、真幻合一，如何断而复连、超越时空而重聚的故事，它不是躺在博物馆里的一件古董，而是承载了太多的梦思与想象，自身又似有一种鲜活的生命注入，产生一种神灵附体的奇妙机缘，成就了世界艺术史上不可多得的传奇故事，更喻示着华夏民族贞下起元，历劫而复，由分而聚，由幻入真，真幻相续的故事新编，这就是我之所谓的"中国文化意象的再生产"。

虽然没有看到特展第一期的《无用师卷》和《剩山图》，但是第二期的《子明卷》同样令人震撼：首先是乾隆皇帝的56个印章以及56个题跋，表明原本异族征服者的乾隆皇帝，如何被他所征服的文化所征服，深深喜爱着中国最伟大的山水艺术作品（《子明卷》是几可乱真的仿制品），陶醉于中国江南山水深厚、草木华滋的美！其次，黄公望之后，几乎整个中国山水画，都可以说是"后黄时代"：最优秀的山水画家以及收藏家，都中了魔法一样，被黄大痴的《富春山居图》的符号所笼罩。"山水合璧"第二期展览中的两个系列，一个是黄公望的影响系列，用几十幅明清重要山水画家如王原祁、奚冈、恽南田等作品以及无数题跋和书信等，雄辩地证明黄大痴的影子如幽灵般的无处不在。另一个系列是黄公望作品的收藏系列，这次"故宫"拿出来展的"黄公望作品"，都加上了一个"传"字，然而当初它们被收入馆藏时，原来都是按黄公望作品收入的！但渐渐清晰起来的真相是：这些都不过是明清时代收藏家甚至画家，为了卖上一个更好的价钱，将他们的作品标上黄公望的名字而已。可以肯定地说，黄公望及其作品在中国画史上的地位，与杜甫在中国诗史上的地位一样崇高。上世纪70年代，台湾新儒家徐复观发动的一场关于《富春山居图》真伪的大论战，历时一年，集文数十万字，是当代艺术史上的奇观，客观上也将此图在中国文化史上的地位透彻地表达出来了。

如果说，《富春山居图》诞生后661年的生命史尚未结束，从明清到今天只是它的"今生"，那么，《富春山居图》诞生前，黄大痴为之下笔而"叠叠不休"的对象：富春江的美学史与文化心灵，就应该是《山居图》的前史。这一"前史"，一般治艺术史的人不曾注意，而关心收藏的人，更不会去想到。古人有诗云："三吴行尽千山水，犹道桐庐景最清。"我们知道富春江七里滩全长约二十二公里，从桐庐至梅城这一段山势陡峭，群山如黛，江面狭窄曲折，碧波荡漾，水清见底，七里滩自古即以"山青、水清、史悠、境幽"为其山水特色。谢灵运与沈约在七里滩写下的不朽诗篇，代表了东晋以还最重要的美学创造，即早于欧洲千年之久，人类文明史上最早对大自然美的发现及风景美学观的自觉。他们的山水诗是七里滩及富春江变成中国诗歌"文本化山水"最重要的起源。接下来，富春江作为江南山水最点睛之处，进入了唐诗之景观史，如盛唐山水田园诗人孟浩然《经七里滩》，"挥手弄潺湲，从兹洗尘虑"。更重要的是，隐居在富春江畔的高士严光，以其高贵的德性之美，即范仲淹表彰的"先生之风，山高水长"，从东汉至清代，与其渔钓之地如钓台、西台、七里滩等已化为士人的精神偶像和道德殿堂。而中国历史上最著名的烈士之一、宋末遗民诗人谢翱在此写下的《登西台恸哭记》，以子陵喻指文山先生，抒写切肤入骨的家国之痛，发挥不屈从于暴力的抵抗精神。自宋末，富春江畔的壁立千仞之钓台与西台，成为民族气节的崇高象征。直至晚清民初，谢翱及其抵抗意象的历史，都是中国文化最重要的心灵秘史。依我个人之见，只有这样的前后联系，上下纵贯，才能读懂《富春山居图》最完整的意象史。这也似乎可以回答《富春山居图》研究中的一个谜：为什么黄公望画这幅作品，竟前后花了三四年的时间才完成。

台北"故宫博物院"特展还有一个重要部分，台湾艺术家林俊廷及其团队的大型数字互动装置的《富春山居图》。光是一件作品就动用了42台投影机，更以集锦山水摄影与山水绘画相合的艺术创意，重现了有声有色、有四季变换的现代影音声光的多媒体电子艺术，尤其是其中的夏景，江边雨水的磅礴的立体听觉与清凉感受，令观者置身于万山丛中的富春江畔，泠泠清音，心神俱融。

台湾作词家方文山的歌曲《山水合璧》，写道：

富春山居隐山岚

山坳处结庐人家尽遮半

你渔舟轻晃垂钓愁怅

炊烟竟也阑珊

六百个春秋数迭宕

又岂能毫发无伤

而今朝分开添遗憾

风在纸上回荡过江

我目光眷恋卷轴上

你以画代对谈

画境苍茫

连枯枝落叶都不寻常

历史在纸上回荡

我看山水合璧历历沧桑

传世画如此多舛

然试问人何以堪

你归隐不与谁为难

屡屡以笔锋酝酿

这满纸的秋意江南

风在纸上回荡

2011 年 8 月 5 日写于台湾

徐珂的痛呻放言

一

上海图书馆举行《抢救古籍文献成果展览》，有一张民国初年的曹家渡地图，我仔细瞅了半天，并没有能发现我要找的一个叫做"康家桥"的地名。问旁边的王世伟教授，他拿一张旧报纸，三画两划，就标出了位置：万航渡路北侧，近武宁西路。我遍寻不获，竟得来全不费功夫。

在近现代上海的巨大变迁中，有许多地名连带着人名，渐渐湮灭了，如寓居于康家桥的文化名人徐珂、夏敬观、张元济等。

康家桥当时竹篱茅舍、树林池塘，是沪西一村落；只是阡陌已易而为马路，时常风大尘多，无复江南民居的绿舍气息。徐珂先生晨起漫步，"麦田菜畦中，时闻有操太仓、扬州及宁、绍语者，则江浙老圃赁地种植者"。当时江浙构兵，宁、杭、甬、扬等人纷纷避兵至沪，民国初年的上海社会，就是这班大风起、尘飞扬的耕夫村氓、书生士子来开创天下。

康家桥的村民们仍带来了江南的习俗。水塘既能蓄鱼，亦供杭饮，又倾秽物。江南的毕竟是活水，而此地只是死潴。如此"朝倾秽而午濯蔬"，张元济几番拟出资佣小工填土为路，村民们皆拒之。徐珂借水塘发愤嫉骂世之言："吾人本居秽土，今之秽德彰闻者伙矣，夫何责夫塘？"后来西人辟此地为跑狗场，水塘统统填掉。徐珂又借此发感慨："噫，斯地也，昔以栖人，后以栖鱼，今以栖狗，自陆而水，而又陆。五六载耳，乃成一小沧桑。吾今与子之于百事，皆作如是观可也。"

二

民国初年，传统知识人的精神洁癖，大受挑战；他们的文化沧桑感，越发鲜明起来。他们已无暇从容如明代人那样，锦心绣口地抒写性灵；也无心如清人那样，动心忍性地作章句考释，他们只是匆匆记下时代"诡特变幻之闻见"，以及知识人内心冲突之轨迹。于是徐珂编完四十八卷的《清稗类钞》，就来上海写他的"康居笔记"。

如言政事，则分两种吏。一是"诛剥豪民之黠吏"。一是奸欺贫弱的不材之吏。他只能希望："诛剥豪民不及贫弱之黠吏，多于不材之人，则人民之受赐多矣。"如言教育，主张教会学校才有真学问，而官学只是"辍读以任事，事未集而学大荒"。主张青年人"只要言行沉静，现在社会，固少纠纷，将来社会，便多生气";如言知识人,"非仅为糊口计,直糊面耳,于是廉耻道丧,自害害人,要好看,乃不好看矣";如言时风,引李白诗"糟糠养贤才,珠玉买歌笑",批评辛亥以还,剧场林立,明星艺员,月进之丰,"其尤厚者且巨万,微特非学校教师所得望其项背,通常之官吏,亦望尘莫及";如言人心厚薄,则云"向日人中拣贼,今日贼中拣人";说现在的五伦都是"敷衍伦理"。又引某当时名人语:"我看现在会议席上,都是说假话。"又如言上海屺征,则云"沪上有四假""沪上为险道绝路",一些内地人眩于物质文明,非奢侈颠连以死,即遁盗触刑而亡。当然说到了他自己:江浙妇女之佣于沪者,"一言不合,辄舍而之他,不反顾。……窃尝独居深念:我丈夫也,今特以贫故,乃妇女之不若耶?……吾自愧弗如矣"。

在《呻余放言》序中说:"珂遁迹淞西,辟世之放人,亦天所放也。……呻者,有疾病而呻呼也。"他的儿子徐新六《序言》说"先君盖古之伤心人也"。梁任公赠他的集宋词联语云:"春已堪怜,更能消几番风雨;树犹如此,最可惜一片江山。"他说:"伤心人之别有怀抱于此见之。"即同一意思。因而,郑逸梅先生撰《民国笔记概观》,将《康居笔记汇函》置于首篇,极表钦慕,当然不只是博闻的好。

原载《文汇读书周报》2000 年 7 月 1 日

清初、江南与家族文学

朱丽霞博士的《清代松江府望族与文学研究》，选取一地（松江）二姓（宋、王）为对象，力图在广阔的背景下，以江南积蓄深厚的家族文学为个案，为一个剧变时代提供文化面影、人物精神、文学风貌的一幅解剖图。这样的工作，扎实而深入，是清代文化、文学研究中尚属薄弱而又亟待开展的领域，其创获实多，有益史文。

受朱博士的引发，我这里谈的，是就文史之学的交叉点，具体地说，"清初""江南""家族"这三个关键词与文学研究的因缘，还有多少新题目可做，略述一二浅见。

首先，明清之际出产人物，而人物正是文学与史学共同的研究对象。正如朱丽霞博士书中所描述的宋氏家族，有着那样不同的文人个性。清军下江南，松江府有陈子龙、夏完淳、李待问这样的英雄，而第一个打出"大清顺民"旗帜的则是宋氏家族。曾与几社英杰朝夕唱和的宋氏兄弟宋徵璧、宋徵舆的诗词文赋中，既了无故国之思，亦不见背友之愧。宋家晚辈如宋楚鸿、宋泰渊、宋祖年、宋汉鹭等，也都有不同的性格。其实在明清易代之际，人物确是相当复杂多元的。数以千计的诗人，数与万计的诗篇，那是一远迈前代的作家群体，有的高蹈远游，有的抗争洒血，有的慷慨长歌，有的浅斟低唱，文人丰富多元的个性，遭遇着一个天崩地坼的时代，有多少歌哭无端的故事，实有待于更多更具体的研究。上个世纪陈寅恪先生名著《柳如是别传》的学术典范意义，还未能真正在文史研究领域受到重视。《柳传》看起来是写钱、柳、陈因缘，然而涉及的其中有血有肉的人物，不下数十人。譬如：有于楼馆劫灰之中，"解作江南断肠句"的伤心人余怀、张岱，也有慨以当慷，白衣峨冠，抵抗至死的英雄豪士孙临、傅山、阎尔梅；有奇情壮怀、铁锁绕颈三圈、"血淋没趾，屹立如山"的大侠和尚函可，也有素称"开清第一功"，却又暗中保护了函可的大汉奸洪承畴；有写作像《长恨歌》那样兴亡苍凉之感的杜于皇，也有画西湖垂柳遭受剪伐、"好色中有大节"的陈老莲；有身在清营心在汉、抱恨而没的"贰臣"陈名夏，也有虽依附权贵、生活豪奢，然守死尽忠，大节峥峥的杨龙友；即以佳人名姝而言，闺塾师黄皆令，侠义的王修微、马湘兰、烈女葛嫩、李香君，以及兼美女、名女、神女、侠女、奇女为一身的柳如是。如此丰富的人物，通过他们的诗歌文学而存有生命的风姿，这是中国文学极为重要的瑰宝，眼下的工作远未致其曲折而尽其能事。

其次，"明清易代文化意象"仍值得进一步研究。所谓"文化意象"，即后人的历史体验，后人不断投射的追忆、情感、思绪与理念，不断透过反省与忆念的经营而生发的意味。明清之际，山河破碎，国族沦亡，对于后人，不止是痛史、心结，不止是天地怒气与电光火石，也是历史象征与隐喻。或借他人酒杯，浇心中块垒，或长歌当哭，激发种性，或文化反思，史实深扣，或旧史新说，义理重张，头绪繁多，不一而足。从南社的柳亚子、陈去病、黄节，到同光体诗人的陈散原、范肯堂、沈乙庵，从三四十年代孟森、钱穆、谢国桢、郭绍虞，到六七十年代钱穆、吴宓、陈寅恪、牟宗三，一直到二十一世纪初的施琅、郑成功优劣论，意象多多，各自经营，其间既有时代与思想的面影，又有隐隐的心曲相通。这里仅以吴宓为例，他不仅在五六十年代长期诵读顾亭林、吴梅村以及其他明遗民诗，反复在日记里记下读诗与时代相关的隐性证据，而且明确说出："宓夙爱顾亭林与吴梅村之诗，近年益甚。盖以时势有似故感情深同耳。"（1957年8月13日，《吴宓日记续编》第三册，生活·读书·新知三联书店，2006年）其中尤可注意的是他从中吸收华夷之辨和坚守中国文化本位的思想资源，如云："翻读《后水浒传》完，凡四十回，明末清初陈忱著，盖伤明之亡，而以宋江等一百零八人之忠义与闯、献作反比，以李俊之（受宋帝册封）王暹罗正射郑成功之据台湾，其不言徽宗之昏德，亦不诋斥高宗，但归罪于奸臣之误国殃民，正同顾亭林、吴梅村等之志事与立场也。"（1961年11月25日，《续编》第五册，生活·读书·新知三联书店，2006年）深入发掘此一"史文脱嬗"的抒情、叙事传统，有益于明清诗文的意义再认，也有益于重建中国文学的阐释传统。

第三，江南文化与文学的意义值得重估。这本书以及近年来的江南文学研究都表明，江南不只是诗性的、美学的意义。我这里只想提醒大家注意一个很重要的标志性的数据：科举考试的数据。江南进士的数目且不说，这里只以考试"首选"（即状元、榜眼、探花、传胪、会元）的人数为据。根据商衍鎏先生的《清代科举考试述录》（生活·读书·新知三联书店，1958 年）的《清代殿试、会试历科首选省份人数统计表》，从顺治丙戌（1646）至光绪甲辰（1904）二百多年间，江苏共出状元等 184 人，浙江共出状元等 137 人。两省相加的人数为 321 人，是直隶、顺天、河南三省相加的 35 人的近十倍。在这个数字对比中，背后是经济、文化条件以及高素质的人口质量的对比。可以肯定地说，明清时期的江南已经取代中原，当然地成为中国的文化中心。在"中国文化中心"这一概念的意义上，可以问的问题，那是远远超过了诸如水软风轻、感伤唯美这样浅碟子化的江南文化定义的。台湾的新儒家牟宗三先生曾经深刻指出过："中国文化亡于明亡之时。"但是在短短的两百年间，原先抵抗最为激烈、遗民人数最多的江南，竟然在文化上翻身而跃为"文化中心"的地位，这不也正是从另一个角度说明了中国文化的死而复苏、重新通过和平的抵抗和文明的重建而获得真正的征服者的身份么？这哪里是杏花春雨江南这样的女性化江南所能够说明的呢？通过这样大规模的研究，至少两点是预期的：一、江南的文化深度与高度可以得到确立；像王阳明、陈子龙、张煌言、张岱、徐渭、李贽、金圣叹、黄宗羲、顾炎武、袁枚、戴震、洪升、章学诚、王国维、陈三立、沈曾植等第一流的中国文化心灵，都是简单的唯美主义文化所不能定义的。二、江南文化的多元性可以得到理解。既有暮春三月江南草长那样的感性优美的文化传统，也有考据学、朴学那样理性主义的传统；既有如王阳明、顾炎武等圣贤士大夫精英文化的传统，也有《梁祝》《白蛇传》那样深入人心的民间文化传统；既有非常个人、相当隐逸的追求，也有融入宇宙热情与参与造化的兴趣。我在多年前的《文化江南札记》中就提出过这个问题，我引用牟宗三的框架，提出心、性、理与才、情、气六字来把握中国文化结构，我们希望可以理解的是，江南文化其实并不是铁板一块，并非只有一种面貌、一个形象，唯其文化深厚，更显示出江南文化各种成份之间相互的张力。因而，江南文化的丰富性是一口至今也没有穷尽的深井。

第四，家族与文学创作的关系。家族文化，无疑是中国传统文化的一个重要特色。近年来我看到譬如胡阿祥《魏晋本土文学地理研究》、吴正岚《六朝江东士族的家学门风》、王永平《六朝江东世族之家风家学研究》、王力平《四至九世纪襄阳杜氏家族述论》、严迪昌《文化世族与吴中文苑》以及蔡静平《明清之际汾湖叶氏文学世家研究》等论著或博士论文，稍能扭转多年来仅偏于经济与社会史的家族文化研究取向，从学术与门风、家族信仰与文学成就、社会交往与时代文学主张与倾向等多方面探索了世家望族对于文学史的重大意义。在师友结纳、文人社群、政治集团之外，找到了文学创作另一种共同体力量。表明了传统中国除个人生命情意而外，文学生活得以延续的另一番真实环境。他们都高度重视陈寅恪先生关于"世家文化依赖于地域""其核心是优美之门风（家风）与因袭之学业（家学）""二者影响甚至决定着当时的政治与社会"这一思想，将社会史、地域史与写作史联系考察。从一个最大众的意义上说，这样的成果已经或正在改变五四新文化过于重个人而轻社会而形成的一个偏见，即所有的家族文化都是万恶之源，都束缚与扼杀人的性情，压抑人的个性与自由，因而都是不道德、无益于社会的，应是打倒之列。这样的工作当然还可以继续从量的积累做下去，一件件个案地整理挖掘，进一步发现中国家族文学悠久而广大的真相，从而重新书写既有时间延续（门风）又有空间置根（地域），时空结合的中国文学新史。但是我还是认为在中观的史识和微观的史述方面，仍有可做之事。譬如：南北比较（为什么南方文化世家特为兴盛？可联想顾炎武所说的"北方族性之衰"云云）、时代比较（明清世家大族与六朝隋唐相比有什么特点？一个趋于世俗化的社会，世家的新意义为何？等等）。从微观的史述来说，有待于深入到世家文化的内部去看，了解其是如何透过门风以实现经济与政治的党援、交往、标榜、以风气相激励（如"易堂九子"等），以及因此而凝聚精神核心价值，塑造家族成员人格，形成文化资本与社会资本相互缘助的良性机制，等等。对于世家的秘奥，或许我们有待于文化的深描：我想起钱宾四《八十忆双亲》里的一个场面：幼年钱穆于除夕之夜，一人独坐大门槛上，守候外出的哥哥回家吃年饭。两个弟弟依在母亲身旁，外面是香烟缭绕，爆竹喧腾，里面是无灯无火，钱穆与母亲弟弟，静静守候着哥哥回家。

一种类似于宗教情怀的深情,涵泳其中的是中国文化敦友睦亲的厚意和悠久而深长的日常情味。家族文学的研究若能深入描述,细节不弃,涵泳而体悟,要在传出其中不死的灵魂,则不止中国文史之学之深意,亦有益于人心矣。

2006 年 6 月 13 日于日就月将斋

原载《文汇报》2006 年 8 月 6 日

江南景观的政治文化意义

陈正宏教授著文发现，收藏于上海博物馆的明代著名书画《词林雅集图》，不仅是明代江夏派代表画家吴伟的作品，而且其本质上更是一种以吴伟画为图引，记录了明代弘治年间多位文士一次重要的文学聚会活动的图文并茂的文集。（参见《美术世界中的文学文献》，《卿云集续编》，复旦大学出版社，2005）

弘治十八年，李梦阳、何景明、王阳明等聚会送友人龙霓由就官外任浙江佥事，参加聚会的共有二十二人，人各赋一诗，应有二十二题（缺二题），这二十个题目及其作者是：

《钱唐》（李梦阳）《鹅池》（刘淮）《西湖》（王阳明）《鉴湖》（陈沂）《桐江》（陈钦）《兰亭》（李熙）《苕溪》（缺）《剡溪》（何景明）《葛洪川》（缺）《苏公堤》（顾璘）《明月泉》（镏麟）《清风岭》（杭淮）《林逋宅》（范渊）《太伯祠》（边贡）《白石洞》（缺）《绿波亭》（缺）《曹娥江》（谢承举）《谢公楼》（缺）《读书堆》（缺）《歊笙台》（王丰）。

这里有关江南文化的待发之覆是：为什么送别外任官，要以他即将游历之地点来作诗题？为什么别的不选，专选取新官上任所去之浙江的重要人文胜迹？《词林雅集图》后有接裱的《文会赠言叙》（罗玘），多少提示了当时参与文会写作者的主要心情：

……题必以浙之胜者，志（龙）致仁他日次第之所历也。而其经纬脉络，予请为致仁商之：夫人北道赴浙者，必自檇李入。春秋之末，吴越于此日寻干戈，争尺寸焉，今则东南孔道也。则夫天下可以为，有一定之势乎哉！孟子曰：所恶执一者，为其贼道也，可不省诸？而于是时，当迓者至，导以入会府之城，其于古也，为钱塘。即而行礼上之礼，越三日，群庙告至，读表忠观之碑，循苏公堤，拜武穆王之像于西湖之上，奋曰：予何人哉！庶几臣节可励也。

浙分东西二道，佥事岁分其一焉。渡浙而北溯者，为桐江，姓是州者谁也？载求泰伯祠而鞠躬焉。廉贪起懦于消息盈虚之间，盍于明月泉乎验之其然邪？要今之二千石无有慢游以病民者，有则必诛。扃谢公楼，室白石洞，弈绿波亭下舣舟以嬉者，其严乎？使兰亭诸贤尚在，亦当减坐中觞咏之七。孰为曹娥江之庙，骢之过也式之。式清风岭之祠，访林逋之宅，亦有筑堆读书如顾野王者乎？则驻节赏之。而或异夫所指，有吹笙台焉。呵之左道，无缘而入矣。……

盖二十二题中，有关两浙人物胜迹有泰伯、严子陵、曹娥、王羲之、谢安、葛洪、白居易、苏轼、林逋、岳飞、顾野王等，英雄、豪杰、圣贤、名宰、师儒、道士、孝女、名臣、诗家、书圣等，皆江南人文景观之最著名者。正如罗序所云，于景观所表彰人物之风流光彩中，或"廉贪起懦"，或"驻节赏之"，"庶几臣节可励也"。这正是江南景观文化的政治功能。我们如果只依西方所谓"文学创作"的概念来理解古人，只从古人的诗文集中阅读这些作品，就不能还原这些作品的真正现场，看不出这些作品的对象究竟是谁，也就几乎与古人的真正心事，失之交臂了。

流动的江南

重阳刚过，霜降又到，这是乾坤清气最为充盈的季节，我们相聚在西南名城贵阳的文化胜地孔学堂，召开"第四届江南文化论坛"。今年为什么选了贵阳来开江南会？有一首流行歌曲唱的是《南山南》，我们是"南方南"，从小江南跑到大江南来了。有些老师可能还记得，上一届江南会在浙江金华，闭幕式上我讲到不要老在江南地区关起门来开会。因为，"江南"是水做的骨肉，水是流动性的。"江南"自古以来，就不仅仅是一个地理概念，而更是一个文化生命的概念。王阳明走向江南之江南，徐霞客也走向江南之江南。南方的司马相如、苏东坡、郑珍、莫友芝也走出去了。只有走出去，才有精彩的东西表现出来。很多人都往更远的南方走。作为人文渊薮，历史上的江南不断将其蕴蓄丰美的生命能量，向其他地区辐射，而其他地区被江南文化影响之后，其固有文化也往往被激发出别样的光辉，反过来影响江南文化，如佛家《华严经》中所说的两镜互照，重重相映，交光递影，以至于无穷。所以，研究江南文化与其他地区文化之间的因缘互动，是当今江南学研究中有待开疆辟土的一个新领域，我们举办这次会议的目的，即旨在探讨江南文化、江南文学以及江南与西南之间的文化互动与传播。

不必讳言，黔贵文明虽然历史悠久，但受诸多因素的制约，一直到明代中后期文教才逐渐昌明起来。由于历史上地域文化发展的不平衡性，文化互动也当然主要以江南对西南的影响为主，这是一个历史的主基调。在此过程中，有三个关键词。第一是"人能弘道"。移民、政府所派官员以及迁客谪官等人在文化传播中起到很大作用。如所周知，阳明留居贵州虽仅三年，然而在此期间讲学授徒，以其非凡的精神高度与人格魅力使得黔中俊才云集景从，影响至为深远。作为一代大儒兼诗人，阳明先生对黔贵文化的影响，不仅在于倡导知行合一的良知之学，化民成俗，改善民风，也体现于对诗书文明的传播。黔地诗人名家辈出，实自阳明来黔之后。中国文化是人文文化，人在文的前面，人能弘道。人可以化成天下，阳明之于黔贵，正如文翁之于四川、韩愈之于潮州、苏轼之于海南的文化影响。而阳明一生中至为关键的"龙场悟道"，则与他在黔贵特殊环境中动心忍性的磨砺有直接关系。

阳明居黔时写有大量诗歌及文章，阳明之后，黔贵之山川风物、史迹轶闻等也曾引来不少客籍此地之其他江南人士的关注与吟咏。如徐宏祖（《黔游日记》）和陈鼎（《黔游记》）都曾在其山水游记中描摹黔地山川之奇丽；吴振棫在其《黔语》中多载黔地人文故实；查慎行、赵翼、洪亮吉等人更写有大量黔中诗，其中不乏脍炙人口之作。这些江南人的作品由黔贵之山川人文所引发，反过来又丰富了黔贵文化。

第二个关键词是孔子说的"诗可以群"。也就是今天说的"口碑评价"。黔贵与江南的文化互动还体现于两地士人的交游以及作品的阅读品评之中。受山川修阻等因素影响，黔地作品流播范围有限，虽有佳作亦往往湮没无闻。而一旦因某些机缘得到江南名士的关注与激赏，则声望倍增。如谢三秀游历江南，曾与同在江南的汤显祖、王穉登及李维桢交游唱和并得到提携；杨龙友也曾与董其昌、陈子龙、吴伟业等江南名士交游酬唱，得诸公推奖甚多。同时诸人的奖掖之外，身后的评价往往影响更为深远。如朱彝尊曾大赞明代黔贵诗人宋昂、宋昱兄弟之诗，称其"风韵翩翩"；孔尚任读到明末吴中蕃《敝帚集》后，一改此前认为黔阳无人才的偏见，直以屈子老杜比拟其人格诗格；郑珍身后得到的评价尤高，甚至被诸多大家推为"清诗冠冕"。江南文坛交游之盛与作品传播的便利，有些流派影响甚广，如黔中诗人刘启秀即十分赞赏袁枚"性灵说"，并曾到南京随园与袁枚唱和。晚清黔中诗人郭临江也深服袁枚及性灵说，推举袁枚为"当代风骚主"，有"诗不性灵岂谓才"之句。

交游及品评之外，因两地间师承关系所造成的影响也不能忽略。如莫与俦师从阮元、洪亮吉等人，授乾嘉之学于莫友芝及郑珍，郑珍最终成为西南儒宗；程恩泽受秀水诗风影响而典赡排奡，理厚思沉，郑珍出程氏门下而有出蓝之誉，并成为同光体的滥觞，甚至赢得"清诗三百年，王气在夜郎"的评价，凡此种种，都可说明两地互动的深远影响。

第三个关键词是"时代震荡"。就像地震引起发的震荡波，某些重大的时代变革往往更促进并深化江南向更南方的文化波动。第一次震动波发生在明清易代之时，中原及江南一并沦陷之后，使得滇黔边徼之地成为文化精英避地之所，一时黔中士人与江南士人萃集一地，互动频繁。待明社既屋之后，诸人为全志节或隐居不仕，或遁入空门，隐居者如贵阳吴中蕃与朱文，逃禅者如遵义黎怀智与玉屏郑逢元，这些黔中士人与避地来黔士人一同构成明遗民诗人群体。值得注意的是丹徒钱邦芑，他曾隐居余庆他山，聚众讲学；还曾邀请语嵩和尚到贵阳牟尼山讲法，振黔地宗风。而钱邦芑后来为躲避张献忠部下孙可望的逼迫，也祝发为僧，宗教与政治在这一阶段关联甚深：心系故国、志图恢复者不得已则逃禅方外，逃禅方外者也往往心系故国而有忧世之思。钱氏周围凝聚了一大批有志节之士，对当地文化产生了相当影响。第二次世变发生在清末民初，清亡之后，一些遗民避地海上，黔籍文士陈夔龙、胡嗣瑗等人与海上遗民群体交游唱和，也写有不少反映时代变革与士人心态的作品。第三次世变发生在抗战时期。贵州作为大后方，接纳了不少来自江南的文士和学者。浙江大学迁往遵义就是一个典型的例子。陈垣先生于1937年撰《明季滇黔佛教考》一书，表彰万历以后，佛门宗风复振，江南为盛，西南被其波动；江南僧徒长于开辟，有功于滇黔拓殖，尤为重要者，明季中原沦陷，滇黔犹保冠带之俗，成为避地之所。陈寅恪先生为之作序："明末永历之世，滇黔实当日之畿辅，而神州正朔之所在也，故值艰危扰攘之际，以边徼一隅之地，犹略能萃集禹域文化之精英……"正是点明了江南以一代人物、宗教文化开拓华夏新境，变边疆而为中心，化宗教而为政治的重大贡献。居于边缘，而悄然发力。陈寅恪心目中，古代的世变与民国的世变有着一以贯之的精神联系。

由以上三个关键词可见，江南与西南虽有不同地域之分，但自明代以来，两地一直处于不断地交流互动之中。其中有许多值得探究值得挖掘的新领域，比如：阳明学对黔中士风及诗风的影响；江南山川之明秀婉丽与西南山川之奇崛险峻对两地诗风的影响；两次易代之变中黔中遗民诗人与江南遗民诗人的交游及其不同心态的比较；此外，黔中某些颇具特色却未曾深入研究的作者如杨龙友、吴中蕃、莫友芝、黎庶昌、胡嗣瑗等人的个案研究也尚待展开。

除了诗歌文学，更广义的江南文化，对黔贵的影响还有待于深入发掘。譬如，我今年暑假的时候去黔东南，在清水江边上的麻江县，看到很美的古老民居，非常精致，宛然江南的古镇，又有一种朴厚的意味，后来一问，才知道，真的是徽州的商人，不断移民，孜孜矻矻，将徽州民居文化搬来的结晶，一草一木，一砖一瓦，都能见到江南的模样。今年遵义的明人屯堡获得了物质文化遗产的称号，是又一个不能磨灭的集体记忆。移民文化带来的物质与生活方式的影响，大有可以挖掘的富矿。

王夫之曰："两间之固有者，自然之华，因流动生变而成其绮丽"：万物莫不因流动变化而益加丰富多彩。江南文化向西南的延伸以及西南对江南文化反馈，正是这样一个流动变化的过程，所以，这次江南文化论坛我们移师贵阳，准备从文献、意象、人物等角度，畅论江南与西南、江南与周边、江南的移动性等题，这次会议的主题是"流动的江南"，初衷正在于此。《南山南》那首歌唱的是：

他听见有人唱着古老的歌
唱着今天还在远方发生的

我们重温江南这首"古老的歌"，也是续写"今天还在远方发生的故事"。祝各位朋友身体健康，心情舒畅，在贵阳金秋的日子里，留下美好时光的记忆。谢谢大家！

（本文是"流动的江南：文献、意象、人物：第四届江南文化论坛"上的开幕词，贵阳：2015 年 10 月 24 日）

中国美学中的身体

日裔美籍舞蹈家武重淑子来上海读博士，跟我做《庄子与身体语汇》一题。淑子有长期舞蹈经验，有个人专集《流浪舞集》等多种，心仪中国文化，是在纽约林肯中心演出过的迄今为止唯一的独舞舞蹈家。她的舞蹈极富于东方民族意味与现代派的交互性，风格既含蓄又强烈，又静谧又跃动，我认为庄子及其系统，与她的舞蹈颇多可相互发明之处，古老的东方美学与现代西方艺术如果能发生一点融合，那当然是上海这座城市的骄傲，也是中国艺术传统复苏之一种现象。即使这种探索失败，也表明了一个真诚艺术家求道之热忱与求知之诚笃，具有积极的意义。我这里仅将想到的有关材料与思路，作一番简单的勾画而已。

王骀、叔山无趾、哀骀它等，都是极为变形、丑陋、强烈的形体，过去，我们以身心二元论来解说，认为这是通过形体的残缺与不美，来反衬出内心的充实与魅力。其实，这种身体可心称之为"突破的身体",即突破了身体本身的社会语汇、教化规训，而张扬出的一种想像的身体。这表明身体有自身的目的与本体，并非一定要与精神或内在相依存。这种身体本身就是一种革命性的语汇。

《德充符》中的那些非常强烈的身体语言，不仅体现了身心一体性，而且体现了生命与宇宙的一体性。我们可以透过身体的意象性，强烈感受到一种试图与宇宙整体生生之气的相通，成为宇宙气化流行之元气之一部分的可能。为什么卫灵公看了闉跂支离无唇、齐桓公见了瓮盎大瘿，然后再看到别的正常人，觉得他们"其脰肩肩"，就是因为正常人太规范化、模式化，没有一股子通天地的元气。在中国美学中，形之所以是神的，就在于庄子所说神是"伸天伸地"，而不是西方现代派所说的表现自我。

毛嫱西施的故事表明，身体的美学标准是可以颠覆的，关键在于转换人为而为自然。也就是说，大的脉络变了，里面才会变得透气。表明身体的美学，不是孤立的存在，而是与社会认知的模式有关的。最大的模式是人与自然互为主体这一模式。

濠梁观鱼的故事，表明了身体的对象化。只有从外面自然的形象中，才能展开我的身体的真实感受。外界的快乐其实正是我的快乐的表现。

人者厚貌深情。庄子最主张简单、透明的生活。反对层层折折、曲曲弯弯、细碎繁琐的人为文化。所以厚貌深情的身体语汇是过于不能承受之重，是不能返朴归真。所以后世有裸体，有解衣盘礴的真画家。即追求自由解放。

温伯雪子见鲁人，目击而道成，用至为简单的身体仪式，表达至为深切的灵魂相通，是中国艺术精神的极致。开启了很多神秘主义的心灵交感艺术，如养由基射白猿、钟子期与伯牙、孙登与嵇康、王子猷等等。

关于身体的节奏，《世说新语》中有不少材料。

> 王子猷、子敬俱病笃。而子敬先亡。子猷问左右："何以都不闻消息？此已丧矣。"语时了不悲。便索舆来奔丧，都不哭。子敬素好琴，便径入坐灵床上，取子敬琴弹，弦既不调，掷地，云："子敬，子敬，人琴俱亡。"因恸绝良久，月余亦卒。（《世说新语·伤逝》）

这一段里，有一种身体行动的节奏：先是克制、含蓄、压抑的，如不悲、不哭、不吊。然后是激烈的、动作的、毁灭的。即掷琴、恸绝、死。可以从庄子找到这种身体的节奏。

> 王子猷、子敬曾俱坐一室。上忽发火，子猷遽走避，不遑取屐。子敬神色恬然，徐唤左右，扶凭而出，不异平常。世以此定二王神宇。（《世说新语·雅量》）

这是身体的慢与重的节奏，可以追到儒家的威重礼仪（君子不重则不威），也可以追到庄子（彼视三釜三千钟如观雀蚊虻相过乎前也、枯木朽枝、古之博大真人、块不失道）。

以后再补充。上面谈到的问题有：身体的节奏、身体的感通性、身体与气化的宇宙、身体的对象化、身体与解放感、身体的简单透明、身体语汇的突破力量，等等。

2006 年 7 月 5 日

诗学答问录

一、朱子发明"淫诗"说，为何反是文学眼光？

《诗集传》十之七八反《小序》。淫诗说之提出，乃宋人疑经风气之产物。自汉唐章句训诂之学，而为科学理性之学，实为诗经学之一大进步也。淫诗说之实质，乃是将《诗》于政教之思，转而为男女之情；丕变比兴穿凿之说，而为赋笔描写之体。其结论虽不出政教旧途、礼义大纲，然求真求实，其眼光所聚，乃在风俗民情，人心常道，故其眼光与其心力，一体而两分，并存而互异也。此为理性精神之两歧，亦为当事人所不自省欤？

二、钱穆为何批评朱子之"淫诗"说？

宾四《读诗经》一文，以《左传》献诗赋诗之史实，破朱子男女淫奔之新解，其用心之处，非攻朱而已，乃在两端：一则力图再认中国实用主义、政教一体文学之大传统，与西方虚构文学之传统互异；一则攻新文化之民间文学主张，非民间文学主张之不善，乃新文化人将中国文化民间化、俗化，多有不善也。前者求真，后者求善。以求真而言，朱子之以为真，而宾四以为误者，理据有七：（一）上古之世，"诗必出于有关系而作"，此为《小序》大体可信之理也。（二）非《序》则不足以知诗之本事。如《黍离》，倘无《小序》，则只知诗咏禾黍之苗穗而已。（三）朱子改"刺淫"为"淫诗"，即淫者自作之诗，明案，如《溱洧》，庶几乎后世之所谓"暴露黑暗"与夫"渲染黑暗"之争，纯为解释者之歧异，其不可全信，明矣。（四）《木瓜》《风雨》《野有蔓草》等，《小序》释为思君子等，朱子释为"淫奔谑浪要约赠答之辞"，于《左传》记载不合，《左传》表明：郑卫之音，未尝不施于宴享；男女之辞，岂但惟止于男女？明案，古者著作权非重要，而使用权极重要，故诗之本意，与诗之使用，实为一事也。（五）自古文学，忠臣智士孝子良朋弃妇义弟之事，可以相通，此即诗歌双关之理据也。（六）孔子读男女之辞，亦发为多义。如《论语》载孔子说诗：岂不尔思，室是远尔。而曰不思而已矣，夫何远之有？"此实千古说诗最得诗人意趣者。"（七）诗人为谁？为何而作？宾四以为诗人乃贵族士子，为史官者流，而朱子以为"诗人"乃民间匹夫匹妇，"盖朱子之误，亦误于相传采诗之官之而来"。宾四之见，甚可思索也。

三、钱锺书"诗一名三训"之儒家诗学义蕴

诗何以能一名三训。此题意义在于：发现儒家诗学之内在结构：政治、个人和哲学伦理。进一步可发现：儒家诗学之学理、历史走向及其语言哲学（逻辑与历史），三训类似于黑格尔之正反合思维：政教为正题，其反题必为个人，而个人之反题则为理性与规范。故钱氏开篇即说黑格尔轻视中国思想乃无见识。默存于汉唐疏注用力，于"诗"刮垢磨光，一如德哲海德格尔于古德语中见思想，以中国本土语言哲学之框架，综合儒家诗学三分路向（政治社会、个人意志和修养）而为一词，亦化解中西冲突，融"表现诗学"与"规范诗学"为一炉。虽不无中庸之弊，此亦化智慧而为境界。

四、闻一多之人类学《诗》学与传统之分离

闻氏《说鱼》，以性欲解《诗》，深孚西方二十世纪非理性主义之风气。然亦不出时代意识之掌心，即"民间""潜意识""反传统"。与《诗经》真意，越说越远。凡以人类学说古典者，大都坠入此道而不自觉。

五、朱东润说《诗》之贡献

即朱东润《国风出于民间论质疑》。以语言学、历史学、比

较诗学等多元进路，破民间重心说，破国风男女之辞为本来面目说，颠覆五四，直捣朱子，回归汉儒与先秦儒家诗学之义谛。自朱东润后，有屈万里等，亦持此说。而钱宾四六十年代作《读诗经》一文，专写《中国文学史上之雅俗问题》一节，亦明言诗经语言，必经一番雅化之功夫，始具文学之价值。与朱氏之论，桴鼓相应。五四新文学以《诗经》之俗文学为祖宗，抬高身价，建立文统，朱东润此论则极力摧破之，力图为新文学开拓更新更大之空间也。

六、朱自清之贡献

《诗言志辩》乃是真经典，其地位不可动摇，即使今天出土竹书时代，亦未见突破。"献诗陈志""赋诗言志""教诗明志""作诗言志"四项，实事求是，回归朴学，深得中国文史之学之精义，其重要贡献即将抽象之"志"、常识之"志"历史化、脉络化，将一本质主义之命题，化而厚实多样之历史经验。由此可见，中国诗学之开山纲领，读者、用诗更重于作者、作诗，文学之周边，更重于文学之内部。心性、政治、审美，实打成一片。陈寅恪氏尝云：一字即一部文化史，信哉。其直接对象是周作人所谓的言志与载道对立说。可见其序。

七、古史辨派《诗学》之局限

顾氏云："孔门说诗、汉儒解诗，皆诗之不幸。"此说实为反历史主义。顾氏有一内在矛盾：一则极为看重历史之演化，每一时代，皆以自身特点赋予《诗》以意义；一则又持唯一标准论，仅以民间文学为诗之真源，以此标准衡量历史上之《诗经》学。故有"幸"与"不幸"之分。实乃以历史之一部分，反历史之另一部分；以一种"诗之用"，攻夫另一种"诗之用"。史实之无可变者：两千年来吾国士人所受之《诗经》教育，绝非五四以来情诗与民间文学之教育，而乃《诗大序》所谓"以一国之事、系一人之本"、国身通一之士大夫文学教育，"雅人深致"之教育。倘若改变此一史实，其后果必然是，后人皆读不懂《诗经》矣。顾氏犹一天真孩儿，闯一祠庙，见一菩萨，大喊："此乃泥巴所造也！万不可磕头！"人若真信其语，长年以往，关于菩萨之精神生活史，全然抹煞，不复存在矣。此乃尊史乎、贱史乎？

2005 年

考据的诗学如何可能？

马一浮说，诗者有史有玄。这一句就讲清了什么是中国诗。我年青时只知道"诗有玄"，诗有玄就是诗有韵味、风神、意趣。那时候成都赖高翔师教我们读中国诗，赖先生是林思敬的高弟，六朝选体一流作手，教诗从王士禛入，"门外野风开白莲"，何等风神、何等意味！赖先生当年那一声意味深长的叹息，以及晚风轻语竹林子中他那一幅微醺的神情，记忆中犹如昨日。我至今仍然固执地相信中国诗如庄子笔下的温伯雪子，目击而道成，脱略行迹，兴象玲珑，诗有别才，非关知也，诗有

作者的启蒙老师赖高翔先生

别趣，非关学也；尤其是少年人的唐诗，多非生命的补假，实乃性灵的直寻。

随着年岁渐长，少年人的唐诗，渐转而为中老年的宋调，很自然的，诗有史有玄的"史"，才渐渐清楚明白起来了。尤其是国史、家史、心灵史，知识人的历史，被压抑者、被剥夺者的历史，痛痒相关；诗骚史汉，屈陶李杜苏辛，诗史一体，国身通一，感荡心灵，岂止是少年情怀与神思绮梦。王国维、陈寅恪，带着他们的各自所"关"之"天意"及"江东旧义"，召唤一诗国的新域，追寻而往，兴象风神与哲思意趣之外，也懂得了诗有史，本末兼具，读文学的人才不轻浮，不欺瞒，不虚无，不苟且，不自弃。

生命当然要有"飞扬跋扈"，要有梦幻光影，要有跌荡自喜，然而也要有梦幻后的清醒与沉醉后的觉悟，因而醒与梦，酒神与日神、美与真、温伯雪子与孔孟程朱，唐诗与宋诗，实为生命之两轮。懂了"有史有玄"，方才是升堂入室，看中国诗之接天莲叶与映日荷花，从此便风物无限。

所以，学中国诗，第一要懂得此"诗"非彼"诗"，中国诗悠久而广大，称名小而义类远。盈天下皆诗也。现代新诗人不懂得这个道理，他们太把自己当"诗"，也把中国诗看"小"了。

写中国诗的书太多，不懂这个简单的道理，越写离中国诗越远。

项念东博士认了这个理，前几年首拈"诗学考据学"一名，由史入手，正其名、立其义，疏理其渊源，夯实其基石，孜孜矻矻，著成一书，忽将付梓面世，余欣然序之：中国诗学，君可谓得其大者。

再进而言之，诗有史，史即事，事有时、地、人，即决定了解诗之法，务须考据。浅言之，要知作诗之时与写诗之人，材料之搜集，即是最初之证据与考释。何况，材料与材料之间，线索与线索之间，如乱麻如谜团，抽丝剥茧，剥蕉至心，皆是考据。考据之法究竟如何？有何类型、风格？有何发展、变化？传统至今，早已成一大学问；如陈寅恪、岑仲勉等，早已成一大宗师。后人追随，亦已各自成派。因此，以树立典范的方式，以对比之法，两两映衬，展现大师巨子之成绩、道路与精神，并与两大范式，开展深度对话，此种写法，比概论式之学理构架，更充实、厚重，更有益，也更有可读性。

项著认为，岑仲勉诗学文献考据之突出创获，乃在于极充分运用文献学、史料学于诗学之中，将此二种学问，于诗学中大放异彩。其平生所遗一千余万字的考据文字，既为唐史学之宝藏，亦为唐诗学之新题，开无数法门。

然而作者更认为，陈寅恪不同于岑氏之文献考证，实为一种历史考证。陈之特点，既为一流之史家，乃更深具有基于扎实史料考据之诗性灵光。寅恪诗歌考据之学，化真为美，回实向虚，转史成妙；旨在祛疑，始于求真，终于证美。实为诗学界不可多得之珍贵学术遗产。

作者区分了两类诗学考据，一为广义的诗学考据学，代表为岑仲勉先生。一为狭义的或核心的诗学考据学，代表为陈寅恪先生。从此，开后人两条大道，光景无限，学者可就其性之所近，择其路而行之。作者对于两大诗考据范式的发现，是一大贡献，然而作者对陈寅恪考据诗学要义的揭示，更是一大进境，一言以蔽之，陈寅恪诗学，可谓"考据即诗"。

概而言之，史学界看重考据学，然诗学领域，考据一名，毁誉参半。依据其中对考据的重视程度，意见略可分为以下六种：

一、害诗论。以考据为妨害诗意，煞风景。钱锺书讥讽陈寅恪解白乐天《长恨歌》，从杨玉环入宫是否处女谈起，是一典型。

二、非诗论。以为考据与批评，各有领域，也各有性之所近，不可沟通，亦不必沟通。

三、反诗论。以考据为解构诗美之方法与途径。如宇文所安、田晓菲教授考证陶诗抄本异文，最终颠覆陶渊明传统形象。考据有功，然旨在破而不在立。

四、助诗论。以考据为手段，只是辅助，只是诗意理解之前提，最终为欣赏服务，可以得鱼而忘筌。陆侃如、程千帆诸先生皆此。

五、关诗论。以为有可考，有不可考。部分考据可增加诗意，部分考据却是减损诗意的。

六、代诗论。以为唯有考据，诗学方是科学。

项念东与上述部分肯定、或反面肯定、有限肯定的考据论述，皆有不同。他的观点，尤有创见者，可明确概括为"考据即诗"，或"即诗论"。换言之，不仅如大家比较公认的，考据与批评鉴赏相融合，可以使批评避免空洞，考据避免繁琐，而且，考据本身，即是诗意本身。考据的过程，即想象、情感、记忆与美感经验的过程，即考据即诗意。这已经不是一个理论问题，而更是一个实战问题，应以成功典型解诗案例，来加以证明。作者在书中已经举示了不少陈寅恪的考据佳例，来证明其突破性的论述。篇幅所限，此仅补充一例，以助成此说。

柳如是《西湖八绝句》是一首当时广为传诵的名篇。得当时诗坛大佬如程孟阳等佳评。钱谦益更是以诗为赞："近日西湖夸柳隐，桃花得气美人中。""杨柳长条人绰约，桃花得气句玲珑。"（《有学集》）《西湖八绝句》云：

> 垂杨小苑绣帘东，莺阁残枝蝶趁风。
>
> 最是西陵寒食路，桃花得气美人中。

读此诗，即使从辞语考释中，知道了西陵寒食路，与苏小小《歌词》："何处结同心？西陵松柏下"，以及冯延巳《蝶恋花》："百草千花寒食路，香车系在谁家树"相关，也不能懂得此诗旨趣何在。

陈寅恪的考证路线是：时、地、人。这首小诗写于崇祯十二年，柳如是二十二岁。与钱谦益晤，同游西湖。然而这首诗的真正人物却是陈子龙。真正故事背景，是陈子龙、柳如是的心灵秘史。解读此诗的关键线索，即在二人情诗的相关辞语中。

证据之一：陈子龙《寒食》七绝（崇祯八年春）："今年春早试罗衣，二月未尽桃花飞。应有江南寒食路，美人芳草一行归。""垂杨小苑倚花开，铃阁沉沉人未来。"——这是陈柳相思。

证据之二：陈子龙《春思》（崇祯八年春）："桃李飞花溪水流，垂帘日日避春愁。不知幽恨因何事，无奈东风满画楼。"以及陈子龙《桃园忆故人·南楼雨暮》。——这亦是陈柳相恋。

证据之三：陈子龙《春日早起》（崇祯八年春）："独起凭栏对晓风，满溪春水小桥东。始知昨夜红楼梦，身在桃花万树中。"柳如是《五更》（崇祯八年春）："醒时恼见小红楼，朦胧更怕青青岸。"——亦是陈柳热恋。

证据四：陈子龙《蓦山溪·寒食》（崇祯九年春）："……桃花透，梨花瘦，遍试纤纤手。去年此日，小苑重回首。晕薄酒阑时，掷春心，暗垂红袖。韶光一样，好梦已天涯。斜阳候，黄昏又，人落东风后。"——这是陈柳相分。八年春，陈柳同居于松江南园；同年夏，陈的正妻张孺人等，亲往南园，迫使二人化离。

陈寅恪用情史当事人前后关锁的诗词关键，丝丝入扣地重建了心灵史现场，即陈子龙与柳如是于崇祯六年至九年，由热恋到分手的心路。

于是，《西湖八绝句》中"最是西陵寒食路，桃花得气美人中"，就好理解了：

桃花得气：班固《答宾戏》："得气者蕃滋，失时者零落。"孟棨《本事诗·博陵崔护》条，即"人面桃花相映红"。

柳如是不愧为陈寅恪所称道的"奇女子"。她不能忘其刻骨铭心之所爱，西湖春色重新唤起崇祯八年南楼的记忆；然而仅此不足为奇女子。她还要奋力摆脱与陈子龙分手后相思的痛苦，尽管只是暂时的摆脱。她用班固的典语，将唐诗里的人面桃花典改写了。诗中最美是人的形象，一反人面桃花传统中"明年春更好，知与谁同"的俗调，写出女性自主、生命自由的光彩。

由此可见，陈寅恪先生的考证，即考证即诗意。考据不只是手段、前提，而且即是诗意本身，不是得鱼的筌，而即是鱼本身。

陈寅恪的考据之所以本身即诗，不止是有情史的心灵故事，不止是有想象、记忆等诗之因素，更是对弱者尤其是女性的命运的关心，融情感于考据之中，与对象同心相应，所谓"能所双亡，主宾俱化，今古同流"，是有生命的诗学，是不朽的诗学。

马一浮初曾致力于训诂考据之学；继而始悟其非，以为即使训诂精确，于自己身心及民风政教了无干涉（马镜泉《回忆伯父》）。夏承焘曾深悔辞章之学破碎大道，不能有益于身心（《天风阁学词日记》）。而陈寅恪借力打力，以考据救考据，活转中国诗史之学的真义谛，化真为美，转识成智。陈寅恪以现代之力，运其力道，解其魔障，返古典之魅，实为传统中国真正之托命人。

因而项念东这部书，不止为中国诗学之新进境，更是一大见证，表明了中国文化托命传统之绳绳相续。是为序。

2014 年 7 月 20 日

（本文为项念东《20 世纪诗学考据学之研究——以岑仲勉、陈寅恪为中心》一书的序，此书由安徽教育出版社 2014 年出版）

“江山太无才思”及其他

朱祖谋（彊村）、况周颐（蕙风）、张尔田（孟劬）、陈曾寿等，允为近代词学大家名家。然关于他们的作品的研究品评，实不多见。著名古典文学学者吴世昌先生《词林新话》（五卷）（《吴世昌学术文丛》之二，北京出版社，2000年）涉及近代词人多家。吴先生词学贵真，批评率直，故其品评文字，殊堪珍视。《新话》的编者吴令华先生说：“他赞赏时只加圈点，反对时才写批评”，“难免给人以批评多而首肯少的印象”。实则吴世昌先生《罗音室诗词存稿》初版自序已云：

> 彊村号称大家，籍甚才名，亦惟小令间有可观。至其集
> 中警句，如“江山太无才思”，……皆不成文理，遑论优劣！
> （《诗词论丛》，《吴世昌学术文丛》之一，北京出版社，2000年）

几乎是没有什么肯定了。序言是对近代词风流变的批评，尤

其是对自嘉道二张（张惠言、张琦）以还词学崇尚宋学、崇尚比兴风气之批评。在这个观点下，吴世昌先生对朱氏等崇宋词家的"不通文理"指摘尤多。风格意境之辨，见人见智，本文且不涉及。然而我对吴先生关于"不通文理"的评品，则略有异见，兹分三点述之。

一、未明词人铸语之来源

吴先生说："许多索隐派（自名为寄托派）之所以能牵强附会，信口开河，他的'宝'就'押'在某些读者之对词未能准确了解，使他们敢于大言欺人，自矜秘诀。故欲真实欣赏前人佳作，不受妄人欺骗，必须先求透彻了解。"（《论词的读法》，载《诗词论丛》）我们发现吴先生功夫甚深，然而在近代词人方面，还做得不够好。

1.吴先生批曰："彊村《木兰花慢·感春和苍虬》起曰：'问东阑瘦雪，尚消得，几清明？'雪能经夏不化，消得几个清明？六字一副笨相！"（《词林新话》卷五第186则，以下只注明则数）

明案：彊村此乃以雪喻梨花。语出东坡《和孔密州五绝·东栏梨花》："惆怅东栏一株雪，人生看得几清明？"东坡此诗又由杜牧《初冬夜饮》："砌下梨花一堆雪，明年谁此凭阑干"化出。

2.吴先生批曰："（彊村）《汉宫春》如丑女扭捏，弥觉可厌。'试潮妆、微发琼钟'。不通。……'一窠瑞锦'，亦不通。"（第187则）

明案："潮妆"似为一种化妆之专名。吴文英《法曲献仙音》：

"艳拂潮妆，澹凝冰靥。""琼钟"为道教传说仙界之钟。李贺《瑶华乐》："琼钟瑶席甘露文。""一窠"形容堆锦之轻软白盈如雪。刘辰翁《虞美人·白叠罗》："一窠香雪世间稀。"彊村用语皆有所本。

3. 吴先生评曰："陈曾寿《蝶恋花》，题曰：'闻露'，千古未闻露可闻，知君定有神经病。"（214 则）

明案：其实此《蝶恋花》下片即有"欹枕不眠闻露滴"句。题"闻露"，实为"闻露滴"之省，与"听雨""聆风""听霜"等，为同样用法。姚合《秋中寄崔道士》："空庭闻露滴"。李商隐《夜思》："鹤应闻露警"。

其他如"霜鸿"（201 则）"鹃魂"（206 则）"年涯"（169 则）"步月"（183 则）"惨春"（182 则）等，被评为"不通""不辞""不成话"，然细考辞源，皆有所来历。文繁不具引。吴先生也说过："诗是词的娘家，所以词人往往用前人的成句而加以修辞上的变化。……只要能'袭故而弥新，沿浊而更清'，便是上乘。"（《论词的读法》）

二、未审词作全篇之文理

1. 有时，词人并未用典，然仍须细察文理。如吴先生批云："彊村《小重山》尚可，但下片言'荒萤''创雁'，明是秋景，上片言'试春程'，前后矛盾如此。"（184 则）

明案：此词第一句"过客能言隔岁兵"，表明"试春程"乃"过客"所叙去年春天之事也;"隔岁"已清楚表明是两个不同的时间。吴先生说过:"中国文字因为对于时间的区别不很严密,所以有时不如外国诗清楚。……我们读词,最要注意:哪几句是说'过去',哪几句指'现在',哪几句指'未来'?……如果把一首词里的时、空、虚、实弄清楚了,则对于本词的章法,自然透彻了解,毫无歧义了。"(《论词的读法》)

2. 吴先生批曰:"又《摸鱼子》题称改之(刘过)龙洲道人,又云'身世儒冠误否?'真不知所云。正是'道人安得儒冠误,词客须防典故穷'。"(182 则)

明案:刘过晚号"龙洲道人",曾数次应举不第,平生以功业自许,多次上书恢复方略,此正是儒生本色。吴氏此评似不识刘过之其人。刘过自号道人,与东坡自号居士,都没有什么特别的宗门判教含义。

三、未识作者遣词之用心

1. 陈曾寿《浣溪纱·孤山看梅》上片:"心醉孤山几树霞,有阑干处有横斜,几回坚坐送年华。"吴先生批曰:"几曾见孤山梅'坐'?"(212 则)

明案:此句点醒题面"看"字,应是词人"坐看"梅花。坚坐,语本杜甫"老人因病酒,坚坐看君倾",以及张祜"便知心是佛,坚坐对寒灰"。

2. 蕙风《减字浣溪纱·听歌有感》下片:"花若再开非故树,

云能暂驻亦哀丝，不成消遣只成悲。"吴先生批曰："'故树'何以不能再花？"（192 则）

明案：诗不是常识。此花已非彼花，此树已非彼树；喻人生境况，时过情迁，一切皆空幻不实。此由"年年岁岁花相似"而翻案出新。

3. 蕙风同调"渐冷香如人意改"，吴先生评曰："'改'字何不作'减'？"（192 则）

明案：前人成句如"欢消意减，只有愁多"（向），"减"与"多"对；而蕙风此句，则"改"与"非"对，一是量变，一是质变，词意不同如此。

4. 吴先生评曰："孟劬追念彊村之《声声慢》，上句用羊昙事，则下句应为'西州'，而曰'西园处处花飞'。"（201 则）

明案："西园"，语本东坡《水龙吟·次韵质夫杨花词》"不恨此花飞尽，恨西园，落红难缀"，以及周邦彦《瑞鹤仙·高平》"叹西园，已是花深无地"。用"西园"，比单用羊昙事，更饶情蕴。

5. 吴先生评曰："彊村《齐天乐》云：'江山太无才思'，病句。"（185 则）

明案："无才思"，即无情无义。韩愈《游城南十六首·晚春》："杨花榆荚无才思，惟解漫天作雪飞。"辛弃疾《蝶恋花》："毕竟啼鸟才思短，唤回晚梦天涯远。"为何说江山太无情？彊村原句云："年年消受新亭泪，江山太无才思。"《世说·言语》："风景不殊，正自有山河之异。""风景不殊"是说金陵的三面环山一面临水，与洛阳风景一样。怪江山太无才思，正是说江山（风景）

以其岁岁不变的景象无情无义地呈现在词人面前，而不管人间兴亡事。这不仅不是"病句"，而更恰是将此典写活了。

须说明的是，本文用的检索工具是北京尹小林先生的《国学宝典》。以现代高科技武器对吴世昌先生的长矛大刀，胜之不武。然而仍可见出读前人书之不易。吴先生也说："我们读书最大的快乐，在能找出作者的原意，与千载上的古人相视而笑，莫逆于心。"（《论词的读法》）有《宝典》这样的工具，我们确有这样的读书快乐。

原载《文汇读书周报》2001 年 9 月 1 日

略说春联的文化大义

春联实质上是一种综合艺术，书法、文学之外，还有宗教、礼俗、节庆、心理、教化等功能。但是在这所有的功能的背后，还有一种来自华夏文明核心的神奇机关。今天就来谈谈这个"机关"。

春联的核心无疑是"对对子的游戏"。狭义的对对子是天对地，日对月，山对水，是语言艺术，但春联又是一种书写的行为，因而，广义的对对子，包括了书写中的艺术心灵。

孙过庭说的"纸墨相发、偶然欲书"的书写，何等愉快！那是书写中艺术心灵的美妙时刻：中锋侧锋、虚实相生、藏露互见、疏密得当、正奇转换、方圆俱足、形神兼备、刚柔相济……这么多的"对对子的游戏"！曾国藩说的汉字之美，在于其偏旁部首相互之间的"顾盼有情"，老子说艺术的秘密在于"有无相生""计白当黑"，何等美妙！《文心雕龙》说中国美文来自于天地："日月叠璧，以垂丽天之象；山川焕绮，以铺理地之形"，因而"丽句与深采并流，偶意共逸韵俱发"，妙就妙在天地自然的对子，语文的对子，与书法的对子，如此天然地融合在一起，成为一种灵机的瞬间呈现。

然而，这一切又置根于什么样的基础？产生于什么样的民族文化心理，体现什么文化价值？

最早的春联当然是桃符了。桃符是先民们用来辟邪、驱鬼的吉祥物。然而根据陶器、玉器与青铜器上的一些图案，根据《周易》《老子》的一些文字，广义的"对对子"心理，其实更早的时候就产生了。我猜想远古的先民们在一天的劳作之后，在窑洞或田边看月亮星星，看天上的云与飞鸟与地下的水与游鱼，看身边的火对水、锅对瓢、星对昏、门对窗，再回过头来看自己身边的男女、老幼、死生……于是有一天感悟到天地宇宙的一个绝大秘密，就是两两相对，有物必有对，一生二，二生三，三生万物，

在图书馆开展人人写春联活动

于是发明了一个汉字："文"，两两交错为"文"。春联的基因正在里面。中国人文主义的秘密，也就在里面。所以，对对子的游戏背后，是天地宇宙自然的大文。噫！那天地之美、神明之容，借着文字来显了他的灵。然后，唐宋以后的中国文人，才会更多、更经常、更自觉地借助于文字，来对话、感恩、体认与亲证天地自然之美，在新旧交替的年关，召唤这样的美的精灵来临。

于是，才会有这样"对对子的精灵游戏"！不仅不同的东西，可以相互和谐地存在，而且不僵硬、不现成，心中常现灵机，绝不死板；生命总有跃动、永不陷落，永远有想象，有喜气，有创造性。

现在，良辰、美景、赏心、乐事、贤主、嘉宾，汇集一堂，最后，我的博士生，诗人曾庆雨，专门为图书馆迎新春创作了一副春联，她的对子，芬芳馨逸，开阖自如，又大气磅礴，又空灵宛妙：

羊角抟风去，乘九万里云烟，望浩浩天池，探春知未
金箍辟霾来，映三千年书史，开巍巍邺架，含意待申
横批是：游心今古。

原载《文汇报》2015 年 1 月 4 日

一种馨逸美好的心灵如何可能？
——在中国词学国际研讨会上的致词

各位来宾：

大家早上好。主持人要我代表华东师范大学古典文学学科，讲几句话，我有一个想法，不知道对不对，最近这一二十年来，中国古典文学研究受到最大的冲击，肯定是文化史的研究取向对纯文学的冲击。文化史的研究，开荒拓宇，毫无疑问取得了很大的成绩。但是词学有点不同。词本身就是狭而深的东西，能搞出多少新文化史来，我还是有点表示怀疑的。我们再是把城市、女性、物质文化等新东西放进去，又多少能够改变我们对于词的看法呢？词之为物，张惠言说的兴于微言，以相感动，王静庵说的词之为体，要眇宜修。他们都表明了，词应该是代表了中国文化最为深细幽美的心灵，是用特殊材料制成的。何况词像酿酒一样，提炼浓缩了中国文学的精华，来滋养感动我们的心灵，正如蕙风说的"取古人词之意境极佳者，缔构于吾想望中，合吾性灵相浃而俱化"，成为一种芬芳悱恻、馨逸美好的心灵，记得陈匪石先生有一个评语，评晏小山"从别后，忆相逢，几回魂梦与君同，今宵剩把银釭照，犹恐相逢是梦中"，他用了三个排比句，我一直印象很深："其聪明处非笨人所能梦见，其细腻处非粗人所能领会，其蕴藉处更非凡夫所能跂望。"在我的心目中，词就是让我们的生命变得聪明、变得细腻，变得蕴藉、变得温柔敦厚的好东西。古代小说中有一种香草，说熏过这种香草的人，终身都不俗，终身都有福了。词就是我们生命中这样的香草。深情领略、呼吸过这样芳香的人，生命就一定隐藏了某种品质。词学，不妨可以说，其实正是生命中带有香草的一个文化共同体。"香草共同体。"

今天在上海开词学会，我还想到王静庵先生的一篇著名的词学文献：《彊村校词图序》。朱古微先生 1925 年在上海，做了一件很风雅的事情，就是请吴昌硕画了幅校词图，大家都来唱和。后来龙榆生还把它编成一个集子，王国维写了这篇序。我们今天也是大家围绕着词来写文章唱和，有点像朱古微先生他们的诗词雅集。不大同的是，其实这幅"校词图"是朱古微先生及当时的文化遗民心中的一个文学图腾。我认为这篇序的中心是写朱古微他们因为回不了家，身心不得安顿，所以借着词学这个图腾来招魂。核心大义是讲变化的时代，文化人读书人的乡愁。他用历史变迁的眼光来看这个事情。古代读书人与家乡的关系，可分成三个阶段：

（1）古者卿大夫老则归于乡里。有去国而无去乡。（古代与

乡为一体）

（2）后世士大夫乐居平生游宦之地，乐其山川之美也。（变化与自然山川之美为一体）

（3）近世士大夫山川之美没有了，家乡故土也没有了，他们流寓之地，北方天津，南方上海。入非桑梓之地，出非游宦之所，内则无父老子弟谈谑之乐，外则乏名山大川奇伟之观，为什么大家都愿意在这里，而不再回到家乡呢？因为这里有词，有诗，有文。"惟友朋文字之往复，差便于居乡。"反而回到家乡，不能安心。所以，古微先生，"盖以志其故乡之思"也，"其魂魄犹若可招而复也"。所以就画一幅来，大家写诗词来招魂。静庵先生最后感叹："夫有乡而不得归者，今日士大夫之所同也。"我们今天开词学会，读王国维这篇有关诗人的乡愁的序，不禁会想到，那种烟水迷离之致、低徊要眇之情，那种山川、风雨、花鸟外不得已的心情怀抱，那种芬芳悱恻的心灵，已经越来越离我们而远去了，"夫有乡而不得归者，今日士大夫之所同也"。王国维早就说出了中国词人的宿命。那么，让我们珍惜这样的聚会，珍惜这样的小小的文字共同体，借着文字缘、词学缘，来为词学、为中国文学招魂返魅。祝大家顺心、喜乐！

2009 年 10 月 11 日于上海

原载《文汇报》2009 年 10 月 21 日

让古诗张开歌声的风帆

——《千年牧童曲》序

许多朋友都知道，我一直有"把古诗唱起来"的情结。太远的不说，十五年前，日本驹泽大学小川隆博士带学生到华东师大过夏令营，白天无事，要找一个古典文学的老师交流，于是找到我。我们定时约聚，我讲陶诗，他讲寒山子诗。记得最后一次聚会，临别时，小川主动提出，要为我唱《阳关三叠》。他说在日本很多人都会唱的。那是我第一回听到古调的《阳关三叠》。又苍凉又温暖，又远方又亲近，唱得古时阳关的黄昏与茫茫大漠里喝酒的唐人，都在眼前，我惊叹感动莫名。从此，我开始探寻歌唱古诗的途径，无论是丽江的古乐，还是泉州的南音，无论是学院的古韵，还是私人的琴曲——那时完全没有网络，我都努力寻找过类似《阳关三叠》这样的古调。我心里想：居然异乡的日本友人都能一下子将我们唤回千年唐人喝酒的现场；古老而深情的汉字文化圈细节与气息，居然可以凭一种美好的声音重新再现；

久已失传的汉民族乐府诗歌与礼乐文明的精神气脉，也可以借此想像一二，这是何等魅力？有一句日本古诗论说："岂有有生之物，能不放声而歌？"我们的诗歌，作为案头读物太多了；作为有情之声，缺失得太久太久了。我们华夏的先民，喝酒的时候，离别的时候，高兴的时候，悲伤的时候，一定要放声而歌的！小川教授临别阳关之曲，传递的不也正是来自华夏民族远古的生命风神？音乐歌曲不仅有如此魅力，而且仁声雅乐直接接通了一个消逝的传统。我似乎有了一种使命感。

然而，我遇到一个纠结：古调乎？今唱乎？古韵难寻，而且好听的不一定多。古调具有一定的学术传承性，不太能亲近普通民众；而今唱太难，具有一定的艺术表演性，是给歌手或舞台创作的，而且作曲者往往懂音乐，不一定懂古诗，文学修养不够，写出来的东西离古人的意境心情，有一定的距离。那么，有没有既有古人的心情意境，又是写给普通文学爱好者、古诗词爱好者的古调，让古诗真正张开歌声的风帆？我一直在寻觅。在这个过程中，也会有一些收获，像杭州老诗家王翼奇先生教我的《送元二使之安西》与《红豆曲》，我常常在讲座中穿插咏唱，满座为之欢喜，几乎成为我仅有的两首保留节目，然而总是太少，吉光片羽的感觉。

直到偶然有一天，丁树哲教授推荐了这本《千年牧童曲》，一开始，我以为是给小学生唱的儿歌，然而静心试唱了几首之后，我很惊异：这本书居然等了我好久，我也等了这本书好久。我很快就用微信给树哲教授吟唱了其中的几句，表达了由衷的感谢，决心一定要好好学习一下。

这本歌曲属于"今唱",但并不是给专业歌手写的,也不是给周杰伦式的中国风听众写的,它肯定不是古人的调子,但也不是现代人熟悉的流行音乐调子。作者有深切的古典诗歌的领悟力,也下了很大功夫,更有一幅对于古人的温情与敬意,因而真能懂得古人的心情意境,曲风很正,用心细致,虽然不用古调,但也能得其风神气韵。最大的特色即解决了古调太雅与今唱太难或太现代的问题。在当今古诗歌唱千帆竞发的大格局下,作者早在二十多年前,其实就已经一帆直上,做出了相当出色的贡献。

最重要的经验就是"养耳又养心"。养耳是好听,不好听的歌曲不能为古诗插上歌声的翅膀,飞不起来。两位作者有极为丰富的音乐素养与资源,有多年积累的创作实践,民歌民谣、艺术歌曲,好听的曲式随手拈来,皆成妙音,然而光好听,不能得古人的风神意境,就只是一种私人创作,既无公共性,亦无益于传统。这本歌曲集里的不少歌十分用心,能得古人之情。举几个例子。譬如马致远的《天净沙·秋思》,千古绝唱,"枯藤老树昏鸦,小桥流水人家,古道西风瘦马。夕阳西下,断肠人在天涯",除了"夕阳西下"一句之外,其他都是很整齐的六字句三音步,原作的节奏与意境画面感很强的同时,中间又有很多张力,很多留白,无边的漂泊感、温暖的亲情与浓重的乡愁萦绕于画面之间,而变化与强调,就来自"夕阳西下"四字短句。因为懂诗的人都知道,"夕阳西下"这一意象其实有两重意味,一是无限的苍凉,一是回家的温馨。作曲家用两句上下行的重复句来写"夕阳西下"，上行句既照应了篇首的"枯藤老树昏鸦"的苍凉，下行句又呼应了"小桥流水人家"的温馨，接下来更用"断肠人"的重复句，将那种又苍凉又温馨的意味展开得辽远无穷。确实很好传达了古人的意境，又好唱易懂。再譬如李商隐《夜雨寄北》，诗人用"巴山夜雨"这一意象来连接过去、现在与未来，用特定的时空在人生中的重复，以及重复引起的意义变化，表达因人生无常而不必以一时一地的艰难困厄而沮丧，于是生命的艰苦升华为艺术的体味。作曲家非常懂得这样一种怀旧感中包含的苦与乐转换的奥秘，他用 23 21 65 这句的三次重复，回环往复而唱叹深情，于唱叹中情绪变化，由无望到希望，由雨声到语声，由相离而相见，由满满的秋水到满满的亲情，效果十分好。像这样值得玩味的艺术细节，随处可得。

此外，作曲家还善于将不同的曲式与不同的诗体、诗风配合，如边塞诗，就有一点军乐的意味；咏古诗，就用一点戏曲的元素；行旅山水诗，就有各地的民谣影子；童子诗，就有学堂儿歌的风味。总之，赵奉先老师与女公子佳琳老师，资源美富，经验良多，又能贴近文学，尊重古人，因而既得现代的清新，又得古典的淳厚。

欣闻这一二十多年前重要音乐文学的成果，将由华东师范大学出版社重新出版发行，让更多的人了解与认识作曲家的艺术奉献，这真是一件大好事。树哲教授让我说几句，以为我当了多年教诗的教授，比较了解。其实说句真心话，我最愿做的事情，是跟那些有幸唱这些美妙歌曲的儿童，换一下，你们来当我的教授，我来做你们这样开心的"牧童"，跟着两位赵老师的美好音乐，涵咏于古诗歌声的世界，如何？这些"牧童"，生在今天这个古典复苏而有好东西的时代，太让人羡慕了。谁能把我们换一换呵？

是为序。

2018 年夏于丽娃河畔

"葵园"与士的美术

一、唯存葵藿心

许江的葵园，造象浓烈，而义涵深永；画风前卫，而思接千载，要作深透的了解，不妨更多追溯到古典中国的意象世界。

葵园之一

在中国诗歌的书写中，葵向日而倾，姿态强韧、神情执着、耿耿忠诚，表达着一种厚重的古典情感价值。历代有"葵藿之

心""葵藿仰阳""葵藿倾叶""葵藿志""葵心""葵藿向日"等
语词。如江淹《杂体诗·陈思王曹植赠友》：

> 延陵轻宝剑，季布重然诺。
> 处富不忘贫，有道在葵藿。

春秋时代的义士延陵季子出使回国，他的好朋友徐君已死。
延陵毅然解下他的宝剑，挂在徐君墓前的树上，只是为了朋友当
初看宝剑时的一个眼神，以及他自己一念初心的相许。悬剑空陇
的延陵季子和一诺千金的季布，是千年古典士的典范，"葵藿之
心"就是士的标格，表达浓烈厚重的道义尊严。而杜甫《自京赴
奉先县咏怀五百字》：

> 当今廊庙具，构厦岂云缺？
> 葵藿倾太阳，物性固莫夺。

陈寅恪论梁启超的文章里说过，"国身通一"是中国士的本
色。"葵"表达老杜对于家国与民族命运的忠诚的信守与身心一
体之感，形神兼备。葵由此上升到"国士"，也从此总是站立在
深秋里众芳零落的背景，如张九龄《杂诗五首》（其二）：

> 萝茑必有托，风霜不能落。
> 酷在兰将蕙，甘从葵与藿。

以及梅尧臣《和石昌言学士官舍十题葵花》：

此心生不背朝日，肯信众草能翳之。
真似节旄思属国，向来零落谁能持？

更以苏武于举目无亲的旷野中牧羊的悲歌慷慨，来品题葵花之高贵。"草芥贱命，常欲杀身以效忠；葵藿微心，常愿隳肝以报主"（《旧唐书·良吏传下·倪若水》），因此有牺牲的意味，葵花无疑是古典中国的英雄花。因而，民族英雄文天祥以葵作自身的写照，读来大声喤达，声情淋漓：

革命旷千古，被发绵八荒。
漠漠苍天黑，悠悠白日黄。
风埃满沙漠，岁月稔星霜。
唯存葵藿心，不改铁石肠。
此志已沟壑，余命终岩墙。
末俗正靡靡，横流已汤汤。

在那横流汤汤、末俗靡靡的世界里，葵挣扎而站立、尽力向上，执着的身影，坚毅的神情，不仅表达着亘古以来志士仁人们的忠心耿耿、矢志不移，更表达在苦难深重、命运多舛的中国大地上坚守的英雄豪杰形象。其生命情调，乃是一种苍凉悲壮、憔悴忧伤，知其不可为而为之，呈示一种国士生命之美。

我以为文天祥的这首《壬午》诗，已经将许江的葵园精神渊源一一道来。这是抒情传统自血脉而来的集体核心记忆（Central Collective Memory）。葵园所代表的美术，不是一般的美术，而正是当今中国极为可贵的"士的美术"。他深深接通了古典中国的士人传统，首先是士，先立乎大者，然后才是美术、才是艺事。许江有汉子气、英雄气，向来要做事，有士的担当。他的文字论述里，常常不回避"救赎""拯救""思想""历史""东方""远望"这些大词，他的个人画史，也是从"废墟""世纪之弈""历史的风景"，到"远望"的迢阔的精神漂流史。我看过不少现代美术，多少有点"伪海德格尔式"：貌似以海德格尔式的"时间视野"去理解存在，也貌似实现了海德格尔式的"自我出离"的"爆出"或"绽出"的时间，然而孤零零光秃秃的"此在"，并不是海德格尔更深的"缘在"，即回到现代逻各斯中心以前的存在、回到现代语言套套前面的存在。葵园一如美的乌托邦，回归了古典中国的士之初心，即某种程度上回到了去现代之蔽、澄俗念之清的存在，以一种直凑深微、宁拙毋巧的方式，呈现视觉与心象的大美。当然，从这里又翻转上来，其中曲曲折折，一草一木，皆见真章。

二、灵魂画师

不是概念，不是论述，而是先有斯人，才有斯美；士之心，如何翻转上来成为美术？神采风骨、油彩肌里、笔墨感发、意象经营、视觉震撼，都是由内在品质而来。我一直在想，当代中国，有没有"痛"的艺术？许江跟我一样，一九五五年出生。共和国的苦与厄，人民的歌与哭，正是我们一代人痛痒相关的共同心路。90后，00后，可以油滑、轻浅、浮薄，而我们这一代人的学术文章，艺术创作，真的可以没有"痛"么？尼采所云：一切艺术，吾爱以血书者。王国维说，真意境，要有释迦牟尼担荷人类苦难之意。正是说出这一代人的天命所在。无痛的艺术，熙熙鼓腹，游行于世，绝不是这一代人的真情血性。艺术工作者直面时代与人生，肯不肯大声问一问自己："我要看看，这个世界与人生的苦难，我究竟能承受多少？！"

　　许江有没有说过，他要成为这一代人的灵魂画师？他有此自觉。葵园承受很重，冲击力特大，难以言宣。在那个园子里，

葵园

古典中国的葵，不仅是忠诚、信守与英雄，而且繁杂、深沉、晦涩、冲突、撕裂，令人激动难安，绕目三日，意象肌理，久久拂之不去：

我看见了沟壑纵横、黄土干涸。我看见了满脸沟壑纵横的老农民和他的黝黑的乡亲，而山坡上凝固着金色的阳光。

天高云淡，但是很空很高，空气凝固，仿佛是无人的世界里。无水无雨之日子，叶子在风中慢慢卷曲。

散落的葵叶，风中的葵叶，土里的葵叶，烈日如灼的葵叶，是祭祖先的幡，是跋涉的挣扎，是老兵枯干发黄的手掌挥动，是倒在秋天原野的烈烈旗帜……

重重的葵盘深深垂向大地，垂向一道道田埂深处，垂向满脸沟壑纵横的老农民和他的黝黑的乡亲。

我看见疲惫，几代人的疲惫的身影。我看见灾难，其中的爬起、抗争，废墟、战场，甚至看见一具具尸体、堆积的尸体。

我也看见打不散的队伍，说不完的叮咛嘱托，以及纠缠如蛇执着如鬼的影子，以及村庄的上空缓慢张开眼睛的星星，看见风，以及秋风里向着夜空的无数的手臂……

葵最惊心动魄的是"文革"时代的向日葵意象，葵园并没有回避，而是以一种复杂的、"百感交集"的方式，扬弃了这一集体记忆。用许江自己的话来说，"午后的太阳已落在葵的身后"。

我听见葵园的主人，在那里不断地大声问自己："我要看看，这个世界与人生的苦难，我究竟能承受多少？！"

三、大人之象

　　大人之象不仅如释迦牟尼担荷罪恶、如西西弗斯承受苦难、如唐僧师徒化取经目标而为山山水水的过程，大人之象还一如老子所谓"执大象，天下往"——要呼风唤雨，要召唤精魂。我们看葵园以掘井及泉的意象重复擅胜，如诗歌的复沓唱叹，如舞蹈的回旋起伏，如书法的顿挫顾盼，如烧瓷的自然窑变，如音乐的和声复调，葵园里的生灵，繁复地舞动着，歌哭着，肯定着，如巫如魅，在强调葵的形象、葵的线条、葵的色彩，葵的气韵。不妨想象画家于大千世界，偶然拾得一灵芝仙草，或通灵宝玉，然后在其中跌荡自喜，歌哭无端，情感找到了思想，思想找到了意象，始于感动、感悟，终于新境界的开启。士的美术，与士的诗歌一样，是要见天地之美，神明之容的。

　　对于一个过于巧的现代美术创意世界，这里洗尽铅华，归于大朴大拙，去欲望化、去审美化、去哲学化、去人工化、去理性化，回到纯粹美。

　　对于一个过于复杂、平庸与政治正确的现代美术世界，这里大声标榜世界是有差异的：深刻与肤浅、英雄与懦夫、高贵与卑贱、优美与丑陋、善良与邪恶，是可以看到的，将观众引向崇高美。

　　对于一个偏于民族历史虚无、破碎、残缺、断裂的现代精神世界，这里努力修复现代与传统之精神裂缝，召集个人、小众与国族的心灵离散，以大人之象，不随波逐流，不动摇军心，直面危机，担负重任，将观众引向诗性美。

四、命中显义

再回到"士的美术"。风景画实为人物画，葵即是人，士如葵心，在横流汤汤、末俗靡靡的世界里，坚如铁石，信守自己的天命。我读葵园，流连徘徊，葵叶丛集、万象斑驳，我从《雪葵》的静穆、《葵源》的厚重、《葵瀑》的酣畅、《葵阵》的苍莽、《葵望》的豪华落尽，以及《葵园十二景》的激越难安，凡此种种，都是人的活动、人的情意、人的命运，重重叠叠，总读出其间隐约出现的一个"命"字。既不是抗命的"命"，也不是顺命的"命"，那是什么？在中国文化思想传统中，关于"命"，除了顺命、抗命之外，还有第三种方式，即"义命"。屈子是"抗命"的典范："余固知謇謇之为患兮，忍而不能舍也。""世溷浊而莫余知兮，吾方高驰而不顾。""吾不能变心以从俗兮，固将愁苦而终穷。""宁溘死而流亡兮，不忍此心之常愁。"高贵明洁的生命美质不能忍受黑暗污浊的现实世间，最终燃烧生命，毁灭了自己。庄子是顺命的精神宗师。此亦一是非，彼亦一是非，鼓腹熙然，好死不如赖活。然而儒家士人，是义命论的实行者。义命论有两个层次，一是不混淆，先区分义与命，今该干这事，这是义；今干不了这事，这是命。二是不放弃、不委心任运，而命中显义。劳思光说：孔子之立场"是先区分'义'与'命'，对'自觉主宰'与'客观限制'同时承认，各自划定其领域；然后则就主宰性以立价值标准与文化理想，只将一切客观限制视为质料条件。既不须崇拜一虚立之超越主宰，亦不须以事实代价值，或以自然代自觉；而此一自觉主宰亦不须求超离。于是，即在'命'中显'义'"（《新编中国哲学史》第一卷，第103页）。我们看葵园以葵喻人的一切情感诉求，既不夸张天命，亦不神化自我（"与大地浑然一体"）；不崇拜一虚立之超越主宰（"太阳从它们的身后缓缓落下"），也不放弃自觉、俯就命运、玩世不恭（"他们先知死，后知生"），于是，即是在生命的限制中彰显生命的价值。

欣喜的是，葵园是后五四时代的英雄意象。西方思潮洗脑时代之后，如何有美术的中国心？这里不仅有诗思合一的华夏抒情传统，而且有文化自觉。士之美术，首先有文化心灵内涵：一曰觉，一曰健。"觉"是不死的信仰、是对文明价值承担的诚意，是对自己生命的根性的自尊。"健"是儒家之德：人心向上的体验、对社会历史的积极参与的责任、以知识人自身的自信。士的美术，就是表现这种情感与生命态度的美术。士的美术，也是透过色彩意象形式来行使政治思考的美感经验，回应无根、无理、无义、无力的时代病。是为记。

2015 年 12 月 8 日讲于中华艺术宫

2016 年 5 月 8 日补写于丽娃河畔

听齐邦媛、林文月谈家族史

今天，台北寒风凛冽，我乘高铁从桃园北上，专程赴台大图书馆听齐邦媛、林文月老师关于"百年山河"的家族史写作讲演。《联合报》上的海报说，图书总馆的报告大厅限二百人，满了就不再进人。我一早发了一个邮件给台大的萧老师，她回信答应帮我占一个座位。

尽管已有心理准备，我二时半到达的时候，场面还是令我吃惊不小。走道、窗边、屋角，皆站满了人。外面是呼呼作响的北风，室内暖和得可以只穿衬衫，好多年没有看到这样的场面了。但是舞台中央却很安静，一只双人沙发，茶几上有一把很美的茶壶。林老师和齐老师已经双双在沙发上就座，全场静得可以听见呼吸的声音。主持人说这就是老师家的客厅，今天这三百多人都听你们唠家常来了。

"我那书写了一条河，文月写一山。我们合起来就是百年山河。"（众笑）齐老师一开始就说她有一个不平凡的人生，在台大教书的时候心里老是想，只讲别人的书是不行的，我应该有我自己的书。齐邦媛老师耗时五年，以八十高龄、增删数十次，边流泪边写下《巨流河》，六百页、廿五万字，书写她随着父亲齐世英，从长城外的"巨流河"到台湾恒春"哑口海"的逃难经历。主旨是告诉后人，那一代人当年为了中国付出了多少苦难的血、辛酸的泪。告诉后人，二十世纪是中华民族埋藏着巨大的悲伤的时代，同时也告诉后人，那一代人的生命并没有白费，而是成为了一笔厚重不凡、永远宝贵的精神遗产。林文月则是四十多岁时受到"中央文物供应社"邀请，也受外祖父连雅堂"他日移家湖上住，青山青史各千年"美好理想与人格的感召，写作《青山青史》，书写连雅堂不为外人知的精神特质与人生际遇，表彰他在日治时期为了留下台湾的华夏文化血脉传承，孜孜矻矻地修千秋之生命史、立永世之英雄碑。齐邦媛老师说她八十岁重读连雅堂先生的《台湾通史》，深深体会到当时他的孤独、寂寞与坚持。

两位作者都谈到，历史的书写，如何做到保存真实？写亲人的生平，会不会为亲者讳？两人书写的父执辈也都是"历史中了不起的人物"。林文月认为，一般人写父亲或外祖父，可能只是私生活的分享，但她们会碰触到公众领域关心的议题，"作为亲人，我们的书写或者更多亲切，或许更能让外人看到他们有血有泪的一面，不只局限某种僵硬的性格代表"。当然，她书写《青山青史》，也被其中二事困扰。一是连雅堂与艺旦王香禅的交往，经常被史学家渲染。林文月根据大量史料与长辈的说法，发现他们之间是一种"升华为友谊"的深刻感情。连雅堂到大陆东北旅行，便是在已婚的王香禅家中投宿。当然他的诗歌写作，尤其是填词，会加强一种浪漫的情绪，但是实质上并不是普普通通的男女之情。

有读者也曾怀疑齐邦媛将逃难经历写得巨细靡遗，是不是有虚构与想象？她大声说："我的记忆力还真是好，就连母亲哭泣的声音都仍犹在耳，我都还能记得当年的声音、气味。""老人的记忆为什么会这样好，这值得医学来研究的。"

她说最常被问到："为何书中遇到的都是好人？"她答说，父母身边人士富有理想、浪漫情怀、理想的也不少，总在有难时情义相挺，和现代人极为不同，因而此书也展现他们的样貌，"我的父母绝对值得书写，他们为了理想牺牲那么多，即便他们不是我的父母，我也会写，因为值得写"。

《巨流河》里的人物终生都在追寻一种价值，其决心与毅力是这个时代的年轻人所缺少的。"我廿多岁时便开始追寻人生的价值！"当时中国遍地烽火，齐邦媛"觉得自己该做些什么"。八十岁始提笔《巨流河》的她，透露年轻时便开始酝酿这本书，"我想让台湾这一代的人知道，当时中国的真实面貌。"

她们在台上娓娓而谈，我听着十分感动。今天的重点是历史传承四个大字。百年河山，百年传承。让我想起余英时先生在论中国知识分子时的一段著名论断：尽管二十世纪中国社会文化遭受来自西方的重大影响与种种冲击，但是该变的会变，不变的永远也不会变，尤其是他们骨子里深切的爱民族、爱文化、家国兴亡的情怀，一直是不期然而然地传承下来了。青山依旧在，几度夕阳红。"青山"当然是化而为民族青史的山，"巨流河"，不仅是一忧伤的河、血泪的河，而且是一源源混混的河流，历史永续、传承着强大民族文化生命的河流。

齐老师说话非常挥洒自由，随心所欲，然而仔细听来，往往话中有话。譬如她说她的"父母一生真诚奋斗，为了如今看来可能是可笑的理想"，含蓄微讽当今已经抛弃了民族文化理想的台湾社会。有意思的是，台湾的报纸在报道时，居然略去了"可能是"三个字，写成"齐家父母为了'如今看来可笑的理想'"，好像齐老师站在现代人轻薄的文化立场上，完全否定了她父辈当年的追求，好像暗示如今家国富强、民族进步，已经成了可笑的理想，这就是当今媒体人的粗率了。

还是学生有感觉。台大的一个男生起来对齐老师说，他看了《巨流河》，感动得不得了，专门收集了各种有关齐老师的资料、文字，一心一意要来选修齐老师的课，等考入了台大，才失望地发现：原来这么好的老师，都已经退休了。齐老师也幽默："但愿今天终于见到我，不至于令人再次更加失望吧。"另一个台大女生，站起来说了很多感谢的话，突然冒出一句："老师，你从小就那么好，我现在才懂得人生要追求真正的价值，可是我都已经二十好几岁了，这该怎么办呀！"引起全场哄堂大笑。青年人的赤诚热忱，与老师的温暖笑语，让我们见证百年历史中人文传承的一个温馨场面。

齐邦媛老师一开始说，我动手写《巨流河》之前，正是我人生面临告老还乡的时期，可是，还什么乡呀，我的乡在哪里？所幸的是，她透过写作，透过二十世纪的苦难史、抗战史，写出了不仅是她的乡关，而且是海内外中国人为了民族崛起而不屈奋斗的精神乡关。

2011 年岁末于台湾桃园

"我深爱的沼泽地啊"

——序《陈鸿森自选诗五十首》

　　这五十首诗歌所构成的台湾生灵画卷里，景象异常繁富，腐败黑色的沼泽地、芦苇丛中避捕隐藏与惊飞的群鸟、孱弱的儿童一样的人参、丈量着虚空的高度的陨星、佝偻着身子用力开花的怪异植物、装血的袋子似的葡萄、映照着尸骸的腥红的夕阳、假装着天下的格局的奇怪街道上，飘散着无方向的蒲公英，地震的断垣碎砾与裂痕中掘出的一叶叶命运残片与哀哭声、一盏盏荧荧闪动如孤魂的天灯、紧紧蒙着口罩退回洞穴的无脸人……生命的衰败与濒死的存在感如黑云一般浓重的悲剧性色调笼罩着这一生灵之地。然而这只是第一重门。细心的访者会发现在这一幅图景中活动的却并非人物，而是一些病态、疯狂或半疯狂的动物：退化的鸡、委琐的鼠、沉重的牛、咩咩的羊、忘却了刀俎的猪、老迈的虎、执着的比目鱼、耳朵加长了的兔、失窃的鹦鹉，丧失了生的平衡的驴，以及流浪狗、狼、死鱼、蜘蛛……。如此一来，似乎是生与死相连、悲喜剧同台、黑色幽默语调与新闻笔法合力，构成了反讽与揭示、戏剧性与叙事性的张力。诗人的语言又清楚明白又荒诞不经，又梦境般飘忽诡异，又庖丁解牛般精准自如。这就穿越了第二重门。第三重门即历史现实世界之开启，其背景渐渐浮现出来：此一台湾生灵图中，有从国共战场败战撤退来台的外省籍人士，也有战后从战场侥幸活着回来的台籍日本兵，梦见无定河边骨的新婚妻子，旦夕之间成了敌国军魂的可怜亡魂，有受到环境污染灾害而生病的无辜民众，以及心灵受到伤害而畸形成长的后代台湾青年人，有荒诞骄横而虚弱的过气将军，阴暗而欺骗性十足的政客，也有自甘生活于虚妄的幻象之中的文化人与普通人……。其时间跨度包含了戒严体制下的台湾、解严之后的台湾以及政治纷争与两党轮替下的台湾这三个时期。终于来到诗境的第四重门，诗人心灵世界与诗艺创造之显现：政治讽刺、知性反省与故土情深旋律始终交织回旋：无数的甜蜜和辛酸灼热地交融着无数的幻影与虚妄，戏剧化的人生与自我，与深重苦难无解的乡愁，强烈的愤怒、批揭，又化而为长声叹息，残酷无情的真相洞察与爱的能力的萎靡，靠得太近的现实人生谛视与貌似超然幽默的静观，历史的荒诞、存在的虚无及其宿命感融为一炉……。冷的知性、热的悲情，旁观的见证、介入的批判，最后，智慧的启示——政治诗歌五个最重要的基本维度渐渐清晰起来。诗人终于抵达的"慧象""慧境"，创为一项政治美学与转情成慧的不朽成就。

二十世纪的一切真诗都是政治诗。因而，此一项成就深深扎根于独特的台湾政治人生经验。十九世纪末，台湾在日本帝国发动的扩张与侵略战争中遭受殖民统治，更成为日本帝国扩张的跳板与后备兵源地，大批普通民众遭受强迫的背井离乡的远征军苦役，由于台湾卷入太平洋战争而遭至美国空袭，又带来众多平民百姓死伤的惨剧，身心倍受摧残。这个阶段的台湾，身份极为扭曲怪异，既是一个受日本法西斯伤害的受奴役者、受压迫者，同时也是一个受到反法西斯国际联盟伤害的受凌辱者，承受了双重的暴力。诗人描述为："一批无法投递而又不能挂失的邮件 / 神案上几番取下复被供上的无名的木主"；"没有季节没有归途的候鸟"。而战后，没有喘息机会的台湾被纳入世界冷战体系，准军事独裁政权的国民党政府长期实行白色恐怖统治，台湾经历了二二八屠杀，惨绝人寰。这又是受到来自自己的同胞的第三重伤害。而解严之后，台湾族群撕裂，民生凋弊，像一个精神分裂的人又遭受自己内在精神的自我放逐与自我蹂躏，这是第四重伤害，被陈鸿森描述为："像秕谷一般有壳无实 / 空虚的年代"，"充满算计和伪瞒的人间 / 活着 / 像一只在马路车阵中 / 左右 / 闪躲 / 仓皇的狗"，"像没有主题的作品 / 尽是冗费扭曲的文字 / 终究 / 还未寻着一句 / 铿锵有力的结语"。尤其强烈一个意象，是台湾常有的地震：

> 我听得见　土地撕裂的声音
>
> 我听得见　举台崩塌的声响
>
> 崩塌的价值和信仰

碎片纷落　压覆着我

我看不到任何的光

像在墓室

惊恐　嘶喊　无边的暗　直落

另一个惊心动魄的意象是："我深爱的沼泽地啊／当我被你吞没／爱犹是／晾晒前极力扭绞的／湿衣吗？"台湾分明是一个内外俱伤、痛痕累累的苦难之邦。明白了这一层关键，我们就不难理解为什么生灵之地如此黑暗破败，除了魔术师之外为什么几乎全无生人活动，只有一幅夸张扭曲、挣扎荒诞的动物世界图景了。"每个人心中都有一些或大或小的碑，有的有碑文，有的字迹已漫漶。我们凭吊着，同时我们也被他人记念着。"陈鸿森四十多年来苦心倾听地震缝隙中生灵的哀哭与诅咒，细心收集并拓印了台湾人心中的碑文，为我们描绘了此一幅图景，为二十世纪非人道非人性之人类苦难，矗立了一方值得后人忆念流连的纪念碑。

然而，如此丰沛充溢的诗意书写竟然出自一个研究清代考据汉学的一流学者之手！这一现象本身就够令人惊骇了。我认识陈鸿森教授，最早是从台北"史语所"的集刊上知道他的名字，后来有幸邀请他到华东师范大学思勉高等研究院讲"年谱学"，当天他竟然给了我两个惊喜：一个是他凭着精密的考证穿越古人生活现场，居然能带着听众走进十八世纪江南王引之先生的书房，轻轻掀起书桌上的稿本，窥见其正在撰写的某文某书，仿佛王引之刚刚出去散步，书窗前还残留有夏日里的墨香！另一个是，他讲完了王引之与年谱学，顺便讲了他的名诗《比目鱼》，以一种巧妙的幽默配合深入的洞察，揭穿了蓝绿两党政治争斗的荒诞与可悲。我犹记得当时他那一副跌荡自喜、仿佛天真的小孩子指出了台上的大人没有穿衣服的神情。

后来更了解到，鸿森教授对于台湾的悲情命运，有超乎常人的深切痛感。我记得他给我讲他当伞兵的经历，最痛苦的是临跳伞时的恐惧心理：不是害怕落到地上，而是害怕大地上到处都是大片大片的野生芦苇，上面有尖尖的芒刺，不知什么时候，尖利的芒就刺穿伞兵的整个人体！——这个意象不知他有没有写入诗中？那种逃无可逃之地的图景，分明就是像梦魇一样的存在感受。还有一回他不经意地说："台湾的蚊子很厉害，咬一口，血都是浓黑浓黑的。"——这分明也是他心中苦难台湾的颜色。台湾的悲情还包含自然环境的恶劣，一年到头台风、地震不计其数。那年台湾大风灾，他来信说："台风数掠境为灾，全台无欢颜。与兄前此游历之地，竟已化而为泽国。最可怜一片江山，更能消几番风雨……"最是情深一往。因而，读鸿森的政治讽刺诗，先须有一种理解之同情，所谓"血浓于水"的"血"，不是"血气方刚"的斗气好勇之"血"，而是要对台湾的"血雨腥风"感同身受、对台湾人追求现代化的"血路人生"有真了解，然后才有"血脉相连"的体认。

写至此，我的眼前不禁浮现三幅画面：一个是少年陈鸿森。"人生识字忧患始"，陈鸿森说他八岁起，即在村子边大树下，坐在一只小板凳上，帮乡亲们写信。长长短短，言浅意深，几十万字的家书，没有一个字是他自己的，然而成长的生命里很深融进了泥土一样厚的乡情。一个是史家陈鸿森。有一回他对我说："经学这个东西，还是要你们大陆人自己来搞，台湾人毕竟不亲，隔得远了。"经学究竟对大陆意味着什么？治了大半辈子经学，从一个凤山的少年，成为南港的傅斯年图书馆故纸堆里的皓首穷经的史家，为何却去无可往之乡？他没有说。最后一个是诗人陈鸿森。他的《读庄子》：

> 两眼迷离
>
> 校不胜校
>
> 匆匆翻过一卷《人间世》
>
> 不着一字

这三幅画面，都是"不着一字"，而背面有深沉厚重的意思与磁石般的吸力。因而，从某种意义上说，鸿森其人，本身就是历史，就是诗。其诗其人，最耐读的地方，"不着一字"的空白处，或许正是二十世纪台湾大地生灵的书写？一如那无声无息将人慢慢吞没的沼泽，才是无解的命运悲剧？呵呵，我发现我已经写了太多的字，读者诸君，恕我唠叨。是为序。

丙申岁仲春三月于丽娃河畔

原载《社会科学报》2018 年 6 月 5 日

诗如盘，酒如丸

——刘扬忠《诗与酒》书后

大凡古今中外诗人，多少都是与酒有点因缘的。"我是狄奥尼索斯（Dionysus）！"尼采喊道，"我是快乐之神！"尼采活得又醉又醒，又自由又痛苦，最终成为"被钉死在十字架上的人"。"给我拿酒来吧！给我摆上筵席！人本来不适于孤独地生存，我将作一个无心的游荡子弟，随大家欢笑，不要和人共悲恸。"拜伦唱道，于是拜伦主义成为澎湃于全欧陆的一种情感力量，"永远地醉下去！这是值得考虑的唯一事情！如果你要逃脱时间的磨难和它加于你身上的重负，你必须醉下去！"——这是波德莱尔的名诗《醉下去》。"He quaffed off the wine and he threw down the cup ."（司各特《洛钦瓦》：他饮尽美酒，他摔掉酒杯。"）倘无此种姿态，不必定是诗人。

中国有几千年的酒文化。历代酒仙、酒鬼、酒话、酒事之多，这就不须说了。中国古代大部分的酒，无疑是被诗人喝去了的。

中国的事情或许真的有些复杂。譬如说，外国有没有假装喝酒的诗人？没有，他们要喝就"喝下去"了。中国就有些不一样。第一个正式喝酒的诗人，应该是阮籍吧？竹林诸人皆嗜酒，常有饮酒的聚会，以傲视俗士。刘伶是边走路边喝酒，使人"荷锸随后"，何时醉死，何时就地埋之，后人举晋人沉湎于酒故事，以刘伶、阮籍相提并论，其实不然。史传记嗣宗饮酒事，凡六次：临母丧，饮酒二斗，喝得"形销骨立"，大醉吐血，这次算是真的喝了。有一次醉卧邻家美妇之侧，这不像是真的醉酒。司马氏求婚于籍，籍醉六十日以得免；为司马氏作劝进辞，籍沉醉忘作。稍加推究，除因母丧饮酒为真沉醉而外，其余皆假装喝醉，或以为避祸之手段，或以为矫情的反礼。八十二首《咏怀》，只有一首提到酒，而且还是"对酒不能言"（第三十四首），足以说明他不同于刘伶等人，应是清醒的时候多，沉醉的时候少；醒是其真态，醉乃其伪装。在那个"名士少有全者"的时代，不喝酒，他能干点什么呢？我们读《晋书》，知道了王敦与阮裕（阮籍族弟）、王敦与温峤、王周与顾荣的故事，就会懂得阮籍喝酒的意思了。陶渊明诗，几乎是篇篇有酒。渊明的酒，确是喝得极有味道。但陶渊明真的是一个只会喝酒的"自了汉"么？我始终是怀疑的。仔细读他的《饮酒》二十首，你就会觉得他真的"酒中有深味"。这个"深味"，是要读懂他的代表作《赠羊长史》，以及他晚年最成熟的思想结晶《桃花源记》并《诗》，才能晓得。可惜，今人已是读不懂陶诗的了。陶、阮的饮酒，都与西方诗人大异其趣。

中国诗人在酒杯中创造了极为丰厚的文化意涵，这更是西方人不能望其项背的。随手举几个例子吧："腹中贮书一万卷，不肯低头在草莽。东门酤酒饮我曹，心轻万事如鸿毛。醉卧不知白日暮，有时空望孤云高。"（李颀）你想那"一万卷"书香所酿出的酒香，这酒还不越喝越有些历史么？"醉里挑灯看剑"（辛弃疾），"兴来买尽市桥酒，……匣中宝剑夜有声"（陆游），煮酒谈兵，舞剑酣歌，这更是中国诗人的代代相承的狂侠古风。"李白斗酒诗百篇，长安市上酒家眠，天子呼来不上船，自称臣是酒中仙"（杜甫），借着酒力，武松可以拳打白额吊睛虎；同样是仗着酒胆，李白笑傲王公，敝屣富贵，更可以"戏万乘若僚友"。"绿蚁新醅酒，红泥小火炉。晚来天欲雪，能饮一杯无？"（白居易《问刘十九》）此一帧诗简，涵有何等温厚的中国人的性情之美，简直已将那时间，永恒地凝固在那一刻了。"劝君更进一杯酒，西出阳关无故人"，那"阳关三叠"的声音，几千年了，依然新鲜如斯。中国人重感情，讲义气，又豪爽又朴厚，又热烈又温婉的人情味，几千年了，亦依然不变如斯。"清明时节雨纷纷，路上行人欲断魂。借问酒家何处有，牧童遥指杏花村"，这春天、雨，这远远的杏花村的销魂意味儿，真的说不清楚。"衣上征尘杂酒痕，远游无处不销魂。此身合是诗人未？细雨骑驴入剑门"，诗人自己都说不清楚，我们也就不必说清楚了。倘无酒，中国的诗，还会这样得美妙么？倘无诗人，中国的酒，还会如此得有味道么？倘无"一曲新词酒一杯"，去年的天气，去年的亭台，还会有那样得好么？倘无那"浓睡"也消不去的"残酒"，还会真的有那绿的"肥"、红的"瘦"么？倘无那"红酥手，黄滕酒"，那满城的春色，还依旧那样得浓么？我们或许可以说，中国文化的精致处、蕴藉处、深沉处、高远处，大半在酒杯里面藏着哩。粗笨人不能懂得，浮嚣人未能梦见。乾隆皇帝是滴酒不沾，而又是中国最多产的诗人，他的四万八千多首诗中，不曾出现一个酒字。可是他的诗歌，又有多少诗味呢。我尝以为，中国有美酒十斗，古代诗人已饮去八斗，历代达官贵人、村夫俗子饮去一斗，你我现代的有心人，只好共分此仅存的一斗而已。

近人胡山源有《古今酒事》，搜罗甚富。鲁迅先生有《魏晋风度及文章与药及酒之关系》，是一篇文学史研究的经典。现在我又读到了刘扬忠先生的《诗与酒》(台湾文津出版社，1994年)。是书主旨，"在于考察古代诗歌中所反映的酒文化、酒风俗、酒心理与时推移的过程和规律，从一个侧面窥见民族心态的某些演变轨迹"(第240页)。捧读一过，颇惊异于作者文学史功力之深——李白及盛唐文化的青春热血、东坡的内省式的求适精神、陆游的狂与前人之不同、辛弃疾的酒世界中的热切与悲凉，以及晚明人的趣味人生，等等，皆以诗酒因缘穿引其间，缕缕说来。山水与曲蘖，乃是映现中国诗人心灵境界的两大尤物。我曾大而化之地写过一本说山水诗的小书，也曾想过写诗酒因缘；扬忠先生说他好此杯中物，我亦有此同好，现在读了他的这本精雕细琢的好书，又记下一点引发的感想，也算是了此一段心缘酒缘。想到黄宗羲《明儒学案发凡》中谈到著书的主旨与内容的关系时，曾引杜牧之说："丸之走盘，横斜圆直，不可尽知。其必可知者，是知丸之不能出于盘也。"诗如盘，酒如丸；如"丸之走盘"之美，质之读者诸君，是书庶可当之乎？

水云、飞鸟与南朝的鞋子

一百多年前，台湾云林口湖地区，要么是几十年潟湖，要么是几十年湿地，循环交错，随着大自然本身的节律变换。如果不是人的参与，千万年也这么过来了。

不幸的是，二十年前，大自然又将潟湖收回，地层下陷，人们苦心经营的家，面临破败：街道、工厂、车间、电线杆，甚至居民的祖坟，都渐渐下陷。

一个专门从事检骨的巫师或命理先生，将一块块人骨的碎片，用胶带粘好，放进一个罐子里，让亲人拜。海边一座二三层的小楼，称为纳骨楼，孤立而突兀，既无奈，又不舍。隐喻着人与自然之间怨爱交织的关系。

这正是我在台湾纪录片《带水云》中看到的场景。影片中，一条被水淹而废弃的自行车专用道，一个人骑着车趟水而前。里面都是云的倒影。隐喻着人与自然相处的多情、天真与无奈。一些镜头表现人对土地的情感：长长的废电线，在风中抖动着，不舍地牵系着人心；一只空椅子，在水淹后干枯的草丛边。

《带水云》获 2010 年台湾国际纪录片双年展评审团特别奖，导演是黄信尧。

影片的结尾无疑是道家美学的胜利：用很多特写、抓拍、长镜头来表现各种珍奇的鸟类的欢乐。现在人都走了，重新成为湿地，虽然是人类的家乡的失落，却是鸟的家乡的回归。人不要自作聪明，去干扰万物的生命节律。这就是影片的结论。正如老子说：反者道之动。又说：道法自然。

《道德经》第二十五章云：

> 人法地（河上公注：人当法地安静和柔也，种之得五谷，掘之得甘泉，劳而不怨，有功而不置也），地法天（天澹泊不动，施而不求报，生长万物，无所收取），天法道（河上公注：道清静不言，阴行精气，万物自成也），道法自然（河上公注：道性自然，无所法也）。

"道"，不是什么抽象的、高高在上、远离万物的主宰，而是万物自己生成、自己发展、自己实现自己、自己决定自己；"自然"也绝不是自然界，而是自然而然，道法自然，就是"道"以万物自身的生长为根本，不再以其他目的、其他规定为根本。道法自然是万物自己如此，非创生、非设计、非操控、非压迫，是尊重生命的本身、内在的力量与美好。"道法自然"不仅是中国最深刻的美学与哲学，更是世界文明史上的永不磨灭的思想之瑰宝。

当今世界上最好的美学家，都懂得"道法自然"这一古老的东方智慧。台湾的东海岸非常美丽，然而在要不要开发东海岸的度假村这个问题上，全岛争论不休。于是请来意大利美学家来参与讨论，因为意大利也有很多美丽的海岸线。意大利美学家明确地说：不要开发。

因为道法自然。一旦开发了，自然就改变了，成为为了人的目的而存在的事物。台湾东海岸自有其自身的美，如果为了迁就人的需要，东海岸气象万千的美，就将残破而渐渐消亡。

杭州西湖边有一座美丽的山——宝石山，山上有一座美丽的石塔——保俶塔。在西湖波光粼粼的映衬下，端庄秀美。但是杭州为了让西湖更美丽，就给宝石山上的树干上，缠满了各种小彩灯盏，晚上远远看过去，宝石山在夜空中璀璨夺目，更美丽了。

可是，杭州有一位老诗人，我的朋友王翼奇先生，却很认真地给市长写了一封信，说：有没有想过，鸟高不高兴？鸟晚上会不会睡不好？

人不能为了自己觉得好看，就更多地以人为的东西，去取代自然的东西，过多地用人的有限的感官，去取代自然的无限的感官。事实证明，越来越多的人造品、人的设计与操控、人的思想与美感，蛮横、过分、骄奢淫逸，甚至暴力地凌驾于自然之上，让世界变得越来越丑陋。

杭州的主事者，终于采纳了老诗人的建议，只在周末开灯。于是平时的日子里，宝俶山的鸟们又回来了。花香、鸟语、草木精神的西湖，才是自然的西湖。

由此可见，道法自然的古老中国美学智慧，并非只是一个文物化石或观念标本，也不完全是保留在故纸堆里的记忆，而更是当代一个有鲜活生命、有真实力量的思想。它在现代世界，越来越显得珍贵。

"道法自然"的观念，不仅是人如何与社会相处、与自然相处的方式，而且是人如何与自己的心相处的方式。苏东坡是这方面最好的导师。《东坡志林》中沈麟士的故事有意思：

> 刘凝之为人认所著履，即与之。此人后得所失履，送还。不肯复取。沈麟士亦为邻人认所著履，麟士笑曰："是卿履耶？"即与之。邻人得所失履，送还，麟士曰："非卿履耶？"笑而受之。此虽小事，然处事当如麟士，不当如凝之也。

沈麟士是南朝宋时期的一个高人，家里非常贫穷，很小就以织帘子为生，但是他好学不倦，在京城边打工的同时，遍读经史子集四部之书。他后来隐居浙江德清吴羌山（又名乾元山）讲学，学生多达数百人。学生都是远道而来。为了长期听课，他们逐渐在沈的住所周边，自造了一片片"学区房"，依居其间，自成一市。因而当时流传"吴羌山中有贤士，开门教授居成市"的美谈。上面这个故事，是刘凝之与沈麟士做人的对比。刘凝之被人指认穿错了鞋，就把自己的鞋子给了那人。那人后来找回丢失的鞋子，把刘凝之的鞋子送还回来。刘凝之却再不肯要了。沈麟士也被邻居指认穿错了鞋，沈麟士笑道："是你的鞋么？"毫不犹豫地还给那人。沈麟士也不去分辨自己为什么竟然会错穿了邻居的鞋，这样对他的名誉有没有损失等等；邻居后来也找回了丢失的鞋子，送回沈麟士的鞋，沈麟士还是笑问："不是你的鞋吗？"笑着收下了。他没有去指责邻居为什么诬陷他、诋毁他，也没有让邻居赔礼道歉，更没有嫌邻居穿过的鞋会不干净等等。东坡认为，这虽然是小事，但是处事应当像沈麟士，不应当学刘凝之。

我们当然可以从"难得糊涂""处事淡然""得失不计"等角度去解读沈麟士的故事。然而，最核心的一个观念，正是"道法自然"。难得糊涂、处事淡然、不计得失等人生智慧，都是从"道法自然"这一根本观念而来的。为什么真正的"糊涂"很难做到？正是因为世间人人自以为是的聪明太多、计较太多，忘记真正聪明的、最终胜利的，是天道本身的自然而然，人最终逃不过自然本身的规律。处事为什么要"淡然"？得失为什么可以"不计"？其根本原因都在于你如果激烈地、惊天动地地"处事"，分分厘厘地算计得失，杀伤的是你自己，因为你终究斗不过一切本然的时间与命运。

这样说，是不是就放弃现代人的拼搏、奋斗，成为消极、宿命、一切听从命运安排的懒汉与虚无主义者？不是的。第一，该奋斗的还是要奋斗，该拼搏的还是要拼搏，只不过，不那么任性、好强、绝对，而多一种选项：胜固欣然，败亦可喜。知进退，识盛衰，处世超然，生活纯然，有无或然，一切本然，不亦乐乎？第二，"道法自然"除了消极的意义，还有更积极的意义，即：使每一生命，都能活泼泼地生，让每一生命，都能自由自在地生，让每一生命，都能做自己的主人。沈麟士尊重了邻居，让邻居顾全自己，他成全了对方的同时也解放了自己；更重要的是，沈麟士最终并没有像刘凝之那样，让一双鞋子的命运来主宰自己的命运；沈的高明即是退一步天地宽，做了自己真正的主人。噫！东坡一句做人当如沈麟士，真是大有深意。

原载《文汇报》2015 年 6 月 5 日

辑四

我的汉学缘

　　题目是陈珏兄给我出的。谢谢他给我这样一个机会，讲讲我所交往的前辈汉学家。我算是一个与老辈汉学家有福缘的人。叶嘉莹教授为我开过车，宇文所安教授喝过我的酒，陈庆浩教授为我烧过菜，林毓生教授为我们一家驾车并当导游，杜维明教授在厦门机场等了我一个小时，兴膳宏教授与我同坐台北到高雄的高铁。……1994年，我在香港访问饶宗颐教授，结束访问后回上海，临走前一天，饶公打电话给我，说我给你写了一幅字（我根本不好开口主动向饶公要字），但是写完以后后面的纸还有很多，我又给你画了一幅画。我拿到手一看，画的是江南水乡，题诗有一句记得是"舟到姑苏第几桥？"大师送别一个小辈，特别有情有义。从香港到台北，从波士顿到温哥华，从上海到巴黎，我都有汉学家的朋友。其中最让人不能怀念的是两段缘，一是上世纪八十年代末，我跟王元化先生做学问，王先生身边总是来来往往有不少汉学家，这使我有很好的机缘，扩大视野，磨砺思想，增进学术。二是后来我有机会到香港跟饶宗颐先生两次学习，前后有半年的时间切近地观察与访问。饶先生是汉学泰斗，我从他身上也努力想学习，但是接不上，学不来，只能是高山仰止，心向往之。下面是我与他们交往中的两件印象深的事情，挂一漏万，更系统更全面的回忆，只好留待将来：

一、九十年代末二十世纪初的某一天，饶公来上海，住在国际饭店，他打电话给我，提出要见王元化先生，要说服王先生做一件事，即新编《经典释文》，饶公认为，随着大量出土文献的涌现，已经到了一个新经义时代，完全有条件有需要，将过去时代的《经典释文》重新做一遍，成为继唐代之后我们这个时代的标志性经学成果。他觉得唯有一个人可以做这个大事，那就是曾经主持过《古文字诂林》的王元化先生。饶公说，王先生就是清代的阮元，只有他才能主持这件大事。王先生当时与饶公在上图晤面，两人详细谈了这个计划，可惜王先生后来顾不过来，没有把这件事情做下去。我认为这个计划依然是值得做的，饶公的这个创意依然非常有眼光，一部集大成、全面系统、重新订正的《经典释文》，一定会成为新的经典时代标志性的学术里程碑。从这个例子可以看出，汉学家不完全是只在打一些局部的战役，他们也往往有全局的眼光，能做大事，能造大的格局与形势。

二、汉学家以学术为己任，以求真求实为目标。他们往往更多争论，在学术问题上有自己的独特主张。尽管也会有一些不愉快，但是毕竟不妨碍他们是朋友。比如我所知道的饶公与钱穆先生关于楚辞地理的争论，饶公与欧洲汉学家关于中国先秦文化是不是萨满文化的争论，不妨碍他们是好朋友。譬如余英时先生与新儒家关于宋代理学与哲学的争论，私下余先生对牟宗三先生还是十分敬重的。譬如王元化先生与林毓生先生关于五四反传统的争论，他们后来成为心心相印的莫逆之交。林毓生先生亲口告诉我，他与余先生、张先生，常常会通电话，他们讨论一个问题，究竟中国思想是一元的，还是二元的。所谓一元就是我们说的所有的儒家以及中国思想，都是为统治阶级服务，用鲁迅的话来说，儒家是帮忙的，道家和佛教是帮闲的，一元就是他们的立场与宗旨是一致的。二元就是儒家毕竟有超越的道，道自有其文明与文化的基本价值，基本宗旨，相对独立于统治集团的利益。争得很厉害，但也不妨害他们是最好的朋友。

　　所以，独立思考，自由讨论，汉学家以学问求真求实为根本精神的治学态度，勇于开拓学术视域，有大的关怀与问题意识，是最值得我学习的。

我的图书馆飘流小史

禅宗和道家的高人，常说"静默之中有无限的大美"。在图书馆里那无边无际的寂静里，有世界上最美妙的声音，常令人无端地感动。"如果世界上有天堂，那就是图书馆的模样。"我常常想，真正的天堂大概是没有的，然而如果没有体验过精神上贵重的"黄金屋"，心灵上美妙的"颜如玉"，如果没有体验过"洞中方七日，世上已千年"的现代神仙时光，可能此生也算枉自空来人世了一遭罢。

所以，我决定收集我的图书馆记忆。重温"那些年我在过的图书馆"，以报答那"天堂"般的恩典于万一。

一

第一个要说到的"图书馆"是北京的柏林寺。那些年，国家专门给研究生一笔考察费用，可以访问名师，可以到图书馆查资料。1984 年冬天，我读硕士研究生的第二年，只身往北京访学。由于某种机缘，我深受当时还不大为人所知的熊十力先生《新唯识论》吸引，此行最重要的目标，即是寻找当时未出版的熊十力四十年代的著作。在八十年代初期，刚刚从思想解放的大浪潮平静下来，我怀着寻访秘籍的狂想，兴冲冲到了北图，然而管理员却告诉我，由于整修的原因，我所需要看的那些书，包括钱穆、牟宗三、唐君毅、方东美、徐复观等的书，以及《学原》《鹅湖》等杂志，现已迁到一个叫柏林寺的地方。我当时一路念着"柏林寺"这个名字，不知不觉的，竟然在冬天里寒风呼啸的京城，有点书剑飘零的陶醉。好不容易找到了坐落于雍和宫东侧的柏林寺。至今已不甚记得，这是清代哪一个皇帝修过的古寺。一间长长的厢房，两面都是开敞明亮的玻璃窗。噫！气氛出奇的安详、踏实而宁静。有一种后来我在世界上最杰出的图书馆所屡屡遭遇的那种冥想的气息。外面是刺骨的风雪，里头温暖如春。火炉上一只大铁壶总是轻声地"滋滋、滋滋……"冒着热气。开水是免费供应的，中午，我常常就着火炉烤馒头吃，然后直到关门才离去。那阳光的窗，那发黄的书页，尤其是那冒着热气的大铁壶的声音，在寒冷的京城里，显得特别有情有义。记忆中少年时代寒假里的清晨，若醒若梦的睡乡里，也总有一只在火炉上"滋滋"地冒着热气的水壶，而炉边也总是少不了母亲的一纸留言与一碗温热的醪糟鸡蛋。

　　我惊异地发现，那里的书已经等我很久。柏林寺，那隐身于国子监背后的京城小寺，不啻我的学问生命的一种特殊地缘。这些年，我时时在想，冬天里的柏林寺，一扇扇疏疏地洒入阳光的窗棂，异样隔绝而充实的读书气息，以及那个"滋滋"冒着水气的大铁壶，……还有么？

二

1994 年秋冬，我在香港中文大学做访问学者。中文大学有三座图书馆，一是在山下，崇基学院的图书馆，长于宗教、艺术与西方文献。一是在半山的中央图书馆，富于当代各种文献。还有一个即是山顶上的钱穆图书馆，以丰富多样的历史人文典籍见长。这三个图书馆都使我十分享受，相对于内地来说，我所感受到的是全新的图书馆理念：所藏即所见，所见即所得，自助的服务，完全的开放。中文大学并没有太多的珍本善本古籍，然而那里极其丰富而优质的中外文期刊，美伦美奂的艺术史图册，大开眼界的新近港台文史著述，尤其是厚重珍贵的民国时代的著述，包括我校苏渊雷教授、吕思勉教授、施蛰存教授和锺泰教授等未曾重版的旧书，呵呵，那时教我懂得了原来民国学术的成就绝不可小视。鱼跃鸢飞，深山大泽，新鲜的信息如带着露水的朝花，旧的书籍如秘藏经年的醇酒，在每一个馆，都充分体验到从未有过的信息富足与自由呼吸，不知不觉的，三个月就过去了。

值得一提的是，钱穆图书馆的外环境，庄严大气。旁边是新亚书院的纪念碑，上面镌刻着每一个在新亚书院毕业学生的名字。我后来知道了钱穆图书馆就是在原先的新亚书院的基础上建立的，渐渐知道了新亚书院融入中文大学的挣扎、尊严与悲情，了解了钱宾四、唐君毅诸新位新亚前辈如何在"花果飘零"的时代里"灵根自植"，守护人文中国文化尊严的大愿力。我看书累了，就坐在钱穆图书馆的草坪上休息。放眼眺望，脚下是白鸥浩荡，四面是波光粼粼的大海，迎着满怀的海风，心中常有无端的感动。

"这么晚了，那里究竟藏着什么宝呀？"每当我踏着月光，或昏黄的路灯，像一个酒喝得有点微醺的归人，从山间小道拾级而返，隔壁的老李——区域经济学的访问学者，总是用狐疑的眼光，不解地问："为什么八点钟了，还不下来吃晚饭？"很多人真的不知道，有比饭还香的书香；很多人不知道，越是在图书馆里泡得久了，沉得深了，越是对图书馆有一种不舍的深情。

我今天更清楚地理解了：图书馆不完全是用来被利用的，不单单是用来挖宝的，不全部是用来完成论文与课题的，图书馆的真正、充分意义，有时就是无意义，就是一个享受沉思默想的地方，享受读书乐趣的地方，图书馆当然是启蒙与人生奋斗成功的地方，同时也是不具功利意义，是人生少有的单纯的快乐与纯粹的美感的所在。我有幸

作者在图书馆工作照

领悟了这个意义，那是从香港中文大学图书馆的日子开始的。后来，读小学的儿子，为什么那么酷喜美国一个小市镇安静的图书馆？像鱼儿思念大海那样，每个周末向往着那个图书馆，我从他的身上，重新理解了那种原本是属于孩童时代本真而单纯的喜乐。

三

从理论上说，哈佛大学有八十多个图书馆。与中文研究有关的，就有十个左右。在全世界的中文学界，哈佛燕京是一个传奇。记忆中路口有一个报箱，有三份免费的中文报纸供路人取阅；记忆中燕京图书馆门外不远处，总有一个流动的快餐车，有各种诱人的西式饼食或面食，在那里用餐，可以节省好多时间；记忆中燕京图书馆的两台扫描机，总是有人，来自大陆的博士生与教授，在那里尽情地、排队地扫描图书，大家谑称为"扫书"；记忆中善本书库的沈津先生，永远是那样忠于职守，取书、理书，对着一个屏幕，观看着善本室里的种种情况。——天哪！他那五百多万字的"老蠹鱼"笔记，竟然是晚上熬夜写成的。有一次我调阅明代一本关于西湖的旅游指南，他有点好奇问我为什么要借这本书，而我的回答有点让他失望。等我归还的时候，他才给我一份复印文章，原来是他几年前撰写的一篇有关这部古籍的书评。休息时往沈津先生的小屋里聊聊天，除了会学到很多东西之外，还可以欣赏他的精气神，譬如，他会翻开桌子上大部头的这本书、那本书，指天划地、口无遮拦地说："你说这也算是写提要？""哎，书都没有看到，好意思这样写？""我给他打电话的，不能这样写文章的！"世风已变，然而沈先生还是那烂柯山上的观棋人。如果说图书馆的魅力还有一大半在图书馆人身上，那么，古人古意的沈先生，也正是哈佛燕京一道美妙的风景呢！

呵呵，到过燕京图书馆，是真的大可用来炫耀一番的！走遍全世界，凡有古籍的地方，都知道燕京图书馆的方便与美富。除了善本书库，哈佛燕京图书馆给我留下最深印象的是最底层的亚洲汉籍。如同古代侠客的深山寻觅宝典，真的要通过一条只容一人侧身而下的旋转楼梯，才能到达那个秘室！我不知道这个设计是出于什么样的灵感。这里无疑是哈佛燕京的最有特点的特藏，还收藏了包括越南、日本、韩国出版的大量汉籍。尤其是韩国出版的中文著作，约有四千多部，内容涉及经史子集，一个馆的收藏，比整个中国大陆和台湾收藏的韩版汉籍加起来还要多两倍。在那里浸泡几天下来，千年前世界汉字文化圈的伟大、辉煌与深不可测，真的可以感受到一点了。马一浮先生有一副写图书馆的诗联："灵山咫尺能相见，玉海千寻不可量"，放在这里，真恰当得很。

与在哈佛燕京泡过的学人一样，我也在那里练就了大规模古籍拍照的本领。燕京图书馆借书，几乎是无限量的。说来有些唐突风雅，我常常用一个黑色拉杆箱去借阅古籍，不到一个星期，就全部拍照完成了。我利用这批汉籍，写成了《略说海外汉籍中的江南认同》《偶像破坏时代的江南意象：哈佛燕京所见日本近代江南纪游诗四种略述》等论文，并且校正过大陆有关日本汉籍最新出版物的失误。

我在燕京寻宝的故事说不完。其中令人感慨的是竟然找到我二十年前一本小书，名为《余心有寄》的台湾版本，而我自己竟然完全不知道。就像一个失散多年的孩子偶然相见，尽管只是暂时的重逢，抚卷久之不舍归还。后来我回国也居然通过孔夫子旧书网从台湾淘到了一本，有一种人各千里、失而复得的歆幸。

四

五月里的温哥华是一个芳菲的城市，最忘不了与钟锦兄一起全城访旧书，满地的樱花飞舞，追逐着我们收获甚丰的"香车"。此外，常乘 Skytran 转巴士往哥伦比亚大学（UBC）亚洲图书馆看书。图书馆的前面有"仁义礼智信"五块大碑。最令人难以忘怀的是二楼那个自然采光的开井式天花板，自然光透过一个圆锥形的天窗洒在桌子上，有一种引领人向着光明上升的崇高美感。

在那里看到了久负盛名的蒲坂藏书，一本红色的目录，著录了堪称北美最卓越之中文古典学书目。我在那里面找到了一些《文选》的版本，如果要做文选学研究，其中不少批注本很有价值。那里的拍照也是完全免费的。但是随心所欲地调阅古籍已经渐渐成为一件十分奢侈的事情，因为，不仅是亚洲图书馆，整个 UBC 的图书馆都面临一场深刻改变：图书馆不再是一个藏书的地方，而是一个享受学习的地方，书的空间要让出来，吸引更多的学生到这里来思考、讨论、写作或冥想。我遇到一位聘自大陆某高校的古籍整理学者，她正在为亚洲图书馆的古籍打包。"他们要把这些书送到很远的地方去，为了腾出更多的空间给学生。""有些汉学教授也抱怨：这样一来加拿大最富的古籍收藏馆，将失去它最迷人的传统。"但新空间新价值兴起了，图书馆的变化毕竟适应了现代学生的需求。

每一本书的背后，其实都是幅活的生命，活的人格。读其书，想见其为人，是中国阅读学的一个传统。图书馆要能提供一些工作室，以供著名学人使用，无疑将提升图书馆的品味，增加图书馆的内涵。因而对我来说，亚洲图书馆的一个亮点，就是可以经常碰到叶嘉莹教授这样的老师。叶老师风雨无阻，每天准时到图书馆来看书写作。好几回，我看见她缓缓地走过很宽阔的书库，在寂寞无人的书架穿行，走到她的小房间去。她那每天准时有规律的到来，那清癯、宁静、执着而不停息的神情步态，在巨大而静默的书架背景衬托下，给我一种很深切的印象。

我们也会偶尔与叶老师聚聚。有一次还是乘她的车，半途中还停下来到眼镜店，大家一起帮她确定哪一种镜框比较好。在那次席间，她出示了先师在三十年前赠送给她的著作。也是那次，她慎重推荐了她的学生，一个诗书画俱佳的北方才女，报读我的博士研究生。

既有人书俱老、人情温厚的旧时月色，也有新新不已、锐意开拓的现代创造，这就是 UBC 亚洲图书馆给我的印象，这同时也是当代图书馆面临的最前沿的战略挑战。

五

台湾"中央大学"图书馆的馆长是一个诗人型的学者：研究台湾文学的李瑞腾教授。所以，他特别有想象力，特别有花样，将图书馆经营成了一个诗意盎然的地方。印象深的是那个图书馆的门厅：总有宝岛特有的鲜花与绿色植物；与此相映成趣，在咨询台里，有一位美丽热情，总有着灿烂笑容的馆员，回答你的问题时使你感觉到自己正在成为一个嘉宾，也让你感觉到她是永远清新得像一个新鲜员工；而她身旁的几位年轻的义工或工读生，总有她的影子在，也那样生气勃勃、富于感染力。我想，图书馆的门厅咨询台其实是图书馆的眼睛：如果咨询台没有人，总感觉到双目无光；如果咨询台人气十足、主动接待，好比一个人用热情的眼睛看着你。此外，大厅的中央总有变换着各种花样的主题书展，使我不费力气，即能了解到汉语世界某一个专题的纵深书写谱系：从台湾某山的魅力，到意大利某水的风情；从抗战将领诗词，到文学与治疗的关系；从爱情哲学，到音乐叙事……。主题书展把那么多相同主题的书聚集在一处，书与书之间会产生奇妙的联系，就像韩信点兵，衰兵败将也面目为之一振。门厅另一个迷人之处是新书架，在不大的一两个架子上，专门陈列近到新书，随意翻阅，手感温洁，纸墨犹香，而且旁边舒适的沙发，使图书馆兼具诚品书店的魅力，不得不叫人每天都想进去逛一下。

还有"中大书架""教授书画展""签名售书""二手书捐赠"……一到节日，门厅就像学校的大客厅，富于各种节日独特的氛围，小礼品、海报、义卖活动、抽奖、春联书写……。在"中央大学"，再也没有第二个地方像图书馆的门厅这样表情生动、身姿活泼，这样充满了浓郁的人情味、书香味和小布尔乔亚式风情的地方了。当我离开"中央大学"的那天清晨，北风呼啸，学校已经放寒假，图书馆还没有开门，我把一本本的书，陆续放进门口的自动还书箱，听着那"咚——，咚——"的声音，好像我心里头某些重要的部分，也留在这个图书馆里了。

六

我的图书馆飘流小史，当然不会忘记华东师范大学图书馆。读博士的日子里，最初的兴奋即是可以自己出示一下博士研究生的证件，然后堂而皇之地拿着一块磨得玉润光滑的木板，屏神静气地在森林般的书架之间寻访，好像是带着皇帝的墨敕手令点兵点将的钦差大臣。留校后多少炎热的暑假的日子里，图书馆的古籍部成为我销夏的好去处，在那里完成了有关近代上海诗学编年的著作。忘不了当我远在异国他乡，居然可以凭着一行电邮，轻易便捷得到图书馆咨询部馆员的耐心解答与帮助，也可以通过校外访问，轻松快捷地调取基本古籍数据库里有用的资料，使我对我们图书馆电话与电邮背后那些默默奉献、不求闻达、不计功利的老师，以及对所有细心帮助过我的图书馆馆员，包括北美的沈津老师、法兰西汉学研究所图书馆的岑女士、台湾"中央大学"图书馆不知名的美女馆员，……心存敬意、心存敬意，什么时候真想当面向他（她）们说一声：谢谢您了！

当越来越多的电子书籍、网络互动、线上阅读，正在深刻改变人们的阅读习惯，正在抹平书与书的差异，摧毁每一本书特有的神情、个性、灵韵与气息，正在越来越将人与人隔离、人与书隔离、人与图书馆隔离，正在深刻改变着图书馆的面貌，将图书馆引入一个未知的时代，而我们会越来越怀念在图书馆的那些简单而安静的岁月，我们会越来越回归一个原初的记忆：图书馆原来是一些伟大的灵魂相聚的地方，多少世纪以来，他们在书的森林里低语，静心谛听，我们听得见他们交谈，甚至，接收到传给我们的独特信息。

2013 年 12 月 17 日

原载《文汇报》2014 年 1 月 1 日

我的电子书阅读小史

　　写完《我的图书馆漂流小史》，意犹未尽，一个充满悬念的主角呼之欲出：电子书！亲寇相循，爱恨情仇，我的电子书阅读小史，不得不写了。

　　时间真是杀猪刀。从施教授那天早晨给我讲电子古籍算起，我与电子书结缘，也有二十三年了。

　　1992 年夏天，我留校不久，系里派我接待加拿大温哥华哥伦比亚大学年轻的教授，施吉瑞（Jerry Schmidt）先生。施教授碧眼金发，高大帅气，除了跟我谈他的老师叶嘉莹，就是力劝我组织人力做古籍的数据录入。"只有大陆可以做这个事情，因为你们的劳动力便宜。"他给我讲了一个故事：有一天他从温哥华驱车到美国的西雅图，去华盛顿大学查"二十四史"中的一个"冠"字，只须几秒钟，所有的"冠"字一下子就找出来了。原来，那里有一台计算机，可以全文检索"二十四史"等古籍，而且全部是自助免费的。

我当时听了这故事，惊喜莫名。惊的是，凡通读过二十四史的人，我心目中只有钱锺书先生和我们学校的吕思勉先生，但是他们都不可能做到如此烂熟的功夫、如此强大的检索能力。喜的是，那时我正在迷醉于《管锥编》，给《文汇读书周报》每月撰写文史小品，搜尽枯肠。我马上幻想我也能有一点点钱锺书的口气了。

第二年，中国古代文学理论学会在内蒙古呼和浩特开年会，我做大会发言，转述了施吉瑞讲的那个关于"二十四史"中"冠"的故事，呼吁学界投入，尽快做中国文论的电子数据化。

当然，还没有等到我们利用"劳动力便宜"的学生，商家与聪明的社会，就已经搞出了好东西。

1999 年秋天，到北京开一个会，住在一个有点破旧暗淡的宾馆里。有一天却突然眼前一亮，来了一个叫尹小林的四川人，小矮个子，却奇迹般地给我们展示了他的一个古籍数据库，《全唐诗》、"十三经"、"二十四史"、《文心雕龙》……。嚯，四亿字的古籍，几秒钟的功夫，可以检索到任何一个字词。那金发碧眼、高大帅气的施吉瑞教授，还得花上两三个小时驱车往返温哥华至西雅图的高速公路，而我们只须坐在手提电脑旁，轻叩玉指，就可以完成钱锺书、吕思勉这样的学者，至少是前期的工作！

我从尹小林的电脑上起身，深深吸了一口气，一个学习与研究的革命时代，已经到来。

当然，我成为了那套系统编号的第一个用户。当时的心情，就像武侠书里一个落难多年的书生，忽然在一个山洞里发现一本多年来寻找的武林秘籍，心中歂快，难以言宣。所以，尹小林当时说："这个数据库还缺一个名字，大家帮我想想。"我脱口而出："国学宝典！"

从此，《国学宝典》叫响了，成为古典文学研究界风靡一时、洛阳"纸"贵的"秘籍"（很多人使用它，却秘而不宣）。《国学宝典》以其多个第一：第一次有标点的电子古籍，第一次以四库分类法组织的数据库，第一次具有多条件组合检索强大功能的数据库，第一次……称霸业界，不仅堂皇进入一些大牛学者的书房或手提电脑，而且进入各大图书馆，尤其是后来小林如孙行者西游，缩千钧之重的定海神针为绣花针，携其北美巡回展览加展销，进入哈佛、耶鲁、普林斯顿等名庠大馆，全世界"有古籍处皆说宝典"，用记者的话来说，实现了"中国文化走出去"的经典一步！

接下去电子古籍进入群雄争霸的时代，就不是我要说的了。

再回到题目，我的电子书阅读史，有专业与非专业两个部分。我这里只写非专业的这个部分，电子古籍哪些方面改变了我们的阅读生态？

首先是视力急剧下降。十载对屏读写，视茫茫而发苍苍，摧残眼睛，莫此为甚。电子书的流行，将牺牲几代人的眼健康为代价。

其次是读书方式的变化。先师王元化先生反复强调的读书要诀："沉潜往复，从容含玩"，实乃古典主义的读书法。而朱子说的"沦肌浃髓，有益身心"，读书要有真实的受用，以及司马迁说的"想见其为人"，要在每一本书的背后，发现一个活生生的人格，在电子书的时代，变成非常奢侈，或已成为一种"文化遗民"式的古老流风遗韵而渐渐消亡，醒目一点说是人类阅读史上"三千年未有之巨变"，也是可以成立的。

第三是书的"灵晕"消失。每一本书都有其特有的生命气息，它的大小、厚薄、轻重、气味、颜色、光泽、封面、年代、用纸、字型，以及手感（呵呵，什么叫手感？），书与书之间的特殊微妙的关系，甚至一种说不清道不明的气场：在海外某一个旧书店地下室的角落，或美国某小镇的旧货店，或巴黎塞纳河畔黄昏时的书摊，或香港旺角二楼的狭窄小屋，我多次激动难安地陶醉于某一本书的特有气场：那种击穿人心的交流，那种似乎是专门等了你多年的相约与心许，电子书永远不可能有了。在屏幕上，所有的电子书都是没有气息的。记得有一年冬天一个安静的早晨，我参观上海博物馆的宋人书画展，窗外是雪花飘飞，忽然我面对

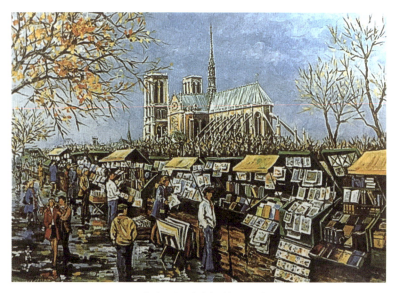

巴黎塞纳河畔书摊的明信片

陆游的一帧书札，砰然心动，屏息之间，似乎真感觉到千年古人前轻微的呼吸！而再看周边同样的文字的印刷物，视线居然有打在钢板上又弹回来的感觉！噫，西哲本雅明说得对，机器复制时代之后，万物都失去了已有的"灵晕"。电子书拉平所有的书的个性，消灭所有的书的气息，它莫名其妙地抹去了时间流逝与感性体验对于书的烙印，从而成功地摘除了世界的"梦幻之眼"。

话又说回来，我毕竟是一个得到过电子书好处的人，不说一下这个方面，心有未安。

2010年去美国访问之前，尹小林专门从北京至上海，为我安装了单机版《国学宝典》（谁叫我是他的第一号用户呢）。这样，加上当时已经流行的《四库全书》《四部丛刊》等电子版，我也像孙悟空收起金箍棒一样，藏万卷于无物，却在飞机上、火车上，乡间小旅店里，摊开几千万册古籍恣意翻阅，在虚拟的世界里，我将经济舱与火车硬座，生生地变成了图书馆。有一回，开一个论证会，需要某一个古籍方面的资料，我居然在开会发言的间隙，在电脑上调了《国学宝典》，轻易取得一个关键的材料，暂时变成博学而又有急智的讨论人。而平时在家读书写作，书房、卧室堆得很乱，要想找一本书，上穷碧落，头昏眼花，费时甚多，还常常了无所获。现在电子版打开，连"唾手"都不用，即可得到。而网上各种工具书，更是搬动词典的力气都可以节省了。试想将来带一眼镜、一手表或一头盔，所有的工具书、资料书甚至理论模式与论述框架，全都贮于穿戴之中，眨两下左眼，就调出《四部丛刊》，眨两下右眼，就调出《古今图书集成》，博学如钱锺书、饶宗颐，真乃稀松平常之事也！

新竹"清华大学"的黄一农教授发明了 E 考据，风靡学界，的确解决了传统考据所不能解决的问题。而我正试图发明一种 E 诗学。譬如，孔子的川上之叹，如何进入诗歌，产生七种以上的用法？而宋玉的神女，又神秘又务实，又华丽又深邃，又灵魂又肉身，如何又转身而成为现代电影史上的经典？而长江、黄河、泰山、长城，如何人所周知，成为中国文化的经典意象，又有鲜为今人所知的一面，尤其是长城，孟姜女哭倒的长城意象，黑暗深重，而唐人边塞将士的高高秋月照长城，又冷寂又温婉……伍子胥的纠结，严子陵的固执，王子猷的任性，虞姬的牺牲与杨贵妃的宛转……千年时光隧道中无数的精神碎片，经电子数据之妙手回春，精神重振，形象清新，而成为我们今天的美学资源。这在过去，没有电子古籍及其大规模检索手段的相助，是完全不可能的事情。

正如纸本书的背后有人，电子书的背后，也有精彩的人。篇幅所限，我这里只讲陆浑戎先生。陆先生乃网上奇人，其微博自我介绍是："高校教师、学术资源控；开放获取数据库、免费在线资源；古籍、地图、老照片；海外汉学、中外交通史、数字人文、传播学……"两周前，其主页宣称七百万人正在使用他的微博，而今天我打开，已经刷新为："超过 800 万人正在使用。"他根本不必由我这里来表彰。每天都会有源源不绝的新资源新链接新信息在他的微博上发布，每天都有全中国乃至世界上的电子书爱好者自动到他的网页上报到。你甚至可以看到一些大名人的名字。

我最初以为"陆浑戎"是一团队，后来与他联系，才知道确实是一个人。真是以"一人敌一国"呀。好多名校大研究机构或商家，都做不到的事情，他做到了：一是海量的学术资源，如观江海之深、山川之广、天下百官之美富；一是开放获取，完全免费，毫无半点私利。他既是电子书的教父，又是网络界的雷锋；既是循循善诱、苦口婆心的好导师，又是神龙现首不见尾的隐秘大宗师；既是独行僧，又是采花贼、伏地魔……跟着他可以潜往穿行于世界上最好的图书馆。呵，我的图书馆飘流史，要写新的篇章了。就此打住吧。

原载《文汇报》2015 年 6 月 19 日

一部西方经典的奇幻漂流与回家之路

最近，纽约大学董事会主席威廉·伯克利先生（William Berkley），将其收藏的一部大书回赠给了华东师范大学。这是可以大书一笔的中外文献大事。这部大书乃是第一本中文完整版的《教会祷文》（the Book of Common Prayer in Mandarin），同治十一年（1872），北京美华书馆大字铅印本，线装六卷，装帧精美，在特制的暗红色摩洛哥羊皮的精装硬面函套上，烫金印有白玉兰花与轮船的图案，是当时的上海城市标志，书脊烫金；里面是中式蓝布函套，内衬大理石花纹纸。内封有译者包约翰和施约瑟（Burdon, John S. and Samuel Isaac Joseph Schereschewsky）的亲笔签名。如果从早期的英文版（1549）算起，这部大书从拉丁文到英文，从西方到中国，又回到西方，最终归于中国上海华东师范大学——它已经漂流了五百五十年了！其背后的故事，有中西古今之争，有复杂传奇的人事，有上海城市的文脉，有珍贵的大学校史，如一口深井，可供深入发掘的历史文化资讯十分丰富。这里限于篇幅与文体，简单解读一二，更多的内涵，只好留待专家研讨了。

先说书。《教会祷文》最早是拉丁文，是有关基督教在教会里敬拜时的诗歌、祷语和仪文。于 1549 年，英国圣公会第一次改写为英语祷文，标志着《圣经》走向通俗化，务使当地人民了解；同时一面保存公教传下的礼规、一面须适合时地之需要，这正是整个宗教改革的宗旨所在。一部西方文化史，就是不断地将经典在地化、通俗化，贴近老百姓普通生活的历史。

这部书的翻译花了十年的功夫，两位传教士都将此项工作放在首位，因为他们深知这些文字能使他们的教友与上帝建立起一种私人的关系，并由他们的母语直接通过礼拜仪式流露出来。另外一个因素促成了它的重要性。正如研究者斯塔尔指出：其中"强调了一种能力，即透过深入地掌握语言以及有关的学问，以致力于理解中文，因为，中国所有的事物，都在中文里面"（Chloe Starr：《通过〈公祷书〉反思晚清民初中国的教会》，载于 Philip Wickeri 编：《基督教与中国文化的相遇》，香港，2015 年，第 86—87 页）。

这部第一本中文完整版的《教会祷文》，语言富于韵律，尤其重要的是，全书十万余字，竟然使用了十分成熟的白话文，译者在《凡例》中说明，为什么要采用"官话"（即普通话）译述的理由，一是百姓能懂，二是"至尊无文"，即在上帝面前，无须"之乎者也"。这表明，晚清白话文兴起的一个重要缘助，一是语言权力的向下运行，二是语言的"由文趋白"必然导致文化的"由虚（饰）向（真）实"，剥肤存液，直指人心，基督教在其中发挥着重要作用，然而它的出版时间，距五四新文学运动的产生，足足还有半个世纪。现代文学与语言学的研究者已经证明：现代白话文的产生，其中传教士居功厥伟。这部书由西方而中土的漂流史，正是现代中国白话文少年时代的一个美丽的见证，其中所包含的新文学与新语文信息，十分值得重视。

再说译者。这部书是来到中国的英美传教士包尔腾和施约瑟共同完成的。当然背后一定有帮他们的中国人。包尔腾在英国圣公会做事，1861 年来到中国后成为京师同文馆首届英文教师。在《教会祷文》出版的两年后，他成为了中国南部教区以及香港教区的主教。另一译者即施约瑟，是上海圣约翰大学的创始人和首任校长。他的经历有传奇色彩，从小显示了聪慧的语言天赋，早年成长为一名犹太教"拉比"（祭司），但后来由于偶然的缘由，转变信仰，移民到美国并修完神学之后，自愿成为一名基督教传教士前往中国。在 1872 年出版《教会祷文》后，他于 1877—1884 年间被任命为上海的圣公会主教，并在 1879 年创立了上海圣约翰书院。这个大名鼎鼎的施牧师，1861 年就将《圣经》部分译为中文，还居然将《圣经》里的《诗篇》译成了上海话。晚年在日本，四肢瘫痪，丧失说话能力，在轮椅上坐了二十五年，用两个指头打字，一点点将整个《旧约》重新译为中文。被传教士史家称为"可能是中国最伟大的《圣经》翻译者"（Marshall 主编：《中华帝国：概论及传教士的调查》，伦敦：Morgan and Scott P.442，1907）。为了表彰施约瑟牧师的贡献，今天在圣约翰大学的故址——华东政法大学校园内，还有庭院深美的师施堂以及施牧师的铜像以纪念他。

值得一提的是，圣约翰大学第二任校长卜舫济，是施约翰牧师教育思想的最忠实的继任者，他十分重视中文，礼聘了著名教育家孟宪承为国文部主任，以及钱基博、伍叔傥、洪北平、顾宝琛、何仲英、林尚贤等一流国文教员，他甚至说"我们不能设想中国之高等教育，会总是由一种外国语言来提供……"，"方今之中国学生，不可不使知欧化之真善，尤不可不使明国学之粹美。不知欧化之真善者，将墟故笃旧，而凿于方今；然不明国学之粹美者，则见异骛外，而背弃其祖国"（钱基博：《圣约翰大学卜先生传》，《圣公会报》1926 年 10 月 15 月）。在卜校长的主持下，圣约翰大学的学术风格，不同于同期的南京的守旧与北京的趋新，渐形成中西古今相融合的持中平衡风格（凤媛：《基督教大学里的新文学》，《文学评论》2016 年第 3 期）。

纽约大学友人所赠送的这个珍贵的版本，因为附有译者的手稿资料而具有不凡的文献价值。在外封皮的后面夹着一封手写签名的信件，里面是包尔腾写给马丁夫人的一封书简，说托她给他的学校弄软座椅。此外，在各册的封面，有他亲手书写列出的仔细的目录。外封皮的前面，夹着一张卡片，署名人施约瑟牧师。因而这本书有可能是施牧

师自己的私人藏书。

纽约大学的威廉·伯克利先生是一位大企业家，犹太人，他的爱好之一是搜集古书。不久之前，他的朋友从一家书店发现了几本书，把相关信息提供给他之后，他发现其中一本书和圣约翰大学有关，他知道圣约翰大学与华东师大的关系，所以就将此书买了下来。他在赠书时，十分用心，特意附上一纸英文说明，介绍了本书以及两位译者的事迹。我们所知道的是，圣约翰大学后来成为当时上海乃至全中国最优秀的大学之一，享有"东方哈佛""外交人才的养成所"等盛名，成为中国教育史上的传奇；我们更知道，上海纽约大学与华师大合作，已成为当代中外合作办学机构的重要标志，正为中国当今高等教育注入新的活力。伯克利先生赠书之举，或有中外合作续往开来的寄望？仅说书的故事，当初圣约翰大学并入华东师范大学后，11万余册藏书，其中包括盛宣怀后人捐赠给圣约翰大学图书馆的"愚斋藏书"约6万余册古籍，完好无损收入华东师范大学图书馆古籍部。其中珍本如严复批校本系列数十种，堪称为"镇馆之宝"，将于今年影印出版，化身千万，以惠学林。去年，台湾海基会首任董事长辜振甫夫人、台湾圣约翰科技大学董事长辜严倬云女士访问华东师范大学。当她参观了这套保存完好的批校本，不禁感叹："真是文化之大幸。"

现在，施牧师的这部大书也重新回到了华东师范大学。这部曾经参与了西方宗教世俗化进程、见证了中国传教士史以及基督教教育史、中国现代大学史，从社会底层发力，催生了现代白话文诞生的一部历史文献，终于经由纽约大学之桥梁，重新回到了华东师范大学。而此时，上海纽约大学刚刚送走了她第一批毕业生，华东师范大学正迎来了公认为历史上国际化程度最高的阶段，上海这座城市，经一个多世纪中西古今的熏养发育，正在成为中国最有活力的城市——这一切，都似乎与这本书，有着多多少少隐隐约约的联系，无穷远方，相关人事，时光荏苒，而因缘永在，正如诗人所写道："刻你的名字在树上，刻你的名字在不凋的生命树上，当这植物长成了参天的古木……"

（感谢陈群校长，金雯教授及张静波、华屹立馆员对此文写作亦有贡献）

Burdon, John S.（1826—1907）

Samuel Isaac Joseph
Schereschewsky（1831—1906）

白色的雪轻柔翩舞

信仰在大火中细嚼慢咽

一张张翅膀在暖和的温度下缓缓开展

空中，谁？拉起了一大串黑色胶卷

我们旅行到一定的季节

便会开始将空气中的余温对折

夹片思念，贴枚时间

捆上刚撕下来的薄薄回忆

一封封地捎给远方，一封封地

（我在里头偷塞了薄薄几张来不及的爱）

可能是限挂吧……

飘飘的光混杂着墨渍在空中依序挥洒

等待大地从金黄走卷成银灰时

白色的雪便轻柔翩舞

落在发上、肩上、心口上

——郭家玮《烧金纸》

　　我们常常在现代中遇到传统。传统犹如村庄里的老人，在太阳光里的大树下，眯着眼睛，娓娓诉说过去的事情。岁月悠悠，人情静好，传统不一定就是现代化的阻碍，他完全可以融入我们的日常生活，增加我们生活的诗意与美。参加全球华语大学生短诗大赛的台湾大学生郭家玮的《烧金纸》，正是写这样一个普通的故事。

　　烧金纸是为了给亡去的亲人一点安慰，比起太过于夸张的烧汽车、烧别墅、烧银行、烧佣人、烧情人，传统的烧金纸没有那么多的创意。传统礼俗是一夸张就变。因为传统是沉淀的集体记忆，容不得那么多的个人小巧、肤浅、张扬与做作。

　　传统还是时光的"细嚼慢咽"，多拉快跑、大干快上则是土豪们的行为艺术。"黑色胶卷"，既是烧纸钱那个夜晚的写实，也是长辈们没有彩色的时代集体意象。细节的怀旧既是尊重，也是切近的心情与体验。那个时代，一切都是朴实无华，慢慢的。

　　为什么会从烧纸钱想到明信片呢。噫！难道，明信片不也是一种"现代巫术"么？远方的思念，又带不来什么实惠，寄不来什么财宝，开不了什么药方，不就跟远古时代墓边的一缕馨香、龛旁的一碟白果，以及法师的一声唱念一样，只是一种精神的慰抚么？那么，为什么不可以将片片飞舞的金纸，与片片传递的明信，放在一起联想、描写？——其实都是来自远古人心与人心的交流，情意与情意的感应。

　　于是，一个"大地从金黄走卷成银灰"，何等鲜明的意象！是季节的变换，也是生命的结局；是烧纸钱的过程，也是人心的沉淀。然而，银灰色不是死亡般的终了，正如现代的背后，不一定就是全部的虚无与沉沦，接下来是温柔的白雪翩舞……

载不动许多愁与意的纸片，是这首诗的主角；三个纸片纷飞的场景，是这首诗的结构；纸片幻化为雪花，是这首诗的诗眼。回忆与现实交织，古典与现代融合，诗与故事俱化。

白色的温柔雪花翩舞心头之时，我给这首小诗的评语是：

噫！好深好美的情！其痴绝处非凡人所能梦见，其细腻处非粗人所能体会，其灵妙与超越处，更非俗人所能想象。汉语的高贵，是心灵之海深处的明珠。

2014 年 9 月 15 日

原载《文汇报》2014 年 10 月 11 日

从花果飘零到灵根自植：今天我们如何读中国书？

——在华东师范大学首个校园阅读日上的讲话

与以往的阅读经典不同，今天讲这个题目，有一个大的背景：我们正处于一个古老的文明体复苏的时刻，每个大学生参与这个伟大的历史性时刻，都应该有一点光荣与梦想。要想一想我们如何做好准备，回应这个时代。

五四时代，看不起中国文化。百年之后，看不见中国文化。有人说，国人心中，孔子没有了，只看见孔方兄。那是一个中国文化花果飘零的时代，我们的确是欠了一些债。今天，一个从古老的轴心时代开始辉煌的文明、一个从未间断的文明——华夏文明——来到了一个关头：从衰老到复苏其生机。从花果飘零到灵根自植，跟别的时代最大的不同，就是我们今天是在自觉建立文化自信的背景中读中国书。我们似乎从来没有这么理直气壮地提倡读中国书。这个说来话长。从汉语文学的角度，我想讲吕思勉先生讲过的一个故事。

从前金世宗极热心于保存女真文化，他替女真人特设科举，使其以女真文字应试。有一天，他向他的臣下道：用女真文所作的文字，总不如汉文的精深，此事如之何？被问的人回答道：这须经过长时间的使用，内容乃能渐次加深。金世宗这一问，很有意思。而其臣下的回答，亦是很有见地的。

各种语言文字的深浅，有一简单测定之法，即：一、使用之人愈多；二、流行的地区愈广；三、经历的时间愈久，则其内容愈精深。如以此为标准，则我国之文字，亦可称世界第一，至少亦不落人后（《吕思勉论学丛稿》，上海古籍出版社，2006 年，第 622—626 页）。

吕先生的这段话是他就任中国文学系主任的就职仪式上的讲话，他看不起那些五四新派教授不读中国文章。他的强大的文化自信是建立在史实上的，根据充实，这是一个真正的大史家极富于史学智慧的大见识。这表明中国文学所承载的内容，有深度，有浓度，有份量。你们把一生中最好的时光——大学的时光用来读这样有深度、有浓度、有内涵、有份量的书，当然相当于把好钢用在了刀刃上，比学其他什么知识都更有价值得多。

刘熙载《艺概》里一句话，也值得细细玩味："昌黎论文曰：'惟其是尔。'余谓'是'字注脚有二：曰正，曰真。"正大、真实，其实都不仅仅是文学的核心，而且也是人类文明与文化的核心，如此一来，中国文学仅仅只是文学么？文明与文化的核心价值，恰恰正是我们今天要建立的文化自信。

那么，我们要从这些经典中读出什么有价值的东西呢？我敢负责任地说，一切有利于教人醒过来、有利于教人站起来、有利于教人活起来的，经典里都有。请大家认真重新读中国书。

一百多年前，俞曲园写了那句很有名的诗："花落春犹在"，表达了对华夏文明死而不亡的希望。今天，我也写了关于有落花意象的三首小诗，以此作结：

一

劝君且慢换戎衣，

劝君惜取少年时。

神州旧梦堕复起，

莫误佳期更后期。

二

杜鹃一啼泪沾衣，

又是伤心国史时。

万木沉酣新雨后，

回黄转绿更相期。

三

片片樱花堕满衣，

不知花尽几多时。

灵根堪种直须植，

岁岁春归先有期。

2017 年 4 月 23 日

辑
五

钱仲联先生九秩晋五寿序

义宁陈寅恪氏尝云:"吾民族所承受之文化,为一种人文主义之教育。故虽有贤者,势不能不以文学创造为旨归。"而传统文学创造之主流,端在诗歌一脉。虞山梦苕庵钱公仲联

钱仲联先生

先生,一代诗豪也。早岁工诗能词,与唐蔚芝、陈石遗、金天翮等交,与世情相摩荡。赓娄东歌行之曲,赋少陵野老之章。江南烽火,苦对弓月之夜;香江天涯,招取啼鹃之魂。奇情英气,通唐宋为一杭,得天海之伟观。大江南北,无不知有梦苕庵主者。中年以还,精研诗学,挖扬艺事。注人境庐、海日楼,笺鲍参军、陆放翁,集释昌黎、纪事清诗、碑传近人。宏九州之诗教、启万方于春台。述作等身,淹贯该洽,不止李善、任渊而后之第一人也。余与先生,交叨晏久,想念日深。忻逢先生九秩晋五之良辰,

金风万里、玉树满窗，海屋春深、皓月常霁，余肃然而敬，曰：为先生寿、亦为华夏神州绵斯福于无穷，称觞以祝嘏，先生其亦莞尔而晋一觞乎？（为王元化先生代笔）

龚定庵自写诗卷跋

　　癸未岁末，樊君克政自京寄示梁启超林长民台静农跋龚定庵自写诗卷之影印件。道光二十年九月，定庵偶游金陵，小住城北之四松庵，友人周子坚诒朴以素纸索诗，即书己亥杂诗共三十三首赠。书如其人，有挥剑付箫之意。任公跋作于民国四年，凤泊鸾飘之感寓焉。今新千年亦忽焉又四载矣。噫！万古落花之魂未苏，云屏梦里之人久逝。一灯斋心，尊前百感。冥鸿回首，长天遗音。甲申春初九王元化题于沪上清园。（胡晓明代笔）

清园语要墨迹叙

丁卯年秋，余游太学，从清园元化先生学为文论。先生诵《十力语要》之篇，孤往精神、自诚自明之句（《十力语要》云：凡有志根本学术者，当有孤往精神。又云：吾国人今日所急需者，思想独立、学术独立、精神独立，依自不依他，高视阔步，而游乎广天博地之间，空诸依傍，自诚自明，以此自树，将为世界文化开发新生命，岂唯主张自救而已哉），长言永念，感兴淋漓；哲人芳菲，于今未沫。先生曾以卓民高弟，获识于十力。造膝密言，饫闻绪论；请益析疑，精神融贯。于奸邪乱政，瓦釜雷鸣之际，抱道自尊，发愤著书，后以道德文章学术，震耀寰内。今先生以《清园语要》，发为墨楮，缥缃锦帙，汇为一展。析骨还父，

王元华教授逝世十周年纪念文集

契人文之深义；火尽薪传，写大道之辉光。天下久裂，张神明于九霄；鲁殿巍然，播灵光之一赋。移情长松之前，写兴尘埃之外。运腕行笔，神情所至，真如飘风之涌泉、人天之凑泊，先生之乐大矣！与夫悲小己、念穷通，刻镂风月、徒工字画者，谅有间焉。先生将展其墨迹，属弁其端，因略述先生之墨缘，岂唯区区之私见云尔。甲申九月初十霜降时节受业胡晓明叙于沪上日就月将斋。

跋单君画竹

　　单君画竹，机趣灿然，先与古异趣，终与古为新也。古人多写丛竹，或多秋声，所谓"满堂宾客动秋思"；或发幽美，所谓"蕙兰修竹，寂寞幽谷"；或得怒气，所谓"剑甲拟拟军十万"者也。单君之竹，无根无地，不幽不怒，出妙想于法度之外。古人画折枝竹，或瑶台凤管、幽人素纨，摹其仙气；或帝子啼痕、湘娥何在，写其寒意。单君之折枝竹，不衫不履，非烟非雨，真乃"宋代王孙笔意新"也。观其枝干之横逸、节叶之峭美，虽写生于域外，了无托根无地，而屈抑盘躃之悲，此为堂堂阳气之美也。观其构思，或欲去反留，顾盼相亲；或逝止无常，满心而笑；或放歌于春光，轻舞于月夜；或吟成而微醉，兴来以写意，此为率性喜气之美也。观其意象，或春雨新梢，整而复斜，得佳人碧玉钗之象；或梦回虚窗，月影参差，得高人旷士弹琴长啸之境；或凤毛零落，夜深鹤去，灵光乍露之际，人天一体，诗人满襟之英气逸气，含敛不住，化而为乾坤清气之美也。

噫！晋人桓子野每闻清歌，辄唤奈何。余因与单君之竹，晨昏晤对，而客衣终不化风尘，幸矣！丙戌年暮春胡晓明题于京城绿杨宾舍。

丽娃文库序

申江北注，扬子东流。钟鸣禹域，楼观沧海。吾校前身之大夏大学肇建于民国十三年，旋值乾坤板荡，赤县烽火；避地匡庐，栖身黔贵，造次颠沛，弦歌不辍。还归沪上，后与光华诸校合并而成华东师大，迄今亦已五纪有余。历苦弥坚，行健不息。菁莪育士，爝火传薪。崇德广业，精进日新。是以名师荟萃，高弟云集。代有才人，各领风骚。虽学风与世推移，而师大精神之传承则一以贯之，固可谓根深叶茂、源远流长矣。

盖大师为大学之魂，学问为师生之本。累世功深，终成硕果。如鲁殿之丰丽博敞，唐碑之霞驳云蔚；虽经劫难而浩壁岿然，历乱世而心画长在。老师宿儒，琢磨切磋，一字一划之间，恍然积雪冰融，见满楼明月，琅玕交碧矣。

又故国缘世臣而重，名庠得佳士而荣。风行草偃，渐成格局。子弟濡染其中，如良种之发于沃壤，幼株之植于茂苑，数载育成，移根他所，各自成荫，然乔木风烟，自蕴故家气象，踵事增华，复为名庠添得万千气象也。

为光大传统，延续学脉，兹于中北校区丽娃河畔开设文库，收录吾校名师及英才之学术精品。旧学新知，轮流展示；朝华夕秀，次第纷呈。美玉蕴而千辉生，巨渊渟而众岳峙。彰前贤以励后进，留虚位以待来者。

是为序。

戊戌年春元月二十日

附注：2018 年春，华东师范大学图书馆新开丽娃文库，专门征集历年教授及校友著作，缥缃锦帙，汇为一室。此为文库之序，略述文库之缘起与大义，以发皇校史，推尊学统也。

后记

中国文学的抒情历史，一直有着"不寐"的老传统。诗人们从《诗经》开始，就习惯于在睡不着觉的时候写诗：

> 终风且曀，不日有曀，寤言不寐，愿言则嚏。
>
> 曀曀其阴，虺虺其雷，寤言不寐，愿言则怀。

有时候是好风好月的晚上，如"永怀愁不寐，松月夜窗虚"（孟浩然《岁暮归南山》）；有时是凄风苦雨的守夜，如"斜风闪灯影，进雪打窗声。竟夕不能寐，同年知此情"（刘禹锡《酬乐天小亭寒夜有怀》）；有时候是有书的欣悦，如"闻此不能寐，起坐夜未央"（苏轼《和陶读〈山海经〉》）；有时候是莫名的感动，如"夜中不能寐，起坐弹鸣琴。薄帷鉴明月，清风吹我襟"（阮籍《咏怀诗》）。总之，只要心里有诗书，眼中即无眠。而西方也有不寐的传统，往往是精神上的不眠，如《圣经》的守夜人之歌，如黑格尔名言"密那发的猫头鹰"。尼采的《查拉图斯特拉如是说》里介绍一个智者，说他很会讲有关睡眠和道德方面的问题，智者却说出一种矛盾的态度："要对睡眠抱着虚怀若谷的敬意！这是第一要义！最好不要接近那些夜晚不安宁睡眠而张着双眼的人！"最有意思的是唐吉诃德，有一天旅行途中，晚上山谷都是黑乎乎的。唐吉诃德心事重重，睡不着。他的仆人桑乔却相反，呼呼大睡。唐吉诃德忍不住把桑乔叫醒，两人有一番富有讽喻意味的"不寐"对话：

"桑乔，我对你什么都不在乎的脾气真感到惊讶。你大概是石凿的或铁打的，什么时候都无动于衷。我守夜时你睡觉，我哭泣时你唱歌，我饿得头昏眼花时你却撑得直犯懒。……你看这夜色多么清幽，万籁俱寂，仿佛在邀请我们从梦中醒来，与它共度良宵呢。……今夜剩下的时间咱们就唱歌儿。我倾诉我的相思，你赞颂你的忠贞。"

"大人，"桑乔说，"我又不是苦行僧，没必要半夜三更起来鞭挞自己，而且我也不信鞭挞的痛苦能转化为快乐的歌声。您还是让我睡觉吧，别再逼我抽打自己了……"，"我只知道在我睡觉的时候，既没有感到痛苦，也没有感到希望，没有辛劳，也没有荣耀。不知是谁发明了睡眠，真该感谢他。睡眠消除了人类的一切思想，成了解饥的饭食，解渴的清水，驱寒的火焰，驱热的清凉，一句话，睡眠是可以买到一切东西的货币；无论是国王还是平民，无论是智者还是傻瓜，它都像个天平，一视同仁。我听说睡眠只有一点不好，那就是和死差不多，睡着了的人就像死人一样。……"

这时，他们忽然听到一阵沉闷的嘈杂声以及凄厉的声音响彻了谷地。唐吉诃德站起来，手握剑柄；桑乔则赶紧钻到驴下面，用驴驮的盔甲和驮鞍挡住自己。桑乔吓得直发抖，唐吉诃德也茫然不知所措。声音越来越大，离他们越来越近，把其中一个人吓得够呛，而另一个人的胆量是大家都知道的。原来，是有人赶着六百多头猪到集上去卖，正好从那儿路过。那群猪呼哧着鼻子拼命地叫，把唐吉诃德和桑乔的耳朵都快震聋了，因而他们已经分不清那到底是什么声音了。大群的猪浩浩荡荡地呼叫着开过来，根本不理会唐吉诃德和桑乔的尊严（第六十八章《唐吉诃德遇猪群》）。

从某种意义上说，中西方文学传统都强调了"不寐"是一种"苦行僧""鞭挞自己"的"自虐行为"。然而，我们也不难发现中西方的诗人都从"不寐"中，找到了精神振奋、心灵清明、生命升华的某种契机。我无意为自己"不寐"寻找高尚的理由，却也真心感谢这本书里的同时代的智者（辑一）、当代课题（辑二）、我长年用心的论域（辑三）、古典语言（辑五），以及自己的书生活（辑四），感谢这些人物、书籍、题目以及自己跟自己对话，分享这里面的智慧、想像、体验与价值，以度过一个个的不眠之夜。

2019 年 3 月 26 日